U0165715

古典小說評點
之面向

許麗芳　著

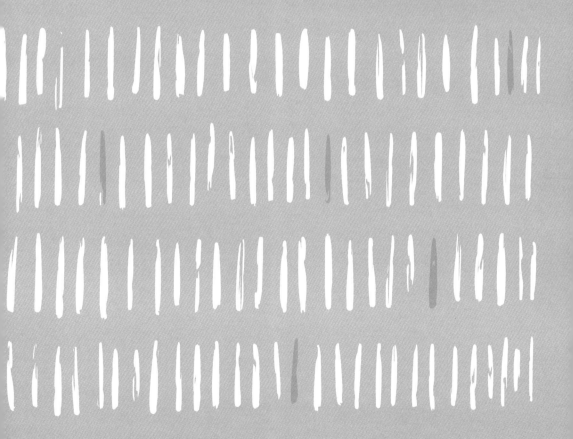

五南圖書出版公司 印行

目　次

導　言：文化展示與學養對話的空間

　　評點淵源自經典訓詁註解，其後延及詩文小說戲曲等文類，[1]此一活動包括閱讀理解與反省評價，同時具有評點者明顯個人色彩，於此書寫行為中亦呈現特定模式與內涵，如文化訊息符號之運用對照，評點者個人藉以寄寓發揮之自覺，對於相關文類藝術特徵之要求，以及論述中往往不斷呈現傳統價值觀之意識與反省等。本書之思考角度為：評點（或說小說評點）實為文化活動，且具有書寫論述之明顯動機與期待，評點者於此展現個人學養性情，或彼此交流或相互論戰，或談古論今或品鑑高下，或聚焦文類藝術或感慨世情人性，凡此皆使評點文本成為另一種文本，其中有原文之解讀，亦得見當世或後世之人的思考與對應，而如此的行為包含彼此對於經典文化道德等議題之交流述說，使此類評點文本再次形成新的文本，再次提供不同的觀照與賞見，因此有文化再生產增殖的可能。

　　本書主要由孫琴安、譚帆與林崗的評點專著加以思考，[2]前者為宏觀分析歷代評點現象，包含詩文小說及著名評點作品作家等，譚帆則聚焦歷代相關詩話評點「話」的特性，以至明清古典小說之評點表現，並意識到評點者之身分與評點屬性，如文化指導或商業考量等多元背景。[3]至於林崗，則又強調明清小說評點之文化現象，對於小說評點之陳述細節與內涵加以分析。基於此一研究基礎，本書以評點，尤其小說評點為某

---

[1] 孫琴安，《中國評點文學史》（上海：上海社會科學出版社，1999），第一章，中國評點文學的來源，頁1-13。

[2] 孫琴安，《中國評點文學史》；譚帆，《中國小說評點研究》（上海：華東師範大學出版社，2001）；林崗，《明清之際小說評點學之研究》（北京：北京大學出版社，1999）。

[3] 譚帆，《中國小說評點研究》，〈導言〉，頁6-13。

種文化活動，同時也是某種書寫行為，有其對於傳統內涵之反省詮釋，亦有屬於評點者價值學養立場等明顯個人色彩之展現，至於評點論述中得見接受者意識，則尤其是既有研究已多所關注者，[4]於此，本書則進一步強調評點文本所具有對話特徵與相關延伸面向。[5]

　　明清小說創作繁盛，加之印刷出版事業發達，小說評點於此類文學社會等因素之推波助瀾下逐漸興盛，涵蓋層面廣泛，各類小說幾乎都有評點，以章回小說而言，歷史小說如毛評《三國》，俠義小說之金評《水滸》、世情小說之張竹坡評《金瓶梅》、神魔小說李卓吾評《西遊記》等，至於脂硯齋評《紅樓夢》，尤為歷來所關注探討者。既有研究成果則可分為幾個層面：（一）以單一評點內容或評點者為主之思考，與當代文學環境做縱向或橫向之比較。（二）特定小說名篇評點之研究，如《三國演義》、《水滸傳》、《西遊記》、《金瓶梅》、《紅樓夢》等。（三）分析評點名家的主張或理論，呈現並比較主要評點者的觀點。（四）著重評點藝術的分析，即小說美學與文法語彙之建立及（五）關注小說文本內涵之闡發，就評點內容以強化小說主旨與意涵等。

　　本書以既有文獻研究為基礎的主要思考為：小說評點形成某種依據小說文本而生的文本，評點為依賴文本而生的文本，與文本之雅俗有一致或對比的可能，於敘事文法、話語觀點上有各種異同融合之可能。因小說文體之篇幅體例，故不若詩詞可直接引用，結合眉批、夾批之文字，亦可成為論文，總評文字尤其可見此論述特質。[6]另一方面，評點文字的刻意空白簡略，期待或限定讀者之理解及補足，具有對話性質的文體傾向。此一對話期待須有特定學養前提。彼此對話中展現個人審視與

4　評點與接受理論之研究文獻。
5　所謂對話，乃指巴赫汀付點對話理論發下的觀點，即對話為一種自我反省，其中牽涉不同文化與與環境所形成的聲音，此一對話現象既是個人自我對話，也是思索之延展，同時也是與他人進行無止盡的互動對話，其間彼此定義自己也認識差異。參見 Abrams, M.H., Harpham, *Geoffrey A Glossary of Literary Terms* (international edition 10th) wadsworth cengage learning p86-87.
6　舉例說明，如〈讀三國志法〉，〈水滸傳序〉一、二、三等。

新創觀點，評點文本成為評點與小說作者、讀者相互對話或參照的新文本，蘊含傳統各種痕跡與影響。此類書寫行為既展現傳統學識文化內涵，也提出人情世態或歷史人事之觀察或評價，因評點聚焦典範價值與人情關懷，使邊緣文本具有中心色彩，小說教育關懷的再建立，由自我娛情遣懷進至論述系統化。

一、價值宣揚與藝術主張

孫琴安以為評點是文人論戰的平臺，[7] 評點時為評點者展示自我學養進行指導之空間，無論是出於寄寓己志或商業考量，皆有其個人色彩，所謂自我色彩，應可涵蓋譚帆所稱文人、指導與綜合三種類型於評點之展現。[8] 明代小說之創作與評點盛行，其間寄寓文人之多重情懷，於書寫中展現作者與評點者個人價值意識，甚或將平話、演義予以文人化加工整理，創造出奇書小說，使此一文體更具表現力，更能寄託文人之主張與評價。而晚明文人文化或可視為士大夫於仕途以外創造出來的文化，小說評點為其中具體展現之一，從中得以發憤立言，[9] 既寄託一己窮愁不遇，也不忘執著於儒家價值理想，於評點事業中展現個人的人生價值觀點。[10]

檢視小說評點，其中敘述自有模式，如顯現自我角色身分之認知與期許，對於歷史時勢之觀照分析，有意展現個人價值判斷並加以宣揚確立。如金聖歎以其特有的文化心靈及批判精神，於《水滸傳》的實際批評中，既維護傳統規範，亦尊重個人論述，看似相對立的兩種主張，卻有共通的面向，即文人之議的批判態度與自覺之強調，以文學的詩性

7　孫琴安，《中國評點文學史》，〈緒論〉，頁11。
8　如譚帆，頁12。
9　林崗，《明清之際小說評點學之研究》，頁29-31。
10　林崗，頁39。

正義與文學文化的倫理學等角度觀察金聖歎評點《水滸傳》，[11] 固有其對倫理天性的歌頌與反省，以及相對應的虛構隱喻的意識與期待，而此一表現前提在於文人應參與論述與詮釋的必要與堅持。這些分析都趨向個體自由思考批判的期待與關懷，進而擴大至小說評點現象之補充與反省。

　　至於藝術章法之強調，尤爲小說評點之主要論述面向，金聖歎《水滸傳・序》、毛宗崗之〈讀三國志法〉皆提出小說修辭與文章藝術之系統論述，歷來相關研究亦多。另一方面，評點相當比例內容是對於文章藝術章法的強調指陳，也不乏有意遵循的自覺意識與刻意強著墨之後設特性。本書聚焦所謂「千部一腔，千人一面」明顯固定的寫作模式之才子佳人評點現象，明清才子佳人小說之創作與欣賞或許尤見其特定書寫模式的概念[12]，此種模式於發展中期已有僵化俗套之說。[13] 另一方面，卻

---

[11] 所謂「詩性」，分別依據李志艷，《中國古典小說敘事話語的詩性特徵》（成都：巴蜀書社，2009），頁42-46。以及努斯鮑姆（Martha C. Nussbaum）與理查德羅蒂（Richard Rorty, 1929-2004）所提出的詩性正義與文學文化的審美原則等觀點，引用與參考文本有〔美〕瑪莎・努斯鮑姆著，丁曉東譯，《詩性正義：文學想像與公共生活》（Poetic Justice: The Literary, Imagination and Public Life）（北京：北京大學出版社，2010），其主張詩性正義標準依賴於明智的旁觀者（judicious spectator）的道德感和正義感，對事物做出中立和審慎的裁判（頁15-16）；與李立，〈「文學文化」與倫理的審美生活建構：理查德・羅蒂倫理學思想的美學向度〉、張智宏，〈隱喻構造世界的實踐詩學：論理查德・羅蒂的文學倫理學〉，《北方論叢》238（2013.3），頁38-42。

[12] 魯迅，《中國小說史略》（臺北：里仁書局，1992），將才子佳人劃爲人情小說，但也認爲與明代四大奇書不同。孫楷第，《中國通俗小說書目》（北京：人民文學出版社，1982），頁151-171，將其歸爲專門一類，稱作才子佳人小說，並區別於艷情小說。

[13] 乾隆四十九年刊行的《紅樓夢》對才子佳人戲曲小說有所批判，如第一回所云，「至於才子佳人等書，則又開口文君，滿篇子建，千部一腔，千人一面，且終不能不涉淫濫。在作者不過要寫出自己的兩首情詩艷賦來，故假捏出男女二人名姓，又必旁添一小人，撥亂其間，如戲中的小丑一般。更可厭者，『之乎者也』，非理即文，大不近情，自相矛盾。」又如第五十四回賈母對才子佳人戲曲小說的批評，「這些書就是一套子，左不過是些佳人才子，最沒趣兒。把人家女兒說的這麼壞，還說是『佳人』！編的連影兒也沒有了。開口都是『鄉紳門第』，父親不是尙書，就是宰相。一個小姐，必是愛如珍寶。這小姐必是通文知禮，無所不曉，竟是絕代佳人。只見了一個清俊男人，不管是親是友，想起他的終身大事來，父母也忘了，書也忘了，鬼不成鬼，賊不成賊，那一點兒像個佳人？」以爲此類作品必有固定的情節安排以及因此而生的僵化缺失。然而，與此同時，而於乾隆四十七年刊行的《駐春園小史》則強調情節之奇對作品成就的重要性，展現了才子佳人小說此一流派的特定思考。由《紅樓夢》的批判可見，才子佳人小說之寫作實有既定模式，爲作者與讀者所熟知與理解，屬於創作與閱讀前的文類期待。

也有以「奇」強調者，既定的書寫模式卻有分歧之期待與認識，分歧的核心或可視爲對於情節轉折具有「總是曲折」與「必須曲折」的觀點差異，事實上，對立的兩種觀點皆呈現了有關才子佳人小說文類特性的反省。

　　如乾隆壬寅（1783）年間刊行、水箸散人評點的第十才子書《駐春園小史》對於才子佳人小說之書寫模式與藝術特徵即有不同理解與刻意強調。既有文獻亦以爲，水箸散人評點《駐春園小史》頗具理論色彩。[14]《駐春園小史》署名吳航野客編次，共六卷二十四回，每回皆有水箸散人之回末總評，然作者與評點者皆不知何許人。[15]《駐春園小史》內容實不出一般才子佳人之情節模式，但水箸散人之評點卻積極指出相關的藝術成就，而非以既有俗套或千篇一律的角度視之，其於既有傳奇或小說的認知上，強調《駐春園小史》藝術成就之同時，亦凸顯其人對於才子佳人寫作應有規範或標準之認識，以及應有的模式與情節安排，並於無慚大雅之風教前提下，著意於欲離忽合、委曲變幻、筆下洋洋的典雅修辭訴求，乃至胸中蘊結等寫作各層次，可見水箸散人對於書寫才子佳人小說之敘事自覺，其中亦見若干後設特質，或可作爲才子佳人小說所謂尋常俗套之外的另種補充視野。

---

[14] 譚帆，《中國小說評點研究》（上海：華東師範大學出版社，2001），頁282。

[15] 據石昌渝編，《中國古代小說總目‧白話卷》（太原：山西教育出版社，2004），頁539-540，《駐春園小史》，作者吳航野客，眞實姓名不詳，有水箸散人序，署時爲乾隆壬寅（四十七年，1782），則知此書之作，當於乾隆四十七年之前。據日本寬政七年乙卯（中國乾隆六十年，1795）已傳入日本。此書卷首提到小說《繡屏緣》，而《繡屏緣》有康熙九年（1670）序，則知本書之寫成，當不會早於康熙九年。乾隆五十三年（1788）務本堂刊本題名《綠雲緣》，一名《第十才子書》。《綠雲緣》乃合綠筠、雲娥二女之名，至於《第十才子書》，則是金聖歎合《離騷》、《莊子》、《史記》、《杜甫詩》、《水滸傳》、《西廂記》並列爲六才子書，清初天花藏主人將《玉嬌梨》、《平山冷燕》合刻爲第七才子書、第八才子書，其後有人稱《白圭志》、《斬鬼傳》爲第八才子書、第九才子書，《駐春園小史》因而有第十才子書之稱。本文所據文本有乾隆三餘堂刊本，吳航野客編次，水箸散人評閱，《駐春園小史》，《古本小說集成》（上海：上海古籍出版社，1990），及清無名氏著，水箸散人評，《駐春園》（臺北：河洛圖書出版社，1980）。

二、經史詩文之詮釋引申

　　藉由評點之論述，評點者展現個人學識才情、同時深化擴充小說內涵。如金聖歎（1608-1661）〈水滸傳序二〉云，「施耐庵傳宋江，而題其書曰《水滸》，惡之至，迸之至，不與同中國也。而後世不知何等好亂之徒，乃謬加以『忠義』之目。嗚呼！忠義而在《水滸》乎哉？忠者，事上之盛節也；義者，使下之大經也。」「故夫以忠義予《水滸》者，斯人必有懟其君父之心，不可以不察也。」又如毛宗崗〈三國演義序〉以為，「三國者，乃古今爭天下之一大奇局。而演三國者，又古今為小說之一大奇手也。異代之爭天下，其事較平，取其事以為傳，其手又較庸，故迥不得與《三國》并也。吾嘗覽三國爭天下之局，而歎天運之變化，真有所莫測也。」

　　評點者對於小說顯然不侷限於通俗或邊緣文類，而是以經史詩文加以對照參看，如金聖歎《水滸傳》評點利用經史典故論述忠義與孝悌之實質內涵，於綠林故事中嘗試建立倫理價值，訴求應有傳統典範。而毛宗崗三國演義評點於不同回目，多次徵引李華〈弔古戰場文〉，引用與強調的重點亦各有側重，其中或情境或心境，得見非呆板重複引用，且所謂「方信不是虛話」，實有意與讀者就文章領略加以對話。又於七十七回關公顯聖總評以為普淨長老「雲長何在」四字「抵得一部《金剛經》」，並以所謂人相、我相、是非、因果、善惡等具有宗教色彩的語彙介入歷史小說甚至歷史之理解中，對於歷史虛實有所消解與思考。

　　評點者以文人之知識背景對小說進行觀察闡釋，往往藉由經史詩文為敘述符號，以發揮隱喻作用，金聖歎的自我色彩鮮明，其所指陳的隱喻虛構往往凸顯了以我觀物的前提，以為作者隱喻的敘事自覺進入歷史文本的結構，從而建立並強調評點者所關懷的價值取向。[16]

---

16 譚帆，《中國小說評點研究》，頁30以為，文人化評點之所以增加，源於小說評點者與作者的個人關係，另一方面則強調評點者的私人行為，形成小說評點文人自賞性及私人性的發展趨勢。

　　至於東亞漢文小說與其評點之運用文史典故，則又展現另一種文化文學之傳播影響意義，東亞小說創作與評點有其所謂中國傳統小說形式特徵之自覺，亦有屬於文人書寫閱讀評賞模式之認知，表達並有意模仿沿襲。如日本明治時期出版的朝鮮漢文小說《金鰲新話》之評點內容與特徵，其中可見金時習《金鰲新話》於形式及內涵上對瞿佑《剪燈新話》的傳承表現，以及所展現的敘事文學之抒情性與個人性情，因日人學者評點的加入，使明治版《金鰲新話》更成爲漢學傳統之交流平臺，於其間進行漢學語彙與意涵的相互溝通對話，構成另一包含中日韓漢學互動之文本。朝鮮金時習《金鰲新話》之創作與日本三島中洲評點，亦見《詩經》、《春秋》、《易經》乃至古文〈毛穎傳〉之引用比擬，於小說文本中加入經史等不同文類形式與精神，擴大小說文本之理解層次。

　　又如標榜日本傳入中國而漢譯之小說《海外奇談》，其中署爲乾隆五十九年元月上元鵬齋老人[17]之序文特別強調該書流傳中國並被翻譯的過程，說明該作品由「嘗假稗史言，再翻譯之，倣《水滸》、《女仙》二史之例，改齣爲解，事則全據我傳奇，以托之足利氏而其逞其奇焉。西方海舶之客，獲之大喜，載歸傳國。」既言四十七義士故事之所由，強調忠肝義膽之啓發人心，關風教之大，其中中國經史小說之文本成爲論述符號，以凸顯本爲日本赤穗義士流傳中國之色彩。此類現象實植基於其人前此的文化素養與閱讀經驗，並運用聯想將不同文本內涵加以連結，實爲特定修辭表現，而有引導讀者之意圖，顯然於史實紀錄、歷史

---

[17] 鵬齋老人究竟爲何人，尚未有定論。石崎又造，《近世日本に於ける支那俗語文學史》（東京：清水弘文堂書房，1967），頁378-385，根據文政三年本鵬齋老人序，推測鵬齋老人爲龜田鵬齋（1752-1826），而陳慶浩，頁12則主張，龜田爲江戶人，爲日本經學家。研究龜田的專家杉村英治〈《海外奇談》：漢譯假名手本《忠臣藏》〉指出，早稻田大學圖書館所藏周文次右衞門《忠臣藏演義》十回，爲《海外奇談忠臣庫》底本，故龜田應非該書之漢譯者，而是否爲託名鴻濛陳人之修訂者，亦有待證實。

小說中產生互相參照領略的效果。[18]

　　《金鰲新話》與《海外奇談》之小說文本與各家評點不僅沿用中國傳統詩史典故之徵引運用，相關序跋也承襲中國經典與文化精神，也展現了中國文史之典故、句型或意象，傳統故實與通俗小說之內涵與風格相互融合，使整體文章呈現豐富深刻之文學意象，讀者得以領略上下古今，相互綜合理解，不僅是文史典故或文化符號之沿襲，更發揮故實辭彙中的精神內涵與意蘊。

　　評點者運用特定語彙符號，構成另一種具有多重隱喻的文本，深化小說情節之內涵，此一再創作的文本未必依循小說之價值脈絡，而是確立評點者之特定價值主張，成為展現其人學養與識見之個人空間，亦使小說文本因此具有特定文史傳統與價值對話之內涵，而擴大小說文類特徵之內涵。評點以經史或通俗文本介入小說之解讀，利用歷代文史文本融合互見之解釋方式，文史內涵與意義因而擴大或深化小說內容，強調閱讀過程中應留心不同文本間彼此之互涉與擴充，於關注小說情節發展之同時，也藉以寄託情感共鳴與議論對話之可能。小說於敘事現象擴大至抒懷寄寓之層次。

三、概括美學的隱喻閱讀

　　小說創作與評點分析都具有修辭及隱喻內涵，評點者揭露小說之內

---

[18] 毛評《三國演義》，對於文史語彙多所運用，尤其與前後回目中多次徵引唐代李華〈弔古戰場文〉，所謂「其存其歿，家莫聞知。人或有言，將信將疑。悁悁心目，寢寐見之」除見於七十七回描述關羽冤死東吳，兄弟尚無法得知之悲涼外，亦出現於三十一回袁紹兵敗官渡之戰，如三十一回袁紹於帳中聞遠遠有哭聲，毛評以為，「軍中聞夜哭，抵得唐人〈塞上行〉數篇。」「李華〈弔古戰場文〉是聞鬼哭，袁紹此夜是聞人哭。」（頁395）又見於第四十一回劉玄德攜民渡江情節之夾批，其文云，「又讀李華〈弔古戰場文〉曰：『往往鬼哭，天陰則聞。』未嘗不愀然悲也。今此處兼彼二語，倍覺淒涼。」（頁530）又於第九十一回孔明大祭瀘水情節中再次引用，其文云：「往往鬼哭，天陰則聞，方信李華〈弔古戰場文〉不是虛話。」（頁1181）

在意義，同時評點又產生另一層意義，亦具有隱喻內涵，意義與文本之增生，小說不僅是小說之人物事件，更值得關注的是人物事件所隱含的可能論述與思考，此一現象使小說文類層次有所擴充且深化，具有經史諸子等意義累積，趨向於觸發感動的抒情層面。《談藝錄》卷六九〈隨園論詩中理語〉（補訂一）：「若夫理趣，則理寓物中，物包理內，物秉理成，理因物顯。賦物以明理，非取譬於近（Comparison），乃舉例以概（Illustration）也。或則目擊道存，惟我有心，物如能印，內外脗融，心物兩契；舉物即寫心，非罕譬而喻，乃妙合而凝（Embodiment）也。」（附說十九）（頁 571-572）。此類理解現象失之於歷史小說，尤見其中的本質訴求與概括式地比喻理解。

　　小說與史實之敘事差異與虛實意識往往為既有文獻之論述重點，如寫於弘治甲寅仲春之庸愚子〈《三國志通俗演義》序〉所謂「留心損益」，「文不甚深，言不甚俗，事紀其實，亦庶幾乎史」，即具有小說與史實虛實比較的觀照視野。而近人研究無論是虛實成分多寡與小說情節安排合理性等探討，以及因之而產生的相關價值與文化詮釋，大致可歸結為兩大層面：一即筆法藝術，所謂虛實相雜的提出，乃至對虛構的界定；其次則為內在精神探討，此可視為庶民善惡觀點到倫理價值的闡揚，這類虛實的探討多植基於題材增刪、寫作技巧或作品意涵之認識基礎上。

　　而毛宗崗評點《三國演義》對於超現實或違背常理等情節之處理與解釋，自亦有虛實觀念之表現，明顯提出「虛」「實」者，往往是小說作者書寫藝術之層次，即所謂「一虛一實」等對照。至於小說中加入史實未見的虛構情節，毛氏所強調的，往往是如何閱讀此類背離史實之虛構內容，展現的是評點者視此類虛構情節為某種比喻的觀點，本書所謂比喻的觀點，即對於特定文字符號或情節所隱含的某種內涵或特質之理解，而非拘泥於用以比喻的文字符號或情節本身之虛實考證。此一有關理解性的閱讀，歷來似未有全面的關注，多僅著重其間修辭筆法之批評

術語、讀者反應，或探討與毛宗崗出身及出版地域背景相關區域文化素養等層面之考察。[19] 然檢視毛宗崗評點《三國演義》第七十七回〈玉泉山關公顯聖，洛陽城曹操感神〉可知，毛氏對於虛實概念另有著墨，其對於關公遇難顯聖此一虛構情節有所處理與詮釋，包括歷史、宗教與生死等情感安頓，以及道德價值之審美領略等。

　　毛宗崗既肯定羅貫中《三國演義》運用顯聖此一虛構情節，並於實際批評中將倫理價值與文史、宗教概念符號相互參照運用，引導讀者超越敘事情節真實與否之關注，以審美方式進行理解非現實情節隱藏的特定意義。毛宗崗於此之虛實辯證、審美概括與詩意修辭的評點特徵，對於歷史、歷史小說等不同層次文本之見解，呈現了歷史小說除了敘事，亦蘊含思索情致，評點者與讀者結合史實關懷與藝術視野，不僅使關公顯聖之批評超越以往或附會或徵實等視野，也確立了小說具有隱喻與抒情的層次。

　　毛氏評點以史實小說之虛實為反省基礎，分析評點者對歷史、歷史小說之寫作與理解差異，著重其間之認識取向，於所謂真實及虛構之差異中另有一理解，即其所欲強調的例推領略與隱喻導向的閱讀。評點者對於文史典故之各類引用，除由此多方闡發作者之作意外，亦藉以引導讀者深刻理解作品，又因評點者之有意引用，亦呈顯其人因特定文化素養與閱讀經驗，而得以完成具有個人色彩的解讀結果，亦即強調所謂釋義的表現，「不揣愚魯，再三推敲」之釋義是文人型的小說評點主要內容，也是文人評點的主要目的，釋義是一種文化現象，具有其情感需求，也因此增進評點之理論深度與思想力道，小說戲曲本屬於文化邊緣

---

[19] 有關毛宗崗之評點《三國演義》，歷來不乏相關研究，如周建渝，《多重視野中的三國志通俗演義》（北京：中國社會科學院出版社，2009）從讀者反應理論分析毛氏父子對文本意義的建構，但多以術語的整理與章法的解釋為主，又如李正學，《毛宗崗小說批評研究》（北京：中國社會科學出版社，2010），除整理歷來有關毛宗崗研究外，本書強調毛宗崗出身於蘇州的地域性，因出版業的發展而自成小說批評圈，加上自身各類文化素養的累積，方成就《三國演義》的批評等。

位置，然藉由評點對小說敘事話語的修辭可見，小說敘事因此具有某種指涉或寓言的內涵，反映其對於傳統文化價值之反省與特定關懷。[20]

四、評述模式的海外印象

本書亦探討東亞和文小說與小說評點之現象參照，得以理解評點引用文史符號詩文篇章等寫作模式與文人精神價值之文化展現，並強調此類傳播軌跡與複製過程，亦得補充漢文小說之藝術特性與發展過程之另一面向。

如日本明治時期出版的朝鮮漢文小說《金鰲新話》之評點內容與特徵，其中可見金時習《金鰲新話》於形式及內涵上對瞿佑《剪燈新話》的傳承表現，以及所展現的敘事文學之抒情性與個人性。此一評點本具有評點話語的審美情境，意識到詩文意趣的文人品鑑、虛幻鋪陳的結構分析及恍惚悠遠的情境經營；也展現書寫空間的自我性，包括對傳奇文體的自覺承襲、強化敘事文本的抒情內涵。明治本《金鰲新話》無論是小說文本或各家評點，皆關注敘事文本中的抒情空間、敘事文學所具有的超越時空之承襲與新變、文人之幽冥想像、學識辯論與才情對話，以及小說文本與評點所顯現的相關價值意識與文章審美自覺等，顯現所沿襲的傳奇小說之特徵、蘊含的漢學傳統內涵，尤其文人有意自覺等超越時空之特殊意義。

---

[20] 譚帆，《中國小說評點研究》，頁92-94，檢視《水滸傳》、《三國演義》、《西遊記》、《紅樓夢》之系列評點現象，以為「不揣愚魯，再三推敲」之釋義是文人型的小說評點主要內容，也是文人評點的主要目的，釋義是一種文化現象，當經典原意不符當代社會需要時，人們便不惜穿鑿附會，甚至竄改古書，使經典契合當時之需要，此一行為有其實用性，也因而刺激經典局部價值。而文人的小說評點之釋義具有其情感需求，也由此增進評點之理論深度與思想力道，小說戲曲等俗文學本屬於正統文化之邊緣位置，卻也從中反映其對於傳統文化價值之反省與特定思想系統。

　　因日人學者評點的加入，使明治版《金鰲新話》更成爲漢學傳統之交流平臺，於其間進行漢學語彙與意涵的相互溝通對話，構成另一包含中日韓漢學互動之文本。

　　金時習對於中國經史文學自是有所反思承襲，與其說模擬《剪燈新話》寫作《金鰲新話》，毋寧是對中國史學與詩學傳統，乃至傳奇小說精神的承襲與認識，而日人評點者亦然，以其漢學背景加以評析《金鰲新話》，因彼此具有共通之漢學背景，使評點文字本身已爲一文本，又與小說文本結合，形成另一對話平臺，其間創作文本與評點鑑賞之漢學背景相互呼應強調，彼此相涉且相關，使《金鰲新話》的超越時空之漢學對話更趨明顯，無論是創作或評點，各自運用上下古今文獻，發揮規範意識與詼諧精神，呈現中日韓文人共通交流的思想情感與價值意識，展現特定時空下漢學精神之承襲與獨創等特殊現象。

　　另一方面，日本亦見古典通俗小說之摹寫與評點現象。通俗小說於江戶時期（1603-1867）傳入日本，其中以《三國演義》、《水滸傳》及《三言》、《二拍》等最受歡迎，之後並有翻譯或改寫版本產生。日本除了接受中國輸入的小說，也進而自創漢文小說，將中國古代小說的結構、經驗、意趣予以改寫，甚而有刻意以假亂眞，強調原爲日本本土創作之小說而後傳入中國被翻譯者，《海外奇談》之名，即強調中國人翻譯日本作品的觀點，所謂「海外」，意指日本視角之下，以爲中國對日本之指稱。事實上，《海外奇談》實即《忠臣庫》，故事有一定程度的史實與文學依據，乃日本元祿十五年（1702，康熙四十年）在播磨國赤穗城所發生的義士爲主公報仇的事件，以大石良雄爲首的赤穗四十七義士爲主公淺野長矩復仇而殺死敵人吉良義央，次年四十七義士皆切腹自殺。[21] 此一爲主公復仇發揮武士道精神之事件引起相當重視，此後約

---

21 日本武士道約從鎌倉時代（1185-1333）開始發展，於江戶時代（1603-1867）以儒教思想爲基礎，完成武士階層的道德體系，及至江戶時代結束，明治維新後方使推翻武士階級的統治地位，武士道亦因此被遺棄。

一百五十年間陸續有淨琉璃、歌舞伎、狂言各種創作形式反映此一事件。而小說《忠臣庫》對武士道精神的描述，也展現日人作家於假托清人之作《忠臣庫》之際，當時「清人」對日本價值的認知，亦即異域的想像。據鵬齋老人序：

> 赤穗義士四十七人，其精忠義烈，輝映史冊，撐持宇宙矣。雜劇家演以爲十一齣，其盡力捐軀報君，復仇之義心忠烈，使觀者激昂握腕，唏噓吞聲，其關風教者又大矣。某學生嘗假稗史言，再翻譯之，倣《水滸》、《女仙》二史之例，改齣爲解，事則全據我傳奇，以托之足利氏而其逞其奇焉。西方海舶之客，獲之大喜，載歸傳國。鴻濛陳人者，自加筆削，芟繁蕪而改正其辭，命曰：《海外奇談》。若夫俾彼優孟，寫生肖容，而施于絲竹，溢于氍毹，則彼將曰：「海外之人義烈之風，使人感激懲創者，合出於我方岳武穆、馬文毅之精忠，下手如是。」則使吾四十七人靈光浩氣，現乎大千者，不亦偉哉？吾行訪之海舶云。

此序文以日本爲中心的敘述角度，說明《海外奇談》之成書、翻譯與傳播過程，強調以中國章回小說之形式予以翻譯整理，以及作品所強調的高貴精神對所謂的海外產生影響，顯然將《海外奇談》定位爲流傳中國並被翻譯後，再度由船舶輸入日本的作品。

　　又因題材爲日本傳統之四十七義士脈絡，其中評點亦藉以對小說與相關戲劇之藝術特徵加以比較。在此背景之下，此類小說呈現的中國小說風貌，實具有多重內涵，文本模擬與序文刻意僞托，強調作品來自海外，並以日本江戶時代 1701 年至 1703 年期間發生的元祿赤穗事件爲題材，顯見具有中國白話小說形式之認知與表現，主要著眼標榜漢人翻

譯等所謂「宣傳」、「子虛烏有」及「掩人耳目」等偽裝舶來品的說法
及諸家慎重其事之評點現象予以思考，亦即是「何以日人作家有此假托
中國人之作」的相關背景與原因，朱眉叔以為是假托之作，因翻譯者不
詳其人，是否通曉日文亦未可知，版本亦不明，以及是否果由海舶載來
傳入中國、時代又為何時等，皆無明確事證。且正文中所使用之語言生
硬，不僅沒有漢語的使用習慣，反而多見日文之語法結構。[22] 朱眉叔並
以為，此實是《忠臣庫》另題《海外奇談》，假托中國人所作，不外是
為了強調作品是舶來品，以為宣傳招徠。[23] 陳慶浩也以為《忠臣庫》是
假托之作，所謂「鴻濛陳人」、「觀成堂」等，都是子虛烏有的假名，
扉頁重版者的說明和題辭，更是為了「掩人耳目」的製作。題辭與正文
所使用之漢文不甚通順，「不堪卒讀」。[24]

　　由朱、陳之分析可見，《海外奇談》相關文獻敘述皆有意假托，旨
在強調舶來品與掩人耳目，如此的刻意擬真雖有破綻，但另一方面亦顯
現，強調中國人之譯作實有提高文學地位與價值之功，並可解釋《海外
奇談》的各種擬真書寫，實即包含了日本作家對中國章回小說的形式印
象與模仿改寫，不僅反映了當時日人所認知的中國小說形式特徵，也呈
現了日本作家想像中的海外印象或說中國印象。

　　評點本《海外奇談》具有小說跨國傳播與文化交融之特質，如標榜
漢譯的價值意識；模擬改寫的文本特徵與特定印象型塑的自覺詮釋，此
類日本作家的刻意假托，呈現了來自中國價值觀點與通俗小說之論述模

---

[22] 朱眉叔，〈從《忠臣庫》談到中國通俗小說對日本的影響〉，春風文藝出版社編，《明
清小說論叢》第三輯（瀋陽：春風文藝出版社，1985），頁94-97，以為《海外奇談》
假托中國人翻譯之作，實有數項破綻，其一是從《海外奇談》之序文來看，翻譯者似有
兩說，但都未有具體身分，其二則是所謂的削芟訂補之工作，如非見過《忠臣庫》原
本，恐難從事，其三為海舶載來者究為手稿或刊印本，亦無法得知，其四則是《忠臣
藏》腳本之產生為日本鎖國時代，當時向中國輸入書籍之事罕見，另外，語言運用水準
並不高，屢見脫落或刻工失誤，此尤為最大破綻。

[23] 朱眉叔，〈從《忠臣庫》談到中國通俗小說對日本的影響〉，頁109。

[24] 陳慶浩，〈古本漢文小說辨識初探〉，頁11。

式，此類日人作家的假托與型塑現象實具有雙重的層次，既是日本對中國小說形式與價值精神之想像，也同時設想中國人對日本的可能想像。尤其有意地模仿與標榜更見模擬自覺，顯示中日彼此跨境之文學傳播接受與文化交流融合之影響。

由上述可知，古典小說評點至少顯現了幾項特徵，即個人色彩、文化展示、文本藝術等面向，且以其特定的論述模式、經史典故徵引、彼此對話等對於小說文本內涵進行擴充與深化，不僅歷代之承襲擴增，也有海外影響傳播之呈現。小說文類內涵因詩文抒情與言志傳統之介入思考，成為展示文化素養歷史視野之文字空間，為超越小說文本之新文本，並有文化再生產與增殖的趨勢。

第一章
議論的意識自覺

試析金聖歎《水滸傳》評點中的文人之議

前 言

有關金聖歎評點《水滸傳》所主張的人倫規範與至性心靈等內涵，歷來多有研究，尤其聚焦其思想矛盾之討論，如揭示亂自上作，同情並理解被逼上梁山的英雄，卻也藉由刪改驚惡夢之情節以否定此一作亂行為之合理性，於實際評點中，呈現對梁山好漢起義行為的整體否定，卻對個別英雄的極力讚美此一矛盾現象。[1]

另一方面，既有研究亦主張，金聖歎評點的解義性作法，著墨《水滸傳》的「筆墨之外」的苦心，擔心讀者之精神不生，故「不辭不敏」，刻意探尋作家蘊含於文字的褒貶大義。[2]顯然具有修辭隱喻的概念，表達義不容辭而有分析的解義企圖，所謂的「主體性」到「解義性」，互為補足，於文學形象和情感特徵的理解，以及作者文心之探究上，強化批評者主體意識。[3]

---

[1] 譚帆，《中國小說評點研究》（上海：華東師範大學出版社，2001）第三章〈小說評點之類型〉，頁92。如對於明末社會黑暗之憤慨與紛然而起的動亂有所憂慮，是以於其評點中產生新的釋義，既突出亂自上作，從而揭示作品對社會的強烈批判性，同情並理解被逼上梁山的英雄，但同時也藉由刪改驚惡夢之情節以否定此一作亂行為之合理性。

[2] 李金松，〈金批《水滸傳》的批評方法研究〉，《漢學研究》20：2（2002），頁227。

[3] 譚帆，《金聖歎與中國戲曲批評》（上海：華東師範大學出版社，1992），頁23，以為，金聖歎在批評理論和實踐中，申述和體現了他關於文學批評的「解義性」，且這觀念的提出，根植於他對文學創作「主體性」的認識。

　　本文以爲，敘事往往是具有讀者或聽衆意識的陳述。[4]而小說評點爲某種批評話語，由個人娛情進至系統論述的主張，可視爲一種意識型態的生產。[5]金聖歎《水滸傳》評點中價值觀點之矛盾，以及具有的詮釋自覺，二者或許可以文人角度加以連結，進而理解金聖歎評點之思想脈絡與可能解釋。本文的文人概念，包含金聖歎的庶人背景、具有著述與批判使命感的士人身分，以此嘗試連結包括庶人橫議、著述孤憤與運事修辭、隱喻褒貶等內涵。金聖歎於評點中如何去進行價值論述，同時如何去看待此一批評活動，其實即是一種表達，其間展現的詩性關懷與人生姿態，也將是關注的重點。

一、當世之憂與庶人橫議的前提

　　金聖歎以文人立場批評《水滸傳》，而此文人顯然具有雙重意識，既提出維護傳統規範之責任，也強調庶人橫議之必須被理解，所謂「當世之憂」的關注，使庶人橫議有其合理性，事實上，所謂庶人，實亦金聖歎自我表述之另一指稱，指陳當世之憂同時，也展現了文人應有獨立思考與批判的自覺與表現。

（一）倫理秩序的維護與反思

　　以忠孝爲核心的倫理規範對金聖歎而言，具有美好內涵與理想所在，本應爲群衆所恪遵依循，是以《水滸傳》中的人倫毀壞，自是所謂「當世之憂」的焦點，如第一回評點以王進、高俅之先後出場，對比忠孝人倫之墮落，其文云：

---

[4] 華萊士・馬丁，《當代敘事學》（北京：北京大學出版社，2005），頁102以爲，在最普遍的意義上，一切的敘事都是話語，都是向著讀者或聽衆說的。

[5] 吳子林，《經典再生產：金聖歎小說評點的文化透視》（北京：北京大學出版社，2009），頁213。

一部大書七十回，將寫一百八人也。乃開書未寫一百八人，而先寫高俅者，蓋不寫高俅，便寫一百八人，則是亂自下生也；不寫一百八人，先寫高俅，則是亂自上作也。亂自下生，不可訓也，作者之所必避也；亂自上作，不可長也，作者之所深懼也。一部大書七十回，而開書先寫高俅，有以也。高俅來而王進去矣。

王進者，何人也？不墜父業，善養母志，蓋孝子也。

吾又聞古有「求忠臣必於孝子之門」之語，然則王進亦忠臣也。孝子忠臣，則國家之祥麟威鳳、圓璧方珪者也。橫求之四海而不一得之，豎求之百年而不一得之。[6]

金聖歎極力維護傳統「忠臣出於孝子之門」的倫理價值，對梁山好漢之違背體制、挑戰君權無法苟同。並以為，「水滸」二字意謂施耐庵對梁山好漢的否定，如〈序二〉即云：

施耐庵傳宋江，而題其書曰：《水滸》，惡之至，迸之至，不與同中國也。而後世不知何等好亂之徒，乃謬加以「忠義」。

嗚呼！忠義而在《水滸》乎哉？忠者，事上之盛節也；義者，使下之大經也。忠以事其上，義以使其下，斯宰相之材也。忠者，與人之大道也；義者，處己之善物也。忠以與乎人，義以處乎己，則聖賢之徒也。若夫耐庵所云「水

6　本文所引金聖歎評點文字乃據清・金聖歎批評本《水滸傳》（長沙：岳麓書社，2006），下文不另註明出處。

　　「滸」也者，王土之濱則有水，又在水外則曰「滸」，遠之也。遠之也者，天下之凶物，天下之所共擊也；天下之惡物，天下之所共棄也。

　　故夫以忠義予《水滸》者，斯人必有慼其君父之心，不可以不察也。且亦不思宋江等一百八人，則何爲而至於水滸者乎？其幼，皆豺狼虎豹之姿也；其壯，皆殺人奪貨之行也；其後，皆敲樸劓刖之餘也；其卒，皆揭竿斬木之賊也。有王者作，比而誅之，則千人亦快，萬人亦快者也。如之何而終亦倖免於宋朝之斧鑕？彼一百八人而得倖免於宋朝者，惡知不將有若干百千萬人，思得復試於後世者乎？

　　金聖歎否定梁山好漢的作爲，以爲應是天下所共擊、共棄之凶物、惡物。對於作亂情節的無法苟同，使其捏造宋江與其他人物的形象，並竄改情節，[7] 以驚惡夢的情節使梁山好漢同遭處斬。[8] 刪略第七十一回後有關接受招安、攻打方臘等內容，增補盧俊義夢見梁山頭領全部被捕殺的情節以結束全書，「梁山大聚義之後，是夜盧俊義便得一夢，……情願歸附朝廷，那人拍案罵道：『我若今日赦免你們時，後日再以何法治天下？』」對此，金聖歎評爲「不朽之論」。而對於一百八人之處斬，則批以「眞吉祥文字」。對照本文所云，「盧俊義醒後，看到堂上一個牌額，大書『天下太平』」，顯現金聖歎維護傳統規範，綠林好漢之作亂天下並無合法基礎。

7　如金聖歎於《水滸傳》第五十九回修改宋江對晁蓋欲攻打曾頭市的態度，假托依古本刪去宋江對晁蓋「哥哥是山寨之主，不可輕動，小弟願去」的苦勸，改爲「默，未嘗發一言」，以凸顯宋江之權詐。
8　陳謙豫，《中國小說理論批評史》（上海：華東師範大學出版社，1989），頁92-94。

　　金聖歎雖然理解官逼民反的無奈，甚至為此「愀然出涕」（第五十一回評點），但仍以家國君父的立場，以為「以殺盡贓酷為報答國家，真能報答國家者也」、「斬贓酷首級以獻其君，真能獻其君矣」（第十八回評點），可見維護傳統君權秩序的態度。

　　第七十回〈總批〉亦補充此一價值批判，並說明其評點所欲揭示之敘事內涵，其文云：

> 一部書七十回，可謂大鋪排，此一回可謂大結束。讀之正如千里群龍，一齊入海，更無絲毫未了之憾。笑殺羅貫中橫添狗尾，徒見其醜也。
>
> 或問：「石碣天文，為是真有是事？為是宋江偽造？」此癡人說夢之智也，作者亦只圖敘事既畢，重將一百八人姓名一一排列出來，為一部七十回書點睛結穴耳。蓋始之以石碣，終之以石碣者，是此書大開闔；為事則有七十回，為人則有一百單八者，是此書大眼節。若夫其事其人之為有為無，此固從來著書之家之所不計，而奈之何今之讀書者之惟此是求也？
>
> 聚一百八人於水泊，而其書以終，不可以訓矣。忽然幻出盧俊義一夢，意蓋引張叔夜收討之一策，以為卒篇也。嗚呼！古之君子，未有不小心恭慎而後其書得傳者也。吾觀《水滸》洋洋數十萬言，而必以「天下太平」四字終之，其意可以見矣。後世乃復削去此節，盛誇招安，務令罪歸朝廷，而功歸強盜，甚且至於哀然以「忠義」二字而冠其端，抑何其好犯上作亂，至於如是之甚也哉！

天罡、地煞等名，悉與本人不合，豈故爲此不甚了了之文
耶？吾安得更起耐庵而問之！

以爲綠林不足爲訓，後世之盛讚招安情節，「罪歸朝廷」，「功歸強
盜」，「冠以忠義」，將使犯上作亂有所依據，而此亦是金聖歎批判的
核心，在第七十回增改的詩中盼望「太平天子當中坐，清愼官員四海
分」，即可見極力維護皇權之態度，對於小說以天罡、地煞解釋綠林好
漢前世來歷的安排，表示「悉與本人不合，豈故爲此不甚了了之文耶？
吾安得更起耐庵而問之」的理性思考。

　　金聖歎評點的倫理價值觀亦展現在聖人與天子掌握話語權與道德
詮釋的議論，〈序一〉多次將天子和聖人相提並論，主張「非天子而作
書，其人可誅，其書可燒也」，其文云：

無聖人之位，則無其權；無其權，而不免有作，此仲尼是
也。仲尼無聖人之位，而有聖人之德；有聖人之德，則知
其故；知其故，而不能已於作，此《春秋》是也。顧仲尼
必曰：「知我者，其惟《春秋》乎？罪我者，其惟《春
秋》乎？」斯其故何哉？知我惟《春秋》者，《春秋》一
書，以天自處學《易》，以事繫日學《書》，羅列與國學
《詩》，揚善禁惡學《禮》，皆所謂有其德而知其故，知
其故而不能已於作，不能已於作而遂兼四經之長，以合爲
一書，則是未嘗作也。……

是故作書，聖人之事也。非聖人而作書，其人可誅，其書
可燒也。作書，聖人而天子之事也。非天子而作書，其人
可誅，其書可燒也。何也？非聖人而作書，其書破道；非

> 天子而作書，其書破治。破道與治，是橫議也。橫議，則
> 烏得不燒？橫議之人，則烏得不誅？……
>
> 燒書之禍，禍在並燒聖經。聖經燒，而民不興於善，是始
> 皇之罪萬世不得而原之也。求書之禍，禍在並行私書。私
> 書行而民之於惡乃至無所不有，此漢人之罪亦萬世不得而
> 原之也。

以為「破道與治」，即為「橫議」，且「橫議之人，則烏得不誅」，不
屬於規範內之意見表達，基本上均應加以質疑。金聖歎確立典範權威，
作書之權在於聖人，並非普遍權力，所謂「非聖人而作書，其書破道；
非天子而作書，其書破治」，「破道與治，是為橫議，其人可誅，其書
可燒耳；非真有所大詭於聖經，極害於王治也，而然且如此。」皆強調
書寫之神聖性與限制性。

（二）庶人橫議與文人之議的連結

　　金聖歎著眼倫理價值與規範之神聖性，其評點因此有了道德意義與
教化期許，然於此基礎上，亦有反省前提，對於庶人作書有其理解，如
〈序一〉云：

> 若夫施耐庵之書，而必至於心盡氣絕，面猶死人，而後其
> 才前後繚繞，使得成書。夫而後知古人作書，其非苟且也
> 者。而世之人猶尚不肯審己量力，廢然歇筆，然則其人真
> 不足誅，其書真不足燒也。夫身為庶人，無力以禁天下之
> 人作書，而忽取牧豬奴手中之一編，條分而節解之，而反
> 能令未作之書不敢復作，已作之書一旦盡廢，是則聖歎廓
> 清天下之功，為更奇於秦人之火。故於其首篇敍述古今經

書興廢之大略如此。雖不敢自謂斯文之功臣，亦庶幾封關
之丸泥也。

以其身爲庶人，無力禁天下之人作書，故「條分而節解之」，只取書予
以分析，可見對於規範之高度依循，亦說明其之所以評點，「反能令未
作之書不敢復作，已作之書一旦盡廢，是則聖歎廓清天下之功」，以爲
著書非眾人皆可爲，展現權威典範之思。

　　另一方面，雖因身爲庶人，無力作書，金聖歎卻藉條分節解《水
滸》以展示應有的價值規範，除了強調其解釋之主體性外，也隱然指陳
了施耐庵之作《水滸》，「雖在稗官，有當世之憂焉」，其寫作表現具
有藝術自覺且得以據以反省倫理規範，實即「天下無道」而有的「庶
人之議」，視作者爲人民代言人，而其之評點《水滸》，「存耐庵之
志」，則在於廓清闡發倫理內涵，有其使命感，也引作者爲同調，以庶
人之議自詡。[9]

　　金聖歎以爲「破道與治，是爲橫議」之同時，也意識到庶人橫議之
所由，甚而以爲庶人之議皆史也，此乃肇因於天下無道，「橫議」於此
具有其合理性，如第一回〈總批〉即云：

　　王進去，而一百八人來矣，則是高俅來，而一百八人來
　　矣。王進去後，更有史進。史者，史也。寓言稗史亦史
　　也。夫古者史以記事，今稗史所記何事？殆記一百八人之
　　事也。記一百八人之事，而亦居然謂之史也何居？從來庶
　　人之議皆史也。庶人則何敢議也？庶人不敢議也。庶人不
　　敢議而又議，何也？天下有道，然後庶人不議也。今則庶

<hr>

9　龔兆吉，〈明末社會與金聖歎評點水滸傳的歷史意義〉，《史學史研究》，1985年3
　　期，頁40-42。

人議矣。何用知其天下無道？曰：「王進去，而高俅來矣。」

金聖歎批評孝子忠臣王進因高俅之辱，棄家私走延安府，隱喻亂自上作，天下無道，又以史進作爲「史」之寓言表徵，所謂「寓言稗史亦史」，從而詮釋史的內涵爲庶人之議，庶人本不敢議，而卻又議，故知天下無道，金聖歎以此確立庶人之議的合理性與必要性。

金聖歎亦強調作者虛構經營之敘事藝術在於揭露社會之黑暗凶惡，而意欲窮凶極惡者伏誅，後者有所警戒，〈序二〉云：

彼一百八人而得倖免於宋朝者，惡知不將有若干百千萬人，思得復試於後世者乎？耐庵有憂之，於是奮筆作傳，題曰《水滸》，意若以爲之一百八人，即得逃於及身之誅戮，而必不得逃於身後之放逐者，君子之志也。而又妄以忠義予之，是則將爲戒者而應將爲勸耶？……

是故由耐庵之《水滸》言之，則如史氏之有《檮杌》是也，備書其外之權詐，備書其內之凶惡，所以誅前人既死之心者，所以防後人未然之心也。由今日之《忠義水滸》言之，則直與宋江之賺入夥、吳用之說撞籌無以異也。無惡不歸朝廷，無美不歸綠林，已爲盜者讀之而自豪，未爲盜者讀之而爲盜也。嗚呼！名者，物之表也；志者，人之表也。名之不辨，吾以疑其書也；志之不端，吾以疑其人也。……

削忠義而仍《水滸》者，所以存耐庵之書其事小，所以存耐庵之志其事大。雖在稗官，有當世之憂焉。後世之恭愼

君子，苟能明吾之志，庶幾不易吾言矣哉！

提及「名者，物之表也；志者，人之表也。名之不辨，吾以疑其書也；志之不端，吾以疑其人也」，強調「名」、「志」之是否相符，以及於人之重要性，「削忠義而仍《水滸》者，所以存耐庵之書其事小，所以存耐庵之志其事大，雖在稗官，有當世之憂焉」。其所謂「憂」，在於「彼一百八人而得倖免於宋朝者，惡知不將有若干百千萬人，思得復試於後世者乎？」強調作者之書寫苦心不可輕忽，由此也確立庶人之議的價值。金聖歎強調作為文人之事的歷史寫作，並不止於敘事，亦是歷史批判意識的自由表達，將書寫意識與價值規範連結，也提供其肯定文人之議與庶民之議的合理基礎。

二、著述孤憤與倫理天性的融合

金聖歎肯定施耐庵書寫《水滸傳》之苦心與憂慮，指出作者所擔憂者，實為倫理價值尤其忠孝及兄弟手足情誼之崩頹，此即忠義觀點的思考，而其評點亦積極強調此一關懷，藉由對特定梁山英雄忠孝友悌的肯定讚揚，以見倫理天性之可貴，所謂忠義的內涵與價值，實即為文人之議或庶人之議的議論重心。

（一）發憤著述之理解

金聖歎既云《水滸傳》為施耐庵發憤之作，也因此積極展現分析解義之企圖，以免辜負作者之「心苦」，楔子〈總批〉云：「吾特悲讀者之精神不生，將作者之意思盡沒，不知心苦，實負良工，故不辭不敏，而有此批也。」即指出施耐庵著作《水滸傳》的用意，又如第十一回評點云：

> 我讀《水滸》至此，不禁浩然而歎也。曰：「嗟乎！作
> 《水滸》者雖欲不謂之才子，胡可得乎？夫人胸中，有非
> 常之才者，必有非常之筆；有非常之筆者，必有非常之
> 力。

唯有才子方能作《水滸》，胸中有非常之才，必有非常之筆與非常之
力，文人才情難能可貴，評點者意識到此，既指導閱讀訊息，也進行對
話與論述，如第二十一回評云：「今試開爾明月之目，運爾珠玉之心，
展爾粲花之舌，爲耐庵先生一解《水滸》，亦復何所見其聞弦賞音，便
知雅曲者乎？」於此，所謂的「主體性」到「解義性」，互爲補足，於
文學形象和情感特徵的理解，以及作者文心之探究上，都具有了評點者
之主體精神。[10]

　　又如第六回對於林沖回答陸虞候詢問的「陸兄不知！男子漢空有
一身本事，不遇明主，屈沈在小人之下，受這般腌臢的氣！」其中夾批
云：「發憤作書之故，其號耐庵不虛也」，同時也將小說寫法與史傳筆
法相較，如第二十八回〈總批〉有關小說與史傳的分析，以爲二者都具
有作者匠心與用意，其文云：

> 嘗怪宋子京官給椽燭修《新唐書》。嗟乎！豈不冤哉！夫
> 修史者，國家之事也；下筆者，文人之事也。國家之事，
> 止於敘事而止，文非其所務也。……
>
> 若文人之事，固當不止敘事而已，必且心以爲經，手以爲
> 緯，躊躇變化，務撰而成絕世奇文焉。如司馬遷之書，其

---

[10] 譚帆，《金聖嘆與中國戲曲批評》（上海：華東師範大學出版社，1992），頁23，以爲
金聖嘆在批評理論和實踐中，申述和體現了他關於文學批評的「解義性」，且這觀念的
提出，根植於他對文學創作「主體性」的認識。

選也。馬遷之傳伯夷也,其事伯夷也,其志不必伯夷也;其傳遊俠貨殖,其事遊俠貨殖,其志不必遊俠貨殖也;進而至於〈漢武本紀〉,事誠漢武之事,志不必漢武之志也。惡乎志?文是已。馬遷之書,是馬遷之文也。馬遷書中所敘之事,則馬遷之文之料也,以一代之大事,如朝會之嚴,禮樂之重,戰陳之危,祭祀之慎,會計之繁,刑獄之恤,供其爲絕世奇文之料,而君相不得問者。凡以當其有事,則君相之權也,非儒生之所得議也。若當其操筆而將書之,是文人之權矣;君相雖至尊,其又惡敢置一末喙乎哉!此無他,君相能爲其事,而不能使其所爲之事必壽於世。

評點指出,文人敘事不止於敘事,「必且心以爲經,手以爲緯,躊躇變化,務撰而成絕世奇文焉」,「操筆而將書之,是文人之權」,重在躊躇反省與評價議論的本質,使記事不只是記事,所謂絕世奇文乃在於其完成了文人情懷與批判意識的展現,且「君相雖至尊,其又惡敢置一末喙乎哉」,於此,金聖歎之評點《水滸傳》,爲「至文」提出一個具有形而上性質的假設,不似李卓吾「至文」之主張在於「童心」存有,而是於綜合議論時稱爲「才」,於具體段落分析時稱爲「文」,兩者都是關於文學作品特性的形而上假設,或說關於文學特性之本源的解釋,藉此爲文學作品批評提供合乎理性的依據。[11] 其又云:

是故馬遷之爲文也,吾見其有事之巨者而櫽栝焉,又見其有事之細者而張皇焉,或見其有事之闊者而附會焉,又見其有事之全者而軼去焉,無非爲文計,不爲事計也。

---

[11] 林崗,《明清之際小說評點學之研究》(北京:北京大學出版社,1999),頁86。

其間「隟括」、「張皇」、「附會」、「軼去」，全在「文」的概念下作用，使事件在這些藝術手法下獲得安排描述，而藝術的考慮安排又服從於金聖歎所提出的普遍文學特性與價值前提，由此凸顯文人議論精神，有其神聖性，不能被輕易挑戰。又云：

> 能使君相所爲之事必壽於世，乃至百世千世以及萬世，而猶歌詠不衰，起敬起愛者，是則絕世奇文之力，而君相之事反若附驥尾而顯矣。

> 嗚呼！古之君子，受命載筆，爲一代紀事，而猶能出其珠玉錦繡之心，自成一篇絕世奇文。豈有稗官之家，無事可紀，不過欲成絕世奇文以自娛樂，而必張定是張，李定是李，毫無縱橫曲直，經營慘澹之志者哉？則讀稗官，其又何不讀宋子京《新唐書》也！

強調作者或評點者思索與評價的行爲，史官「受命載筆」，「猶能出其珠玉錦繡之心」，自成絕世奇文，而「稗官之家」豈能「毫無縱橫曲直，經營慘澹之志者哉？」

於虛構意識的基礎上，小說與史傳雖各具不同特徵，小說被期待應具有縱橫曲直、經營慘澹之志，而史傳雖爲一代記事，卻仍不失珠玉錦繡之心，則見對於小說經營佈局更具期待。

傳統史官或文人甚或評點者並非是單純的文化記載者與傳播者，其人的權力意志是精神的話語控制，亦即金聖歎所謂的文人之議，透過自由的話語，以語言的詩性進行文化或歷史的批判。[12] 所謂的詩性，意

---

12 吳子林，《經典再生產：金聖歎小說評點的文化透視》，頁206，引福柯的觀點，以爲文人或史官不是單純記載者，而是有其權力意志，這種權力意志是一種精神的話語控制。

指文人自由地隱喻構思，亦為某種表述方式，具有個人觀察與批判的內涵，於佈局描述的同時，也展現個人價值判斷與人生態度，如第十四回夾批所云：

> 史進、魯達、燕青遍身花繡，各有意義。今小五只有胸前一搭花繡，蓋寓言胸中有一段壘塊，故發而為《水滸》一書也。雖然，為子不見親過，為臣不見君過，人而至於胸中有一段壘塊，吾甚畏夫難乎為其君父也。諺不云乎：「虎生三子，必有一豹」。豹為虎所生，而反食虎，五倫於是乎覆地矣。作者深惡其人，故特書之為豹，猶楚史之稱檮杌也。嗚呼！誰謂稗史無勸懲哉！

> 前文林沖稱豹子頭，蓋言惡獸之首也。林沖先上山泊，而稱為豹子頭，則知一百八人者，皆惡獸也，作者志在春秋，於是乎見矣。

金聖歎分析施耐庵《水滸傳》之作意，以為「今小五只有胸前一搭花繡，蓋寓言胸中有一段壘塊，故發而為《水滸》一書也」、「作者深惡其人，故特書之為豹，猶楚史之稱檮杌也。」無論是壘塊或褒貶，金聖歎皆強調作者此種「志在春秋」寓意有賴讀者領略，亦即須明瞭「誰謂稗史無勸懲哉」的觀點，此種價值精神有其普遍性，超越特定的道德規範，作者之敘述或議論，實為其人的某種價值或人生姿態之抒發，顯現了其人的人生思考與評價。

（二）倫理天性之肯定

深具文人意識的金聖歎，於其評點的意識形態中，一方面有意無意維護官方意識形態，另一方面則生產他異的因素，質疑、反思，乃至顛

覆官方的意識型態。[13] 是以，於強調倫理的規範之同時，金聖歎也繼承了李贄「童心說」與「穿衣吃飯即是人倫物理」的思想，強調個人主體性與思想自由的思潮，影響了評點《水滸傳》的理想內涵，若說著述孤憤具有褒貶苦心與價值的堅持，則內涵亦包括對天性的歌頌與至情人物的讚賞，金聖歎對其中至情至性的人物多所讚嘆，如讚美武松手足天性之可貴，「視兒如父，此自是豪傑至性，實有大過人者」，也推崇「寫魯達為人處，一片熱血直噴出來，令人讀之深愧虛生世上，不曾為人出力」。其〈讀第五才子書法〉即云：

> 李逵是上上人物，寫得真是一片天真爛漫到底。看他意思，便是山泊中一百七人，無一個入得他眼。《孟子》「富貴不能淫，貧賤不能移，威武不能屈」，正是他好批語。

又如第三十七回對宋江初見李逵「吃了一驚」的反應之夾批云：

> 黑凜凜三字，不惟畫出李逵形狀，兼畫出李逵顧盼，李逵性格，李逵心地來。下便緊接宋江吃驚句，蓋深表李逵旁若無人，不曉阿諛，不可以威劫，不可以名服，不可以利動，不可以智取，宋江吃一驚，真吃一驚也。

金聖歎盛讚李逵之純真至性，於評點中解釋正因其不屈服威脅利誘的性格心地，實非宋江所能及，故足以令宋江吃驚，又如對於第三十八回李逵「真個不吃酒，早晚只在牢裡服侍宋江，寸步不離」，金聖歎盛讚其之至誠可愛，夾批云：

---

13 吳子林，《經典再生產：金聖歎小說評點的文化透視》，頁216。

寫得至性人可敬可愛。寫李逵口中並不說忠說孝，而忽然
發心服侍宋江，便如此寸步不離，激射宋江日日談忠說
孝，不曾伏侍太公一刻也。

所謂「忽然發心服侍」之天真至性，正是李卓吾價值思想的延續，李逵
之「可敬可愛」在於「口中並不說忠說孝」，而是發自內心以兄長事宋
江。此一天真至性於金聖歎評點中，顯然與倫理價值觀點相符，而非衝
突違背。

　　又如第二十六回評價武松為武大報仇一事，除著墨武松之為人孝
悌，也提出天倫人情之感發，其文云：

話說當下武松對四家鄰舍道：「小人因與哥哥報仇雪恨，
犯罪正當其理，雖死而不怨；（夾批：天在上，地在下，
日月在明，鬼神在幽，一齊灑淚，聽公此言。）卻才甚是
驚嚇了高鄰。（夾批：又謝眾人一句。）小人此一去，存
亡未保，死活不知。我哥哥靈床子就今燒化了。（夾批：
讀之心痛。兄弟二人，一死於仇，一將死於報仇，想其父
母在地下，不知相顧作何語。）

以為武松為兄報仇，雖死而不怨，實因人倫，可見金聖歎雖歌頌個人性
情，卻也與普遍道德公理有所連結，另一方面，於彰顯倫理的同時，也
展現金聖歎對於人情之理解與想像，所謂天地日月鬼神，「一齊灑淚，
聽公此言」，展現了與群眾交流的共通情感，又提及兄弟二人分別「死
於仇」及「將死於報仇」，「想其父母在地下，不知相顧作何語」，評
點透過文學的移情作用論述普遍的痛苦經驗，於道德維護之同時，又藉

由道德上的移情與共感，使人情關懷在規範中仍被注意。[14]

　　第二十三回總批亦有類似主張，即由武松孝悌行止的論述推展至對當世禮教虛矯之批判，其言云：

> 寫武二視兄如父，此自是豪傑至性，實有大過人者。乃吾正不難於武二之視兄如父，而獨難於武大之視二如子也。曰：「嗟乎！兄弟之際，至於今日，尚忍言哉？」一壞於乾餱相爭，鬩牆莫勸，再壞於高談天顯，矜飾虛文。蓋一壞於小人，而再壞於君子也。夫壞於小人，其失也鄙，猶可救也；壞於君子，其失也詐，不可救也。

讚揚武大武松兄弟親情，弟視兄如父，兄視弟如子，尤爲難得至性。金聖歎藉此以諷當世天倫之墮落，尤其批判君子矜飾虛文，只知高談天倫，而未能眞正體認天性可貴。又云：

> 故夫武二之視兄如父，是學問之人之事也；若武大之視二如子，是天性之人之事也。由學問而得如武二之事兄者以事兄，是猶夫人之能事也；由天性而欲如武大之愛弟者以愛弟，是非夫人之能事也。作者寫武二以救小人之鄙，寫武大以救君子之詐。夫亦曰：兄之與弟，雖二人也；揆厥初生，則一本也。一本之事，天性之事也，學問其不必也。不得已而不廢學問，此自爲小人言之，若君子，其亦勉勉於天性可也。

---

[14] 李立，〈「文學文化」與倫理的審美生活建構：理查德・羅蒂倫理學思想的美學向度〉，《河南師範大學學報（哲社版）》40:1（2013），頁97-99。

金聖歎以爲，武松之視兄如父，尚可解爲服膺禮教之行，「是猶夫人之能事也」，可由學習得知，至於武大之視武松如子，「非夫人之能事也」，實爲武大天性至情之表現，絕非只知禮教之人所能比擬，可知天性之難能可貴與無法取代，尤其對君子而言，更應重新回歸天性之審視，以救當世空言狡詐之弊。

又第三十七回夾批亦見與史傳文字之比較，以及強調宋江與李逵人格高下，其文云：

> 撚指間，把這三斤羊肉都吃了。（夾批：何其嫵媚。）宋江看了道：「壯哉！眞好漢也！」（夾批：宋江掉文。）李逵道：「這宋大哥便知我的鳥意！吃肉不強似吃魚？」（夾批：無端插出宋江掉文一句，卻緊接出李逵誤認來，奇筆妙筆，鬼神于文矣。宋江自贊李逵壯哉，李逵卻認是說羊肉壯哉；宋江自贊李逵眞好漢，李逵卻信是說羊肉眞好吃。寫通文人與不通文人相對，如畫。）

指出宋江言語上的有意掉書袋，即模仿《史記‧項羽本紀》中項羽對樊噲大口喝酒啖肉的「壯士」之語，然李逵毫無所悉，而有此羊肉好吃之語，突兀對話顯示純眞與世故之別，亦見人格高下立判的寓意。

又如第四十一回〈總批〉云：

> 李逵取娘文前，又先借公孫勝取娘作一引者，一是寫李逵見人取爺，不便想到娘，直至見人取娘，方解想到娘，是寫李逵天眞爛漫也。一是爲宋江作意取爺，不足以感動李逵，公孫勝偶然看娘，卻早已感動李逵，是寫宋江權詐無用也。《易‧象辭》曰：「中孚，信及豚魚。」言豚魚無

知，最為易信。中孚無為，而天下化之。解者乃作豚魚難
信。蓋久矣權術之行於天下，而大道之不復講也。

自家取爺，偏要說死而無怨，偏一日亦不可待。他人取
娘，便怕他有疏失，便要他再過幾時。《傳》曰：「夫子
之道，忠恕而已矣。」觀其不恕，知其不忠，何意稗官有
此論道之樂。

金聖歎以為，李逵天真爛漫，情出於至誠，「見人取爺，不便想到娘，
直至見人取娘，方解想到娘」，又比較宋江接太公之造作與李逵接老母
之情感，以為宋江無體貼他人之心，「觀其不恕，知其不忠」，二人人
格高下立判，金聖歎以為，此即是小說論道功能之展現，李逵展現的天
真至情，實可感動看似無知豚魚，乃矯揉造作者所難以企及的，「何意
稗官有此論道之樂」，顯見小說具有提供道德倫理之批判與對話功能，
亦是其強調作者寓意之所在。

又如第五十七回夾批亦描述了魯達之性情人格，其文云：

三人一面殺牛宰馬，管待魯智深、武松。魯智深道：「史
家兄弟不在這裡，酒是一滴不吃！要便睡一夜，明日卻去
州裡打死那廝罷！」（夾批：句句使人灑出熱淚，字字使
人增長義氣，非魯達定說不出此語，非此語定寫不出魯
達，妙絕妙絕。）
……
魯智深焦躁起來，便道：「都是你這般性慢，直娘賊（夾
批：罵得奇絕，罵人而人不怨，友道不匱，永錫爾類故
也。）送了我史家兄弟！」（夾批：二語罵盡千古。）只今

性命在他人手裡，還要飲酒細商！」（夾批：和血和淚之
墨，帶哭帶罵之筆，讀之紙上爰爰震動，妙絕之文。）眾
人那裡勸得他呷一半盞。……

當晚和衣歇宿，明早，起個四更，提了禪杖，帶了戒刀，
不知那裡去了。（夾批：使我敬，使我駭，使我哭，使我
思。寫得便與劍俠諸傳相似。）

金聖歎評點文字展現個人之情感意向，同時尋求其他讀者之認同，所謂
「友道不匱，永錫爾類故也」乃對《詩經・大雅・既醉》「孝子不匱，
永錫爾類」的模仿，而帶哭帶罵、和血和淚之筆，描寫了魯智深之義氣
言行，亦「使我敬，使我駭，使我哭，使我思」，更明顯表達金聖歎之
感激與讚嘆，以及積極展現的詮釋解義。

　　金聖歎以條分縷析的評點者自居，又因具有美學意識和憐憫胸
懷，於文學暢想同時給予同情，雖重視倫理規範之不可逾越，但因由此
凸顯個人主體性的闡發，尤其自由天真的倫理天性之表達，賦予人之所
以為人的價值與意義。是以雖服膺倫理價值，但更加讚賞個別綠林好漢
的至情至性，其人之所以可愛可敬，在於對忠孝友悌的出於天性之真摯
表現，其間毫無機心計較，故顯其可貴，實與理想中的倫理價值有所連
結，倫理規範與個人性情於此得以融通。

三、經營構思與論述必要的詩性

　　金聖歎對純真天性的敘述中展現了其人對文化與道德之理解，且分
析此類文字所呈現的價值背景、所凸顯的修辭意識，使讀者藉由理解作
者之修辭敘事，認識到其中的隱喻內涵，並積極向讀者展示，此類內涵

所呈現的有關作者之某種人生理解，至於此類人事倫理之反省與批判，應屬必要的人生姿態，評價本身，實有其詩性傾向，敘事話語的修辭因此具有某種指涉或寓言的內涵。[15]

（一）隱喻修辭的寓意

金聖歎評點所具有的藝術與內涵之思考實有其傳統，亦即以「春秋書法」作爲闡釋批評方法，刻意推尋《水滸傳》之褒貶大義。如第三十五回〈總批〉云：「《史》不然乎？記漢武，初未嘗有一字累漢武，然而後之讀者莫不洞然漢武之非。是則褒貶固在筆墨之外也！嗚呼！稗官亦與正史同法」，亦即體認司馬遷寓於《史記》中的「褒貶」，即政治倫理的判斷不是在文字之中，而是在「筆墨」之外。而作爲一個批評家，必須從筆墨之外去探求作者隱含的價值判斷與傾向，前提是以隱喻方式寓寄批判意識。因此，在「稗官亦與正史同法」的文學理念制約下，金聖歎將此種體認施之於《水滸傳》評點，從《水滸傳》的「筆墨之外」，刻意探尋作家蘊含於文字的褒貶大義。[16] 亦即視隱喻敘述具有自由創發的活動，在一定語境下得以影響他人，甚至可因移情同感的作用而使文學具有道德性。[17]

---

[15] 本文所謂詩性，分別依據李志艷，《中國古典小說敘事話語的詩性特徵》（成都：巴蜀書社，2009），頁42-46。以及努斯鮑姆（Martha C. Nussbaum）與理查德羅蒂（Richard porty, 1929-2004）所提出的詩性正義與文學文化的審美原則等觀點，引用與參考文本有瑪莎‧努斯鮑姆（Martha C.Nussbaum）著、丁曉東譯，《詩性正義：文學想像與公共生活》（*Poetic Justice: The Literary, Imagination and Public Life*）（北京：北京大學出版社，2010），其主張詩性正義標準依賴於明智的旁觀者（judicious spectator）的道德感和正義感，對事物做出中立和審慎的裁判（頁15-16）與李立，〈「文學文化」與倫理的審美生活建構：理查德‧羅蒂倫理學思想的美學向度〉，《河南師範大學學報（哲社版）》40:1（2013）與張智宏，〈隱喻構造世界的實踐詩學：論理查德‧羅蒂的文學倫理學〉，《北方論叢》238期2013年2月。
[16] 李金松，〈金批《水滸傳》的批評方法研究〉，《漢學研究》20：2（2002），頁227。
[17] 張智宏，〈隱喻構造世界的實踐詩學：論理查德‧羅蒂的文學倫理學〉，《北方論叢》238期，2013年2月，頁40，引用Richard Rorty, *Truth and Progress*, Philosophical Papers, vol. 3, Cambridge UP, 1991. p172.

　　金聖歎之評點《水滸》，除倫理規範多所強調外，更加強調文人書寫之用心，以及寫作成就與精神，〈序三〉云：「《水滸》所敍一百八人，其人不出綠林，其事不出劫殺，失教喪心，誠不可訓。然而吾獨欲略其形跡，伸其神理者。」則意識到其中敍事脈絡實有「神理」，值得關注，即針對文人書寫之用心加以分析，如第五回評點亦展現此一意識，其文云：

　　　吾讀瓦官一篇，不勝浩然而歎。嗚呼！世界之事亦猶是矣。耐庵忽然而寫瓦官，千載之人讀之，莫不盡見有瓦官也。耐庵忽然而寫瓦官被燒，千載之人讀之又莫不盡見瓦官被燒也。……
　　　通篇只是魯達紀程圖也。乃忽然飛來史進，忽然飛去史進者，非此魯達於瓦官寺中眞了不得，而必借助于大郎也。……
　　　而大郎猶自落在天涯，然則茫茫大宋，斯人安在者乎？況於過此以往，一到東京，便有豹子頭林沖之一事，作者此時即通身筆舌，猶恨未及，其何暇更以閒心閒筆來照到大郎也？不得已，因向瓦官寺前穿插過去。嗚呼！誰謂作史爲易事耶！

提出寫作中剪裁取捨輕重緩急的苦心經營，必須於茫茫人事中如何進行取捨、安排先後，情節之繁複「即通身筆舌，猶恨未及」，故須從瓦官寺著手下筆，金聖歎於此凸顯施耐庵的構思經營，而非單純記事。其評點又指出：

　　　然而一卷之書，不盈十紙，瓦官何因而起，瓦官何因而倒，起倒只在須臾，三世不成戲事耶？又攤書於几上，人

憑几而讀，其間面與書之相去，蓋未能以一尺也。此未能
一尺之間，又蕩然其虛空，何據而忽然謂有瓦官，何據而
忽然又謂燒盡，顛倒畢竟虛空，山河不又如夢耶？嗚呼！
以大雄氏之書，而與凡夫讀之，則謂香風菱花之句，可入
詩料。

意識到書寫活動對事件陳述之顛倒虛空，而現實幻夢皆成於須臾文字，
讀者憑几閱讀時，書與面之相距，不過一尺，而瓦官寺之人事變化盡在
數頁文字間，所謂「香風菱花，可入詩料」，展現了作者審視全局之高
度，讀者宏觀領略之評價情態與審美感嘆。又如〈序一〉云：

夫古人之才也者，世不相延，人不相及。莊周有莊周之
才，屈平有屈平之才，馬遷有馬遷之才，杜甫有杜甫之
才，降而至於施耐庵有施耐庵之才，董解元有董解元之
才。才之爲言材也。凌雲蔽日之姿，其初本於破核分莢；
於破核分莢之時，具有凌雲蔽日之勢；於凌雲蔽日之時，
不出破核分莢之勢，此所謂材之說也。又才之爲言裁也。
有全錦在手，無全錦在目；無全衣在目，有全衣在心；見
其領，知其袖；見其襟，知其袂也。夫領則非袖，而襟則
非袂，然左右相就，前後相合，離然各異，而宛然共成
者，此所謂裁之說也。……

故依世人之所謂才，則是文成於易者，才子也；依古人之
所謂才，則必文成於難者，才子也。依文成於易之說，則
是迅疾揮掃，神氣揚揚者，才子也。依文成於難之說，則
必心絕氣盡，面猶死人者，才子也。故若莊周、屈平、馬

遷、杜甫，以及施耐庵、董解元之書，是皆所謂心絕氣
盡，面猶死人，然後其才前後繚繞，得成一書者也。莊
周、屈平、馬遷、杜甫，其妙如彼，不復具論。若夫施耐
庵之書，而亦必至於心盡氣絕，面猶死人，而後其才前後
繚繞，始得成書。

金聖歎於此論述中亦展現才情與剪裁的概念，所謂裁，乃「有全衣在
心」，即意識到書寫者的思索觀照與審視色彩，有作者「心絕氣盡，面
猶死人」的想像揣摩，方能前後繚繞以成書，此類苦心構思凸顯文人書
寫之特質與價值所在。

　　金聖歎評點《水滸傳》展現評點者之主張與思考，恰展現了讀者的
閱讀與思索之功，對作品加以分析且予以批判，確立作者寫作修辭自覺
的重要性，主軸在於肯定《水滸傳》之書寫乃是一種有意經營的創作，
具有才思與寄託的內涵，如〈讀第五才子書法〉指出：

某嘗道《水滸》勝似《史記》，人都不肯信，殊不知某卻
不是亂說。其實《史記》是以文運事，《水滸》是因文生
事。以文運事，是先有事生成如此如此，卻要算計出一篇
文字來，雖是史公高才，也畢竟是吃苦事。因文生事即不
然，只是順著筆性去，削高補低皆由我。

「順著筆性去」就是遵循審美的規律、沿著藝術思維活動的路線寫去，
「削高補低」是改造觀察得來的材料。乃主體支配材料，而不是材料支
配主體，所以說「都由我」。[18] 於此區別了史傳和文學創作的不同寫作
內涵，於此基礎上，小說敘述不是情節與結局的展示，其中更具蘊含作

---

[18] 王先霈、周傳民，《明清小說理論批評史》（廣州：花城出版社，1988），頁262。

者某種意念或價值，而此正是金聖歎所欲揭示的內涵。也就是基於對虛構的承認，評點中所揭舉的理性價值因而確立其存在與展現的基礎。

金聖歎以為，書寫者一旦下筆，即具有構思佈局之用心，而此用心，又往往蘊含作者的價值期待或情志感懷，且有待讀者能予以發現並理解。如第四十九回〈總批〉云：

> 蓋為書之則必詳之，詳之而廷玉刀不缺，槍不折，鼓不衰，箭不竭，即廷玉不至於死；廷玉而終亦至於必死，則其刀缺、槍折、鼓衰、箭竭之狀，有不可言者矣。《春秋》為賢者諱，故缺之而不書也。曰：其並不書正北領軍頭領之名，何也？曰：為殺廷玉則惡之也。

> 嗚呼，一變廷玉死，而用筆之難至於如此，誰謂稗史易作，稗史易讀乎耶？

> 史進尋王教頭，到底尋不見，吾讀之胸前彌月不快；又見張青店中麻殺一頭陀，竟不知何人，吾又胸前彌月不快；至此忽然又失一變廷玉下落，吾胸前又將不快彌月也。豈不知耐庵專故作此鶻突之筆，以使人氣悶。然我今日若使看破寓言，更不氣悶，便是辜負耐庵，故不忍出此也。

小說作者將所知所感與其他讀者的理解感應相互對照對話，更需讀者能理解作者「故作此鶻突之筆，以使人氣悶」之苦心，並能隨文情起伏有所感懷，金聖歎提出此類由閱讀體會作者用心的互動與共鳴，所謂「然我今日若使看破寓言，更不氣悶，便是辜負耐庵，故不忍出此也」。此種同感共鳴之意識不僅是對作品藝術之領略，更可視為由個人情志表達

的層次擴大至普遍價值關注之基礎。[19]

（二）論述必要之詩性

　　金聖歎藉由實際評點揭示，敘事不僅是陳述事件過程，還具有生命本質的抒情或對話。[20] 藉由敘事話語與讀者進行交流，對文學之虛構想像多所強調，於此基礎上推展其人的價值判斷，其中金聖歎的自我色彩鮮明，其所指陳的隱喻虛構往往凸顯了以我觀物的前提，以爲作者隱喻的敘事自覺進入歷史文本的結構，從而建立並強調評點者所關懷的價值取向。[21]

　　金聖歎之評點《水滸傳》既維護傳統意識型態，但也提出相關質疑，此類思維實爲晚明士人常有的價值意識衝突。[22] 強調倫理道德、尊重廟堂意識之同時，也尊重人的個性與才能之發揮，具有維護傳統的認知；卻也意識到個體自由與批判之價值。然而，金聖歎此一看似對立矛盾的觀點卻有其共同趨向，即從文人之議出發，一如前述〈序一〉所

---

19 瑪莎・努斯鮑姆著、丁曉東譯，《詩性正義：文學想像與公共生活》，頁21，努斯鮑姆引用布斯（Wayne C. Booth）《我們所交往的朋友：小說倫理學》（Wayne C. Booth, *The Company We keep: An Ethics of Fiction*, Berkeley and Los Angeles: U. of California Press 1988）提出「共感」（co-duction）的概念，布斯以爲，閱讀以及評價某人閱讀了甚麼，這種活動在倫理上是寶貴的，因爲這種活動的建構需要專心投入，需要批判性地對話，需要將一個人讀到的和一個人自身體驗以及其他讀者的感應與爭辯相對照，其間具有想像與反思的因素，適用於面向公共事物的評價。
20 李贄，《焚書・續焚書》（北京：中華書局，1975），頁99以爲，詩何必古遠，文何必先秦。降而爲六朝，又變而爲近體；又變而爲傳奇，變而爲院本，爲雜劇，爲西廂曲，爲水滸傳。以爲小說的源頭爲上古的詩文經典。浦安迪，《中國敘事學》（北京：北京大學出版社，1996），頁13，據此又指出，《史記》爲另一小說源頭，由此以見，小說之敘事與抒情有所融合，於事件展示過程中亦見詩歌所指向的情感發展以及使用的語言所蘊含的複雜意旨與解釋空間。
21 譚帆，《中國小說評點研究》，頁30以爲，文人化評點之所以增加，源於小說評點者與作者的個人關係，另一方面則強調評點者的私人行爲，形成小說評點朝向文人自賞性與私人性的發展趨勢。
22 吳子林，《經典再生產：金聖歎小說評點的文化透視》，頁230-231指出，不能不考慮腐敗的專制制度對人們自然情欲的窒滅，以及所導致的反抗，另一方面，因身處政治易代與民族危機的明清之際，故有不能不考慮封建倫理道德崩潰可能導致的嚴重後果，故未能於根本上突破理學的桎梏。

云，庶人本不敢議、不應議也。然而「庶人不敢議而又議」可知是天下無道。事實上，天下無道，庶人亦可不議，而今庶人議矣，金聖歎於此理解庶人議論之所由，也肯定庶人之有所感而議的行為，評點基於歷史意識與道德關懷，故強調書寫中所展現的自由議論與隱喻構思，此一普遍價值關懷之重要性，實凌駕於君相實際治理能力之上，亦是金聖歎以為可貴且應維護之處，因而使論述道德價值的「文人之權」可凌駕於君相權力之上。同時，又因金聖歎的強調解義之評點傾向，故於評點中往往可見其針對倫理天性、人情世態乃至時勢而與讀者進行對話、提醒與強調，因而展現所謂的反省或批評當屬必須的姿態。

此一批判姿態的強調，反映了文人性的思考，金聖歎繼承了託名李卓吾評點《水滸傳》所灌注的狂傲之情開啟小說評點的文人性，[23] 如第二回〈總批〉亦云：

> 一百八人，為頭先是史進一個出名領眾，作者卻少於華山上，特地為之表白一遍云：「我要討個出身，求半世快活，如何肯把父母遺體便點汙了。」

> 嗟乎！此豈獨史進一人之初心，實惟一百八人之初心也。

> 寫魯達為人處，一片熱血直噴出來，令人讀之深愧虛生世上，不曾為人出力。孔子云：「詩可以興」，吾於稗官亦云矣。

---

[23] 李卓吾評本《水滸傳》（上海：上海古籍出版社，2007）更發揚此一真性情，如第三十八回託名李生所云，「凡言詞修飾，禮數閒熟的，心肝倒是強盜。如李大哥，雖是鹵莽，不知禮數，卻是情真意實，生死可托。」（頁558）而譚帆，《中國小說評點研究》（上海：華東師大出版社，2001），頁30亦以為，李卓吾評點《水滸傳》所灌注的狂傲之情開啟小說評點的文人性，此一傳統在容本與袁本《水滸傳》中有所延續，並與商業導讀的特性相結合，確立小說評點的一個基本格局，此種格局也由金聖歎乃至毛宗崗與張竹坡而得以加強確立而推向極致。

金聖歎以史進之初心爲一百八人之初心，而魯智深爲人熱血赤誠，亦教人「深愧虛生」，而此類人物刻畫實皆《水滸傳》作者有意寄託，且可令讀者有所體會啓發者，意識到文本內在與作者構思之寓言性與抒情性，所謂稗官一如詩，亦可以興，凸顯小說對讀者介入思考與積極反省的影響功能，又如第五十一回對宋江評價之夾批：

> 宋江著人引朱仝到宋太公歇所，見了一家老小並一應細軟行李。妻子說道：「近日有人書來說你已在山寨入伙了；因此收拾，星夜到此。」朱仝出來拜謝了眾人。宋江便請朱仝、雷橫山頂下寨。（夾批：陡然將朱、雷一結，令兩龍齊來入穴，看他何等筆力。閒中忽大書宋江便請四字，見宋江之無晁蓋也；又大書山頂下寨四字，見宋江之多樹援也。一筆一削，遂擬《春秋》，豈意稗官，有此奇事！）

以「宋江便請朱仝、雷橫山頂下寨」指出施耐庵「春秋筆削」宋江權謀不忠的幽微苦心，金聖歎所謂「豈意稗官，有此奇事」，正是將文人議論與經營佈局、普遍情操加以結合，除結合文人之議與庶人之議，也可見其藉由評點提醒或召喚讀者，小說作者有意以鋪陳手法使讀者得以理解不同類型的人物處境，從而感受其人經驗，傳達了某種在故事人物和讀者間可能聯繫的意識，讀者須以其情感和想像以思考普遍價值以及人情的理解共感，而小說此類議論的行爲應是一種爲普遍價值，必須有所表達的批判姿態。[24]

　　無論是兄弟對待之人倫世態，或是當世忠奸狡詐等名實是非不分，金聖歎皆積極批判，而此自屬文人之議，文人之議有其合理性與必

---

24 吳子林，《經典再生產：金聖歎小說評點的文化透視》，頁205。

要性，甚至無關乎天下無道有道，知識分子本應有所反省與自覺，當應自由地應用個人話語，不受制於僵化虛偽規範，展現其人對社會現象或價值意識的反省，進行道德理想的論述詮釋。金聖歎將倫理價值與批評姿態予以結合，所謂當世之憂與文人之議，於關懷權威規範及書寫藝術的同時，也指出文人之所以憂思與議論，乃在於天下道破，由此型塑批判的依據、意義與精神。因其意識到作者於道德及文學上的苦心，凸顯了敘述的意義與價值，也呈現文學藝術具備高尚情操的詩性特徵。[25] 此類主張呈現了文學並非僅是提供道德服務或教育功能，而是以文學的敘述，亦即隱喻的文字表現去進行批判，因此，其中的藝術構思實具有道德意識，金聖歎具有的傳統意識未必超然或開明，但其人對倫理道德等價值所展現的詩性期待與肯定，則顯然落實了文人精神。

結　語

金聖歎藉由評點《水滸傳》與身處的歷史空間對話，於倫理價值的維護與期待基礎上，展現有關文人的寓意寄託與理性價值所透露的理想期待。無論是維護禮教抑或彰顯天性，二者於金聖歎看來，皆屬小說作者藉苦心經營以表達的寓意，金聖歎以為，小說作者藉書寫抒發孤憤，藉由情節人物之鋪陳、事件之評述得以表現作者之人生價值，於情節修辭認知之外，亦肯定作者的獨特人格色彩，包含詩性的思考如情感欲望，以及更具普遍性的倫理價值訴求。

---

[25] 李立，〈「文學文化」與倫理的審美生活建構：理查德·羅蒂倫理學思想的美學向度〉，頁96-97。所謂的道德本質其實是以不同語言對道德進行描述，隱喻作為文學修辭的同時，也具有哲學信念。而透過想像的擴展，使個人的道德選擇更加靈活有彈性，而非只有權威意義上的終極語彙。在文學的為主導的社會裡，人們才能像寫小說一樣，自由地敘述自己的生活，且具有一直改變現行說話方式的權力，文學因而成為個體自由的必要條件，在道德進步上提供另一種文化選擇

　　作為小說讀者與批評者，金聖歎以其文人性或庶人的邊緣性於評點
中分析作者的敘事策略，以及可能的價值導向，確立文人之議的價值基
礎，意味文人之觀察批判，包括規範權威之維護，文人當世之憂與著述
孤憤、倫理天性之可貴，也確立書寫的虛擬構思之必要，即肯定文學以
隱喻的審美方式進行，進而提出此類批判姿態之必要，此類主張蘊藏了
詩性精神，也展現了必要的人生態度。

引用書目

一、專書

〔清〕金聖歎批評本《水滸傳》，長沙：岳麓書社，2006。

〔明〕李卓吾評本《水滸傳》，上海：上海古籍出版社，2007。

王先霈、周傳民，《明清小說理論批評史》，廣州：花城出版社，1988。

李志艷，《中國古典小說敘事話語的詩性特徵》，成都：巴蜀書社，2009。

李贄，《焚書·續焚書》，北京：中華書局，1975。

林崗，《明清之際小說評點學之研究》，北京：北京大學出版社，1999。

吳子林，《經典再生產：金聖歎小說評點的文化透視》，北京：北京大學出版社，2009。

陳謙豫，《中國小說理論批評史》，上海：華東師範大學出版社，1989。

譚帆，《金聖嘆與中國戲曲批評》，上海：華東師範大學出版，1992。

譚帆，《中國小說評點研究》，上海：華東師範大學出版社，2001。

瑪莎·努斯鮑姆（Martha C.Nussbaum）著、丁曉東譯，*Poetic Justice: The Literary, Imagination and Public Life*,《詩性正義：文學想像與公共生活》，北京：北京大學出版社，2010。

特里·伊格爾頓（Terry Eagleton）著、伍曉明譯，*Literary Theory: An Introduction*,《二十世紀西方文學理論》，北京：北京大學出版社，2007。

華萊士·馬丁（Wallace Martin）著、伍曉明譯，《當代敘事學》，北京：北京大學出版社，2005。

布斯（Wayne Booth），*The Company We keep: An Ethics of Fiction,* Berkeley and Los Angeles: U.of California press, 1988.

二、期刊論文

李金松，〈金批《水滸傳》的批評方法研究〉，《漢學研究》20 卷 2 期，2002，頁 217-248。

李立，〈「文學文化」與倫理的審美生活建構：理查德‧羅蒂倫理學思想的美學向度〉，《河南師範大學學報（哲社版）》40 卷 1 期，2013，頁 96-100。

張智宏，〈隱喻構造世界的實踐詩學：論理查德‧羅蒂的文學倫理學〉，《北方論叢》238 期，2013，頁 38-42。

龔兆吉，〈明末社會與金聖歎評點水滸傳的歷史意義〉，《史學史研究》，1985 年 3 期，頁 40-49。

（原載於《成大中文學報》57 期，2017.06）

第二章
文情的後設空間

試析水箬散人《駐春園小史》評點的敘事自覺

前　言

　　明清才子佳人小說其中蘊含廣義或狹義之認定，前者以爲才子佳人小說屬於人情小說發展之支流，後者則限定時代與寫作特徵等條件，是以相關之創作與序跋評點即多有其特定的模式概念。[1]而歷來研究文獻亦多於此一基礎上進行特定作品情節內涵、類型異同、文化現象、文類比較，或文人心態之分析。檢視既有才子佳人作品相關研究，其中多聚焦如《平山冷燕》、《玉嬌梨》、《好逑傳》或《金雲翹》等著名文本，其間容或提及《駐春園小史》，如提出水箬散人評點《駐春園小史》頗具理論色彩，[2]或主張歸類爲狹義抒情類之才子佳人小說，或關注其序之

---

[1] 魯迅，第二十篇〈明之人情小說（下）〉，《中國小說史略》（臺北：里仁書局，1992），頁169，將才子佳人劃爲人情小說，以《平山冷燕》、《好逑傳》爲《金瓶梅》之異流，也認爲與明代四大奇書不同，以爲此類小說乃「始乖違」「終如意」之「佳話」。孫楷第，《中國通俗小說書目》（北京：人民文學出版社，1982），頁151-171，則將其歸爲專門一類，稱作才子佳人小說，並區別於艷情小說。單篇論文如蘇建新、陳水雲，〈才子佳人小說新界說〉，《明清小說研究》75（2005.3），頁16-18亦以爲，應歷時看待才子佳人小說之發展，未必僅限於某一時期之創作現象，才子佳人小說可視爲章回小說品類，並以陳大康《明代小說史》爲論證依據，對於唐傳奇與明代中篇傳奇小說之連結，以爲此一小說類型可上溯至唐傳奇等書寫才子佳人之作品，藉以宏觀廣泛納入其他時代類似性質之作品。另外如周建渝，《才子佳人小說研究》（臺北：文史哲出版社，1998），頁17，以爲才子佳人小說作爲一個流派，具有創作時間集中，故事特徵相似，有一定的作品與作者數量等特性。李志宏，《明末清初才子佳小說敘事研究》（臺北：五南圖書出版公司，2019），頁56-58，以爲才子佳人小說以一個流派或類型被提出，其間具有人情與寫實的反省，有其特定審美規範，而不同於艷情小說或家庭小說。至如徐龍飛，〈視野與類型：才子佳人小說的重新審視〉，《明清小說研究》98（2010.12），亦就才子佳人小說之廣義與狹義，類型與研究趨勢之綜述與梳理，且將《駐春園》視爲揚情類作品（頁56-61）。
[2] 譚帆，《中國小說評點研究》（上海：華東師範大學出版社，2001），頁282。

內容，亦僅是簡單對照或陳述，往往未能全面分析《駐春園小史》之創作或評點之現象。[3]

　　檢視明末清初的才子佳人小說相關批評可見，作者與讀者實具有共同的文類期待視野，[4]也呈現某種的社會性與心態，亦可視爲一種「契約」，爲作者與讀者所共有的默契與期待視野，足以滿足彼此心理期待（horizon of expectation）。[5]但所關注的焦點與解釋未必相同，甚至是奇與常、特殊與平庸的對立評價，此類批評現象展現了才子佳人小說文類的特殊性。此種模式於發展中期已有僵化俗套之說。[6]一般多認爲不出既

---

[3] 如郭英德，〈論晚明清初才子佳人戲曲小說的審美趣味〉，《文學遺產》5（1987.10），頁77，引吳航野客《駐春園‧開宗明義》，所謂「《駐春園》事不蹈險冒危，竟爲名教束縛，亦屬懦夫弱女。」
又如紀德君，〈才子佳人小說創作模式及其演變〉，《南京師大學報（社科版）》4（2011.7），頁134，提及《駐春園》對《平山冷燕》及《玉嬌梨》的批評。而王猛，〈清代才子佳人小說序跋中德小說觀念〉，《中華文化論壇》8（2014.8），頁81，提及謝幼衡《駐春園‧序》從流派史的視閾評價才子佳人小說創作。又徐龍飛，〈視野與類型：才子佳人小說的重新審視〉，頁61將《駐春園》視爲揚情類作品。雷勇，〈明末清初社會思潮的演變與才子佳人小說的「情」〉，《甘肅社會科學》2（1994.4），頁90，以爲《駐春園小史》訴諸癡情，如其中曾浣雪勇於追求愛情。又劉坎龍，〈論才子佳人小說作者的創作心態〉，《新疆社科論壇》27（1995.3），頁49，對於黃玠棄功名追求佳人，亦屬癡情之表現。
[4] 所謂文類，最初是文學類型，而後又有文學特定風格的內涵，據M.H.Abrams, Geoffrey Galt Harpham, *A Glossary of Literary Terms*, (Wadsworth Cengage Learning, 2011), pp148. 文類既是文學類型，也是一套基本的文學慣例與規約。
[5] 參照Guillen, Claudio, Cola Franzen, trans. "Genre: Genology," *The Challenge of Comparative Literature*. Cambridge: Harvard UP, 1993. pp. 109-40.及Jost, Francois. "Genres and Forms, Prolegomenon C. " *Introduction to Comparative Literature*. Indianapolis and New York: The Bobbs-Merril Company, 1974. pp. 129-33.
[6] 乾隆四十九年刊行的《紅樓夢》對才子佳人戲曲小說有所批判，如第一回所云：「至於才子佳人等書，則又開口文君，滿篇子建，千部一腔，千人一面，且終不能不涉淫濫。在作者不過要寫出自己的兩首情詩艷賦來，故假捏出男女二人名姓，又必旁添一小人，撥亂其間，如戲中的小丑一般。更可厭者，『之乎者也』，非理即文，大不近情，自相矛盾。」又如第五十四回賈母對才子佳人戲曲小說的批評：「這些書就是一套子，左不過是些佳人才子，最沒趣兒。把人家女兒說的這麼壞，還說是『佳人』！編的連影兒也沒有了。開口都是『鄉紳門第』，父親不是尚書，就是宰相。一個小姐，必是愛如珍寶。這小姐必是通文知禮，無所不曉，竟是絕代佳人。只見了一個清俊男人，不管是親是友，想起他的終身大事來，父母也忘了，書也忘了，鬼不成鬼，賊不成賊，那一點兒像個佳人？」以爲此類作品必有固定的情節安排以及因此而生的僵化缺失。然而，與此同時，而於乾隆四十七年刊行的《駐春園小史》則強調情節之奇對作品成就的重要性，展現了才子佳人小說此一流派的特定思考。由《紅樓夢》的批判可見，才子佳人小說之寫作實有既定模式，爲作者與讀者所熟知與理解，屬於創作與閱讀前的文類期待。

有的寫作格局。甚至以爲「有奇可傳」的觀點，往往是強化才子佳人小說公式化弊病之因。[7]然而，對於狹義觀點的才子佳小說之特徵而言，於既定的大團圓結局之前提下，情節應如何曲折變化，以求出奇出新，也成爲小說寫作特色之另一解釋，其中水箸散人評點於既定才子佳人小說尋常俗套的認知下，強調《駐春園小史》書寫模式之不落窠臼，有意凸顯作者創作之超越出奇。

事實上，刊行於乾隆壬寅（1782）年的第十才子書《駐春園小史》[8]之創作與評點在既有的才子佳人小說創作潮流下產生，雖不免繼承依循相關之創作觀點或形式特徵，然亦有所意識與反省。至水箸散人之評點，固然有風教關懷、人事離合與情節跌宕之思考，然此類評價卻有其共通的取向，即聚焦情節之構思安排與寫作筆法等修辭思考，其序以《玉嬌梨》、《情夢柝》乃至唐宋小說《會眞記》、《嬌紅記》爲準，以爲《駐春園小史》「似不越尋常蹊徑」，實「與近世稗官迥別」，以爲此乃創作才子佳人小說必要的經營策略與審美關懷，而非以既有俗套或千篇一律的角度視之。基於上述認知，本文以水箸散人《駐春園小史》評點爲研究中心，結合小說文本與評點主張加以分析，以期對於才

---

[7] 王永健，〈論才子佳人小說〉，《明清小說研究》2（1986.6），頁275-276，以爲才子佳人小說藝術上的公式化，與「有奇可傳」的創作思想有直接的關係。如《駐春園小史》開卷詩提及：「窠臼固知難逃俗，憑空撰出乞眞評。」明末清初，產生了不少專業的才子佳人小說作家，他們創作小說，顯然已經帶有商品化的傾向。大量的作者，爲適應「賈利爭奇」的形勢，在生活和才力有限的情況下「憑空撰出」，粗製濫造，這更助長了才子佳人小說的公式化弊病。公式化可以說是才子佳人小說的不治之症。

[8] 據石昌渝編，《中國古代小說總目·白話卷》（太原：山西教育出版社，2004），頁539-540，《駐春園小史》，作者吳航野客，眞實姓名不詳，有水箸散人序，署時爲乾隆壬寅（四十七年，1782），則知此書之作，當於乾隆四十七年之前。據日本寬政七年乙卯（中國乾隆六十年，1795）已傳入日本。此書卷首提到小說《繡屛緣》，而《繡屛緣》有康熙九年（1670）序，則知本書之寫成，當不會早於康熙九年。乾隆五十三年（1788）務本堂刊本題名《綠雲緣》，一名《第十才子書》。《綠雲緣》乃合綠筠、雲娥二女之名，至於《第十才子書》，則是金聖歎合《離騷》、《莊子》、《史記》、《杜甫詩》、《水滸傳》、《西廂記》並列爲六才子書，清初天花藏主人將《玉嬌梨》、《平山冷燕》合刻爲第七才子書、第八才子書，其後有人稱《白圭志》、《斬鬼傳》爲第八才子書、第九才子書，《駐春園小史》因而有第十才子書之稱。

子佳人小說之書寫模式與藝術特徵有所不同理解。[9]

　　署名吳航野客編次《駐春園小史》，共六卷二十四回，每回皆有
水箬散人之回末總評，然作者與評點者皆不知何許人。故事一如傳統才
子佳人小說的情節，以客中無依的黃玠與父親過世而投靠母舅的雲娥一
見鍾情爲中心，彼此雖緊鄰樓閣，並有雲娥侍婢愛月之相助，但二人
各有堅持，未敢傳情，其後又因雲娥母舅葉總制一家遇部將蘇廷略誣陷
罹禍，雲娥只好隨母前往金陵，投靠其父知己吳幹甫，然吳年伯亦已過
世，僅孀居郭夫人與其女相依，其女即與黃生原有婚約卻因距離阻隔而
未能成親之綠筠，黃生因而追隨至金陵，並委身吳府隔鄰周尙書府第，
成爲其子周公子之伴讀，雖再度與雲娥僅一牆之隔，但雲娥對禮教之堅
持，黃生亦未敢有所逾越。其後二人情事終爲綠筠所知，綠筠雖曾與黃
生有婚約，然不以爲意，反予以相助。其後因周公子有意聘雲娥爲妻，
黃生與雲娥因此私奔，卻因此蒙受殺人逃離周府之冤，二人私奔未果，
黃生爲官府所繫，雲娥出首爲其申冤，獲好友歐陽生與王慕荊之助，黃
生不僅昭雪誣陷，且潛心苦讀，科舉及第，最終獲得雲娥、綠筠爲妻，
且收愛月爲妾，一男三女團圓收場。

一、無慚大雅、筆墨兩臻：植基於風教關懷之審美主張

　　水箬散人之評點一如傳統小說之道德詮釋，仍有明顯的倫理關懷與
風教觀點，其於乾隆壬寅（1782）年書於楷香齋之《駐春園小史》序云：

> 人倫有五，天合之外，則以人合。天合者，情不足言；人
> 合者，性不可見。故者弟忠根於性，而琴瑟之好，膠漆

9　本文所據文本有乾隆三餘堂刊本，吳航野客編次，水箬散人評閱，《駐春園小史》，殷國
　　光、葉君遠編，《明清言情小說大觀》（北京：華夏出版社，1993）中卷所收《駐春園小
　　史》，及清・無名氏著，水箬散人評，《駐春園》（臺北：河洛圖書出版社，1980）。

之堅，則必本之情。其眞者莫如悦色。試從《大學》序以思，足占一往而深，又在嚶鳴之上。《易書》於男下女，而繫之咸，於二女同居，則命之睽。見情有可通，亦有所隔。漢儒訓《詩・雎鳩》，謂求賢女以自助，其義甚長。情之爲用，至斯而暢。必拘拘於唱隨間，不亦偏乎？

《駐春園》一書傳世已久，因未剞劂，故人多罕見。茲吾友欲公同好，特爲梓行，囑余評點，細爲批閱。間有類《玉嬌梨》、《情夢柝》，似不越尋常蹊徑，而筆墨瀟灑，皆從唐宋小說《會眞》、《嬌紅》諸記而來，與近世稗官迥別。昔人一夕而作《祁禹傳》，詩歌曲調，色色精工，今雖不存，《燕居筆記》尚采摘大略。但用情非正，總屬淫詞。必若茲編，才無慚大雅。雲娥之憐才，等之卓女，而放誕則非；綠筠之守義，同於共姬，而俠烈更勝。小鬟愛月，慧口如鶯，俏心似燕，經妙手寫生，更是紅娘姐以上人物，非賊牢之春香可比也。善乎！湯清遠之言曰：「先生講性，弟子言情，情之既摯，乃之死靡他。經可也，權可也，捨貴而賤，易妒而憐，亦無不可。」等而上之，灃蘭沅芷，致之於君；斷金蘭臭，致之於友，何莫非此情之四達哉！普天下看官，無作刻舟求劍觀，作「關關雎鳩」讀，則得矣。[10]

提出「間有類《玉嬌梨》、《情夢柝》，似不越尋常蹊徑，而筆墨瀟灑，皆從唐宋小說《會眞》、《嬌紅》諸記而來，與近世稗官迥別。昔

---

[10] 水箬散人序《駐春園小史》，據殷國光、葉君遠編，《明清言情小說大觀》（北京：華夏出版社，1993）中卷所收《駐春園小史》，頁834。

人一夕而作《祁禹傳》，詩歌曲調，色色精工，今雖不存，《燕居筆記》尚採摘大略。但用情非正，總屬淫詞。必若茲編，才無慚大雅。」同時關注《駐春園小史》主題之端正與因此形成的大雅筆墨，無慚大雅固然是《詩經》之風教，然也是文章之藝術關懷。

水箸散人不僅強調風教之必要，也主張由此確立小說創作藝術之合理基礎，其序文以流派史之視域評價才子佳人小說，[11] 對於小說人物與戲劇人物之形象異同、二者藝術形式之變遷加以比較，並對以往才子佳人之戲曲小說有所批判，以為彼多不出尋常蹊徑，藉此凸顯《駐春園小史》敘事之不凡，其中提及「妙手寫生」的敘事意識，但更加肯定人情之價值與合理性，以為「用情非正，總屬淫詞。必若茲編，才無慚大雅」。水箸散人雖引湯顯祖之言，以證情之真摯，所謂「理之所必無，安知情之所必有邪？」[12] 然於表達開明意識之同時，仍將才子佳人之追求感情之事定位為〈關雎〉好色不淫，所謂「用情非正，總屬淫詞」，必若《駐春園小史》之人物，或忠貞或友愛，則「無慚大雅」，小說人物品格言行之高尚，方能確立此類作品價值，即以禮教為中心的批評基調，主張道德之完美方能確保情感之純真無瑕。

《駐春園小史》對雲娥之描寫一如傳統，除具有才貌外，尤其強調雲娥之堅貞美德，及至與黃生私奔一節，又藉其出首申冤以刻畫其膽識，以成就貞德完美之形象。水箸散人對於理想佳人形象亦有所主張，以為才貌之外，亦須具備美德膽識，此類強調自不同於其他才子佳人小說對女性情色想像之描繪，如第一回「窄路遇黃衫無心下種；隔鄰窺白面有意尋跟」之評點云：

11 王猛，〈清代才子佳人小說序跋中的小說觀念〉，頁78。
12 湯顯祖《牡丹亭‧題詞》曰：「嗟夫，人世之事，非人世所可盡。自非通人，恒以理相格耳。第云理之所必無，安知情之所必有邪？」見湯顯祖著，王思任、王文治評點，張秀芬校，《牡丹亭》（石家莊：花山文藝出版社，1996），頁1。

而獨於雲娥一邊抒寫，而獨於愛月極意助扶，別是一般杼軸，亦見〈關雎〉好色不淫，不損內家之閨範，才子當行，佳人本色，畢露於此，情事各極其新，筆墨兩臻，其勝可知。

以〈關雎〉好色不淫標準審視雲娥，既有貞嫻品行，亦見才貌，以此斷定此小說極新情事而筆墨風教得以兩臻。

又如第十回「故劍現巔芒備知劫奪；輸棋尋救著純用推敲」評點對綠筠之讚賞，其文云：

此第十折正寫綠筠靈心慧眼，其無心處正是貞靜，其爭愛處正是幽嫻，不是徒任二八嬌憨心性，足見才品更駕雲娥之上。至於委曲措詞，鏡花水月，皆來涉於局外之思。

此亦肯定綠筠之貞靜幽嫻，所謂「無心處正是貞靜，其爭愛處正是幽嫻」，由此概念解釋故事情節之發展，分析其言行神態之所由，措詞含蓄，語涉機鋒，反能凸顯其人品與聰慧，評點同時指出，小說作者此一安排乃「鏡花水月」，「局外之思」，於貞靜美德要求外有其虛構筆法之美。

謝幼衡《駐春園小史・開宗明義》即有此認識，其詩云：

傳奇關目總言情，離合悲歡閱變更；禮在自分奔與聘，盟存何論死和生。蠅將驥附還馳遠，葉襯花妍亦向榮。窠臼固知難脫俗，憑空撰出乞真評。

提出才子佳人小說對於離合悲歡言情之敘事慣例，與訂盟私情不逾禮教前提，窠臼固然難以超越，但也有憑空結撰之積極認知，其云：

這一首詩，乃全部《駐春園》總根。歷覽諸種傳奇，除醒世、覺世，總不外才子佳人，獨讓《平山冷燕》、《玉嬌梨》出一頭地。由其用筆不俗，尚見大雅典型。《好逑傳》別具機抒，擺脫俗韻，如秦系偏師，亦能自樹赤幟。其他，則皆平平無奇，徒災梨棗。降而《桃花影》、《燈月緣》風愈下矣。茲傳之作，發端東鄰，實自登徒脫骨，安根投帕，亦本彤管面目，視《繡鞋》、《玉盤》大有雅俗之分。至於屈身奴隸，如《情夢柝》、《繡屏緣》、《一笑姻緣》諸本，無非蝶戀花叢，從未有假道於其鄰者。跡愈幻，而想愈奇。古來奔之獲濟，卓文君後，紅拂、紅綃固自不乏，然不得成全者比比。《荔鏡》之卿、琚，《情驪》之瑜、輅，雖吐露其才華於偃蹇際遇，反不若轂則異室，竟為名教束縛，亦屬懦夫弱女。膽識雙絕，然後可行。張麗貞之自敘，讀者有不為之生悲乎？臨邛當壚滌器，竟遂駟馬高車，可謂適所願矣！末路白頭一出，幾至鮮終，何況其餘。惟深於情者，庶幾可保無惑乎！[13]

以為《平山冷燕》、《玉嬌梨》與《好逑傳》之所以有其成就，在於用筆不俗、別出機杼、筆脫俗韻，亦即脫離尋常模式而有新意，與其他作品相較，「足見大雅典型」。同時也提出，思想上之超越束縛，不為禮教所限，膽識得兼，可確保情之可感，也因此得見「大雅典型」，對於才子佳人小說既定模式與內涵之遵循與創新，具有明顯之修辭自覺。

歷來才子佳人小說之寫作與批評往往不離風教思考，《駐春園小史》亦不例外，水箸散人亦強調此一觀點，於第十四回「執約遣阿鬟因

---

13 《駐春園小史‧開宗明義》，據殷國光、葉君遠編，《明清言情小說大觀》（北京：華夏出版社，1993）中卷所收《駐春園小史》，頁838。

詩起釁；僞游窺好女探信求婚」評點雲娥之作爲，以爲「爲表明心跡，不見半點輕狂，夜半私奔狂且，淫女所不爲，觀者幸勿草草視之」。又如第三回「錦字寄來遲夢鄉喚醒；參星催散速急網奔逃」評點亦云：

> 苟此折即附會佳期，或在愛月寄書之時，求歡不放，則女犯淫條，男干穢律。刑家尚有借出勸懲，即係妄人，不願爲此，而此乃於寄書有意，女知野合之污，求合無心，男效共姜之義。諸本傳奇，妍嗤畢備，不必委曲求全，捉奸不能無證，殊屬厭觀。詩云：「夫妻非野合，昆季由天真。」多情之侶，本不可拘，始終相顧，乃合乎情，正不敢妄謂理之所無，情之所有也。

以情理兼顧分析情節安排，且以爲不違背禮教的前提下，人情得以成全，所謂「夫妻非野合，昆季由天真」，小說因此而有藝術價值，否則即與其他「令人厭觀」的傳奇無異，同時亦不敢輕言認定，湯顯祖所謂「理之所無，但情之所有」的主張，展現了某種保守觀點。而此觀點不僅確保題材之合乎道德規範，對小說情節安排乃至技法的詮釋與論定，更提供小說想像虛構之合理前提。

才子佳人小說興盛於明末，此時社會思潮從反省理學到歌頌人情乃至極端情欲之發展，及至清初康、雍、乾三代，才子佳人小說則有折衷傾向，將晚明主張私情之思潮轉爲含蓄的感情描寫，故事中的才子佳人固然勇於追求感情，然而多不忘世俗規範，亦即「發乎情，止乎禮」，並未逾越禮教底限。文人於創作中雖思考人欲之議題，卻又有「以禮節情」之主張。相關評點對於才子佳人情愛故事之詮釋，於風流讚賞之際亦不忘名教關懷，既有研究也以爲才子佳人小說當有廣義狹義之別，如《駐春園小史》即屬狹義才子佳人小說，且於創作與評點中皆關注其中

「情」「色」乃至「才」之內涵。[14] 較之晚明小說或戲曲極力標榜「以情反理」，甚至如湯顯祖《牡丹亭‧題辭》所謂「情不知所起，一往而深，生者可以死，死可以生」之至情等思潮，中心價值顯然有所轉換。[15]

　　另一方面，於男女之情之昇華演變上，清初才子佳人小說改變以《金瓶梅》為代表的情色描寫，追求所謂「不涉淫濫」的純粹愛情，而有純情癡情之傾向。[16] 或有以《駐春園小史》即為「以理制情」思潮之產物，[17] 檢視水箬散人之批評，如第十五回「當局意如焚途窮守義；旁觀心獨醒打點從權」評點對於綠筠為雲娥代裁私會黃生，以避周府婚聘一節，以為「所謂事出於情，即或理之所無，皆為情之所有。言者無

---

14 徐龍飛，〈視野與類型：才子佳人小說的重新審視〉，頁60，以為從題材、表現、思想與功用等特徵分析，狹義才子佳人小說還可再區分為第三級類型，並非真的千部共出一套，其中才、情、色三者於個別作品中之重要程度皆有不同。

15 相關小說評點如明崇禎十四年刊行之貫華堂刊本《第五才子書施耐庵水滸傳》，毛批本《三國志演義》、張竹坡評《金瓶梅》亦於清康熙年間刊行，有關才子佳人之評點本，亦多出現於清初及中葉，《駐春園小史》之前有清順治年間之《平山冷燕》、《金雲翹傳》；康熙年間之《生花夢》、《鐵花仙史》等。

16 如郭英德，〈論晚明清初才子佳人戲曲小說的審美趣味〉，頁74-76提及才子佳人小說於理想人格、愛情婚姻的描寫中所呈現的情感意識與轉變。又如王永健，〈論才子佳人小說〉，《明清小說研究》，頁262-265，提及《紅樓夢》對《金瓶梅》等情欲書寫之轉換處理，除了純化情感，也對於才子佳人小說之寫作模式有所認知而加以修正，擺脫窠臼。程建忠，〈也評明末清初才子佳人小說〉，《成都大學學報》2（1998.6），頁33，以為才子佳人小說對於「情」的處理作為《金瓶梅》進至《紅樓夢》之仲介，至此「淫」、「情」有別。又如雷勇，〈明末清初社會思潮的演變與才子佳人小說的「情」〉，頁91亦有類似的主張。如李鴻淵，〈情禮調和，皆大歡喜：從社會文化思潮看清初才子佳人小說的團圓結局〉，《船山學刊》3（2003.9），頁120，以為煙水散人、李漁、天花藏主人等清初才子佳人小說作者即積極於其小說中進行發乎情止乎禮義觀點。又雷勇，〈明末清初社會思潮的演變與才子佳人小說的「情」〉，頁89，以為金聖歎對於人欲已有所反思，其評《西廂記》，雖肯定張生與鶯鶯之愛情，但也認為，才子佳人雖有「必至之情」，但只能藏於胸中，即令竟死，亦不能互通其情，因「先王禮制」，「萬萬世不可毀」。

17 如郭英德，〈論晚明清初才子佳人戲曲小說的審美趣味〉，頁76指出，晚明清初進步哲學思潮的這一歷史流向，決定了晚明清初愛情婚姻題材文學作品主題的邏輯演變，即從情理對立到情理交融再到理制約情。在戲曲，是從萬曆年間的《玉簪記》、《牡丹亭》、《紅梅記》到啟、禎年間的《嬌紅記》、《情郵記》、《西樓記》、《燕子箋》等再到順、康年間的《笠翁十種曲》等；在小說，是從啟、禎年間的《三言》、《二拍》、《鼓掌絕塵》等到明清之際的《玉嬌梨》、《平山冷燕》、《定情人》等再到康、乾年間的《好逑傳》、《春柳鶯》、《醒風流》與《駐春園》。

罪，觀者必知」，則雖言情之所有，然強調觀者必知，言者無
女私情的基礎上，有意強化其人對於情感之處理，又如第十八回「事發
爲多情投供出首；恩寬由太守改讞問流」敘及黃玠爲隱諱雲娥出奔之
實，甘心遭誣劫殺管家而受罪，雲娥不忍黃生之犧牲，挺身出首，說明
與黃生遇合之緣，雖欲上啓慈幃，則已別陳聘帖，二人情所弗禁，計及
行權，二人出奔，豈料致黃生遭不白之冤。雲娥之出首自陳情奔始末，
以期爲黃生解圍，雲娥所謂憐才報德之請，實呈現其道德形象。於此，
貞情與情奔得以調和，而消解二人出奔之罪，於私情之疑慮轉而對人
情倫常之理解，因貞情之強調而合理化情奔之事實，也使私情終究不踰
矩，情感未逾越倫理要求，情理得兼，方能保其眞誠感人，不因此有所
瑕疵。且水箸散人於評點亦提及，雲娥奮不顧身，投首之舉，乃「始終
起結」，成「宇宙奇文」，以爲「世之俗傳稗官野史，方此不啻人天之
隔」，可見倫理之講究，既確保情之無瑕，亦兼顧行文妙處，使《駐春
園小史》有其超越之處，展現某種書寫的期待。

　　水箸散人屢次強調黃生與雲娥、綠筠等彼此言行之高尙，故成就
情感之價值，故事中黃生與雲娥之情事雖有周尙書與其子之作梗，但一
波三折的主要原因卻是雲娥對禮教的堅持，其他如原與黃生有婚約之綠
筠、曾蒙黃生相救之王慕荊與黃生好友歐陽生皆爲相助貴人，且太守亦
幸爲明智判官，黃生終能一舉中第，雲娥、綠筠之遭遇亦皆化險爲夷，
同心結盟，與婢女愛月三人於道德與情感相互協調下，一男三女終喜獲
團圓，於此，道德關懷顯然主導私情，甚至因此淨化且確立男女之情。
於此，「情」不僅爲純化昇華之情，具有風教內涵，更進一步以此確認
文章筆法藝術之臻於完善。水箸散人強調小說作者情節經營之匠心，不
循平常蹊徑，其中之有無分合，其間幾番曲折，皆出乎讀者意料，強調
人事之出奇聚合，凸顯作者構思之功。又如天花藏主人《金雲翹‧序》
對於風教與情節亦有所思考，其言云：

> 至於死而復生，生而復合，此又天之憐念其孝其忠、其顛
> 沛流離之苦，而曲遂其室家之願也。乃天曲遂之，而人
> 轉遂而不盡遂，以作貞淫之別。使天但可命性，而不可命
> 情，此又當於尋常之喜怒哀樂處求之矣。因知名教雖嚴，
> 為一女子游移之，顛倒之，萬感萬應而後成全之，不失一
> 線，眞千古之遺香也。[18]

此說意識到死而復生、生而復合的曲折內涵，並解釋爲天曲遂其願以別貞淫，此一顛沛坎坷因人情關懷而顯得必要，名教亦因此得以感應成全，未有缺憾。

至水箬散人評點分析男女私情發展時，不免受限於禮教觀念，其論雲娥與綠筠之言行，皆強調對倫理規範之重視，形成自我抉擇與情節發展之前提，水箬散人對於雲娥、綠筠之評價，著重於才貌貞德與勇氣，可視爲文人理想化之佳人形象，然其具體評點卻由此凸顯情節安排之曲折，一新耳目，亦即關注於文章鋪排之妙，而非對於性別角色或女性定位有所積極主張。[19] 就評點而言，亦強調因道德之遵循，使男女愛情得以完美，敘事技巧因而精巧瑰奇。

水箬散人第三回評點提出，若即赴會佳期，求歡野合，則與一般傳奇無異，往往「鑽穴踰牆」，不僅有違禮教，情節發展亦顯平庸俚俗，此說呈現其對既定情節模式之認識與評價。另一方面，又主張不同流俗干犯淫條穢律之情節鋪陳，對禮教之重視，方顯出言行莊重，情事之美好，水箬散人強調，《駐春園小史》乃「有意寄書」、「無心求合」，

---

[18] 天花藏主人，《金雲翹傳·序》，據殷國光、葉君遠編，《明清言情小說大觀》（北京：華夏出版社，1993）中卷所收《金雲翹傳》，頁3-4。
[19] 才子佳人小說研究重點之一爲佳人形象之塑造，其間牽涉性別錯置或女性突破自身與社會限制，乃至文人透射理想願望等議題，如李志宏，〈論明末清初才子佳人小說中「佳人」形象範式的原型及其書寫：以作者論立場爲討論基礎〉，《國立臺北教育大學學報》18：2（2005.9），頁25-62。

不僅能確保情真之可貴，亦強調此一情節的刻意轉折乃勝出其他傳奇之最主要條件，亦即確認情理和諧為小說價值之主要前提，但又不全然將情歸於理，而服膺於道德禮教，影響其藝術性。[20] 水箬散人之評價，顯然具有文類特徵之關注與反省，凸顯《駐春園小史》之不同面貌。

　　水箬散人評點強調，風教關懷為敘事之基本前提，亦指出作者寫作時亦有此規範依循之認知，即對寫作者之自我意識與道德要求之關注，以為於勸懲觀點前提下，另有虛構想像意識，而其他才子佳人小說序跋之批評，對於小說人物設置、敘事結構上對戲曲特徵之吸收變化，除了情理和諧之道德化詮釋外，亦肯定虛構自覺與貴幻尚奇。[21]《駐春園小史》序文與評點中提及湯顯祖《牡丹亭》與王實甫《西廂記》，以為情理之相關辯證，其中固然具有肯定個人追求私情的庶民價值傾向，雖不免逐漸傾向倫理關懷，然終究轉而對敘事才華的肯定，由此削減了對私情的重視，[22] 而是對才子佳人小說寫作模式的積極關注。

二、欲合忽離、委曲變幻：著墨於轉折跌宕的構思強調

　　水箬散人評點中屢以「傳奇」稱呼才子佳人小說，但對於兩種文類特徵與書寫模式卻各有分判與自覺，水箬散人極力推崇《駐春園小史》寫作之妙，如第三回「錦字寄來遲夢鄉喚醒；參星催散速急網奔逃」評點以為，小說敘述雲娥母舅一家遭陷害之安排，較《西廂記》之佛寺危機，更見新意，不同於其他只知安排鑽穴踰牆之庸俗作品。此一評價

---

[20] 如雷勇，〈明末清初社會思潮的演變與才子佳人小說的「情」〉，頁91，以為才子佳人小說作者從排除欲，卻又強加理以約束情，情既服膺於道德，則往往被扭曲。
[21] 鍾曉華，〈論才子佳人小說序跋的程式特徵與文化意蘊〉，《蘭州學刊》8（2010.8），頁152-152。
[22] 周建渝，《才子佳人小說研究》（臺北：文史哲出版社，1998），頁221。

凸顯了才子佳人代小說之尋常手法與內涵，以及水箬散人因之而有的反省，其文云：

> 傳奇中所謂欲合忽離，欲離忽合，不可捉摸。此折之首，全在擲箋，略見雲娥身分，即第一折題詩贈帕餘波，不同於鑽穴踰牆，粧出虔婆伎倆，綜工掩飾，餘覺可輕。

強調小說作者之匠心經營與修辭自覺，所謂「欲合忽離，欲離忽合」，顯然意識到才子佳人小說於書寫上之必有特質或模式，第三回「錦字寄來遲夢鄉喚醒；參星催散速急網奔逃」評點亦指出，《駐春園小史》於危機安排上與《西廂記》之差異，所謂「是折情事不同，略為變換，較之寺警，尤覺驚人」，以為較《西廂記》第二本第一折孫飛虎兵為普救寺一節，更具緊張氛圍，其以為，《駐春園小史》以其特有的書寫表現，對情節離合之刻意經營、延遲閱讀張力與好奇之必要，並非僵化模式，而是傑出的才子佳人小說應有的模式特質。

　　有關離合概念之討論往往牽涉文類特徵差異之比較，才子佳人小說與元明以來的雜劇戲曲有所淵源，文人藉小說體裁，將具有強調教化、往往團圓收場的戲劇加以編寫，變成案頭閱讀的作品，是以，才子佳人小說的敘事特徵往往受戲劇表現模式之影響。[23] 如第一回「窄路遇黃衫無心下種；隔鄰窺白面有意尋跟」評點云：

> 《西廂》發端驚艷，俱從君瑞一邊發揮；而《駐春園》之窄路隔鄰，亦即《西廂》之驚艷也。有意尋跟，不減佛殿之奇逢也。

---

[23] 胡萬川，《話本與才子佳人小說之研究》（臺北：大安出版社，1994），頁224。

以爲《駐春園小史》描寫黃玠與雲娥之相遇，與《西廂記》張生與鶯鶯佛殿遭逢有相同的構思，可見對於才子佳人小說之書寫傾向與藝術效果，具有某種模式概念，有一定程度之期待，然而，水箸散人卻又強調彼此藝術特徵之差異，各有側重，如第二回「營巢招燕侶解佩情殷；閉戶斷鴻音掇梯心冷」評點云：

> 《西廂》一段姻緣，較此尚覺緩敲一著，然彼大套詞曲，事簡詞多，自必如許鋪張，方見當行本色，不得拘拘筆墨。而《駐春園》傳奇，另爲一番色相，雖極襯托，不能添足畫蛇。

水箸散人於此區別戲曲與小說書寫傾向之差異，於事辭之繁簡取捨，各有考量，以爲《駐春園小史》作者著意於此，而成奇文。評點將小說寫作與戲曲編排加以比較，文類觀念顯然有別，對於情節安排之先後繁簡，也有不同觀照。亦即是，戲曲與小說於情節轉折與分派上，亦因表現模式之差異而各有所重，才子佳人小說乃爲閱讀而生，相關人事心境得以盡情描繪刻畫，展現作者才情文心，進而使小說呈現特定藝術形式特徵，與戲曲或其他文類之藝術特性顯然不同。

又如第四回「疑實爲招魂風前隕涕；憑空偏捉影江上聞聲」，敘述黃生誤以爲雲娥已同母舅一家被誅而設奠，其後於前往揚州途中得見愛月，雖未見雲娥，然黃生因而改變前往揚州訪李邦彥之行，決定隨其舟船前往金陵，於此乃情節之一大轉變，既扭轉前三回看似平順之情事發展，亦開啓其後曲折分合之演變。水箸散人之評點即詳細分析情節之安排曲折，其云：

> 此折乃一折二折，幾至於七八折，而一折始完。自黃生聞信而回，此處極難措筆，尋親卻遇江中，無故船家抱恙，

誤了一大機緣，所謂有緣千里巧相投，無緣卻不能，看其
庭中設祭有情，偏有此無情行徑，此一折也。不閉戶傷
心，而出門探友，又一折也。不探歐陽生，而探李邦彥，
又一折也。不即往揚州，而中途相遇，又為一折。而船到
中流，忽爾舟人抱恙，又為一折矣。乃前舟去遠，方欲撐
開，又遇歐陽生好友喚回，又為一折矣。方以前舟不見，
必與歐陽生同返，乃反拉歐陽生同行，又為一折。至於用
筆紆徐，湧碧留賓，正似《西廂》詩句，洋洋灑灑，可於
鬭筍處認真著眼。

所謂「用筆紆徐，湧碧留賓，正似《西廂》詩句，洋洋灑灑，可於鬭筍
處認真著眼」，可謂對於才子佳人小說往往具有的曲折迂迴情節予以肯
定詮釋，以為其間變化跌宕，匠心獨具，實則作者之刻意分派，善用巧
合，於既有模式中運用巧思。

　　至如第十一回「友朋千里隔特致瑤函；姊妹兩情殷齊消塊壘」，
綠筠得知雲娥與黃生私情，屢以言語刺探雲娥，雲娥雖不便詢問緣由，
然亦暗自作惱，綠筠並明言登樓贈帕、看燕題詩等情節，使雲娥無以言
對。行文至此，雲娥與黃生之事似再次受阻，困難重重，然綠筠看似語
多譏刺，實具玉成之心，評點云：

此第十一折，將歐陽生極敦友誼，先寫一番，次以雲月多
情，兩相掩映，所謂雙文心事，惟紅娘知之，此外欲索解
人，真不可得。還以防戶措詞，生心作線，極淡泊中，而
別生枝節，真乃寂寞海中存色相，繁華隊裏見空花。

言作者構思巧妙，「防戶措詞，生心作線」，刻意剪裁其中的人事離合
聚散，使情節發展自然無造作之跡。所謂「極淡泊中，別生枝節」、

「寂寞海中存色相，繁華隊裏見空花」，實即開啓下回綠筠與雲娥、愛月說明與黃生婚約與定情之事，姊妹同心，深情守義等其他情節之發展。

　　水筆散人之評點關注《駐春園小史》作者之書寫技巧，重視想像馳騁，同時也意識到小說作者之剪裁才情與整體識見，[24]另一方面，尤其強調因作者之著力創造苦心構思，方能使讀者進入作者所構築之文字空間。以爲作者須有整體架構之安排，善於剪裁編織，操作聚散離合，出人意表之手法，凸顯作品之與眾不同，強調小說敘事須縹緲變化之審美要求，如第二回評點「營巢招燕侶解佩情殷；閉戶斷鴻音掇梯心冷」以爲，唯有如此安排，方能凸顯作品之不落俗套，其文云：

> 自與隔牆打個照面，種下情根一折，而登樓贈帕，近於突然而非突也；一見成病，而即與友相謀，謂之多情而更多義也。況一擲羅帕之後，反如沉水底，並無消息可尋，正如海上三山，奇峰突兀，望之則近，接之則遙，遇風吹阻，殊屬縹緲，出沒變化，正不可知。……本無大異，爲之委曲變幻，斯可稱奇，心事空靈，傳奇中不能有二。

極言小說作者敘事之縹緲變幻、遠近出入，構思之心事空靈、難以捉摸，故能使情節之轉折出人意表，分派安流，各有主張，遂成奇觀巨作。事實上，小說作者乃有意紆曲展延，以顯情事多磨，屢見咫尺天涯，更增懸念慨歎。

---

24 如金聖歎〈水滸傳序一〉云：「才之爲言材也，凌雲蔽日之姿，其初本於破荄分莢，於破荄分莢之時，具有凌雲蔽日之勢。於凌雲蔽日之時，不出破荄分莢之勢，此所謂材之說也。又才之爲言裁也，有全錦在手，無全錦在目；無全錦在目，有全衣在心；見其領其袖，間其襟知其帔也。夫領則非袖，而襟則非帔，然左右相究，前後相合，離然各異，而宛然共成者，此所謂裁之說也。」見施耐庵著、金聖歎批評，《水滸傳》（長沙：岳麓出版社，2006），頁8。

　　類似情節經營之分析，尚有第十七回「出門逢劫盜借重頂缸；登岸遇捕差包藏對簿」評點所云：「此折黃曾之交合矣，順風中流，方望揚帆去也，乃有岸旁被獲，堂上供招，是知離則合之。」及第十八回「事發為多情投供出首；思寬由太守改讞問流」評點所謂：「雲娥奮不顧身，又是始終起結。」「此回雖工刻畫，不免平淡無奇，而竟以雲娥投首，遂成宇宙奇文。」前後兩回言黃生與雲娥私奔，雖有王慕荊之助，然黃生逃離周尚書府第當夕，恰逢賊人入侵周府殺害管家，黃生遭周尚書父子告官殺人奔逃而被捕，雲娥因而出面申冤。水箸散人以為，私奔遇難或得助情節實為一般才子佳人小說情節之尋常處理模式，然強調《駐春園小史》作者則於處理類似情節之時，卻安排雲娥投首一節，既如前述，得以彌補男女私奔之道德缺失，亦使情節有出人意料之轉折，「世之俗傳稗官野史，方此不啻人天之隔。不為揭出，恐置不辭」。不同於庸俗浮濫之情節模式，黃生雖遭周氏父子誣陷遭羈，然太守判斷明智，且安排雲娥奮不顧身，堂下喊冤，評點盛讚此一經營構思，以為奇文，非一般俗傳稗官可比擬。

　　水箸散人之評點對於明清文章評點常見的相對觀念如離合、奇正、聚散等觀點論述，亦有其衍伸主張，即強調對此類相對寫作手法加以靈活變化，令讀者於習知的才子佳人小說模式下得以產生認知落差，乃至驚嘆，以為此乃作品藝術成就之所在，亦是作者經營構思之所在。水箸散人主張大雅風教與離合曲折之並重互補，強調此為才子佳人小說之藝術特徵與成就，而非僵化俗套或尋常蹊徑，對於所謂的窠臼亦有所警覺，並思有所跳脫，藉由想像虛構，另闢情節轉折之蹊徑，以成就奇文。

　　才子佳人小說作者亦多意識到情節奇巧與作品可讀性之關聯，如煙水散人《賽花鈴·題辭》即言：「予謂稗家小史，非奇不傳。然所謂奇者，不奇於憑虛駕幻，談天說鬼，而奇於筆端變化，跌宕波瀾。故投桃報李，士女之恒情；折柳班荊，交友之常事。乃一經點勘，則一聚一散，波濤迭興；或喜或悲，性情互見。至夫點睛扼要，片言隻字不為

簡；組詞織景，長篇累牘不爲繁。使誦其說者，眉掀頤解，恍如身歷其境，斯爲奇耳。」[25] 即意識到情節安排與結構佈局實爲才子佳人小說書寫之重心，也是自覺的藝術安排，與其他著墨於特定人事遭際的揭露或寄託感慨之作品有不同的關懷。[26] 又如乾隆三十九年（1774）刊行《水石緣》何昌森之序云：

> 中以朗磚作一薄針線，其紅羅墮懷，蠟丸詩句，明明將後事點出，繼此則逐段分應，非胸有成竹不能臻此。猶喜每段起結，不落小說圈套。

> 今以陶情養性之詩詞托諸才子佳人之吟詠，憑空結撰，興會淋漓，既足以賞雅，復可以動俗。其人奇，其事奇，其遇奇，其筆更奇。[27]

意識到文學具有憑空結撰之虛構特質，也肯定人事遭遇與文采之奇，且以爲凡此皆建立在陶情養性之前提上，所謂賞雅又足動俗，從而確立不落小說圈套的評價標準。

另一方面，對於才子佳人固定的情節發展模式，卻也有以「奇」強調者，如天花藏主人《飛花詠小傳·序》其以爲：

> 此桃源又賴漁父之引，而漁父之引，又賴沿豁之流水桃花也。因知，可悲者顚沛也；而孰知顚沛者，正天心之作合

[25] 煙水散人，《賽花鈴·題辭》，白雲道人編、煙水散人校閱，《賽花鈴》，《古本小說集成》（上海：上海古籍出版社，1990），頁1-5。
[26] 如雷勇，〈才子佳人小說的文化心態探析〉，《漢中師範學院學報》2（2002.4），頁67-68從爲士人寫心的角度分析《金雲翹》中對於人生困境磨難之描繪與展現，有其複雜因素與作者之反省，以爲此不同於一般才子佳人之單一寫作模式。
[27] 何昌森，《水石緣·序》（臺北：天一出版社，1985），頁1-3。

其團圓也。最苦者，流離也；而孰知流離者，正造物之婉
轉其相逢也。

疑者曰：「大道既欲同歸，何不直行？乃纖回於旁路曲
逕，致令車殆馬傾而後達，此何怠也？無乃多事乎？」
噫，非多事也。金不煉，不知其堅；檀不焚，不知其香。
才子佳人，不經一番磨折，何以知其才之愈出愈奇，而情
之生死不變耶！故花不飛，安能有飛花之詠？不能有前題
之飛花詠，又安能有後之和飛花詠耶？不有前後之題和飛
花詠，又安能有相見聯吟之飛花詠耶？惟有此前後聯吟之
飛花詠，而後才慕色如膠，色眷才似漆，雖至百折千磨，
而其才更勝，其情轉深，方成飛花詠之為千秋佳話也。[28]

　　天花藏主人的《飛花詠序》對小說的情節設置、結構安排與作品主題三
者之間的關係進行討論，[29]強調磨折之於人事與文本的淬鍊意義，顛沛
流離正為其婉轉相逢，所謂「金不煉，不知其堅；檀不焚，不知其香。
才子佳人，不經一番磨折，何以知其才之愈出愈奇，而情之生死不變
耶」，才情深刻，方是千秋佳話的關鍵，強調敘事構思與情節安排之必
要與自覺，煉金與焚檀等磨折，正是為強調作者才情與故事奇情之後設
思考，此類批評關注小說之敘事策略與情節發展，由此確認前後才子佳
人小說作者書寫藝術之高下。
　　此類批評都不出「奇」或「常」的思考，水箬散人亦承繼「非奇不
傳」之觀點，也著力凸顯《駐春園小史》之相關表現，以為如此方可超
越才子佳小說模式之窠臼，對於才子佳人小說既定的書寫模式之所以形

---

28 天花藏主人，《飛花詠・序》（臺北：天一出版社，1985），頁1-8。
29 王猛，〈清代才子佳人小說序跋中的小說觀念〉，頁81。

成分歧之期待與認識，其中原因或爲對於情節轉折具有「總是曲折」與「必須曲折」的觀點差異，事實上，對立的兩種觀點皆呈現了有關才子佳人小說文類特性的反省。而相關的小說評點尤其呈現此種文類特徵之意識。

於書寫細節關注上，尤其可見對於文類特徵之強調，水箬散人之評點屢見虛構、過文、映帶、閒筆、開合、分派、首尾、點染等批評文字，如第七回「獻策巧安排逾墻即訊；通辭驚落月吮墨投供」評點云：

> 此第七回，全以看花開合前後，工於點染，筆墨所到，意輒隨之，雖不脫卻尋常蹊徑，而玉史一書，雲娥與綠筠兩詠，乃是天然作對。而且文極其妍，情極其透，又出姊妹聯吟，眞爲傳奇中巨手也。

指出《駐春園小史》於情節安排上「不脫卻尋常蹊徑」或有因循，然作者工於點染，文妍情透，有意翻新，具有筆墨才情。

又如小說第八回「鬥筍便開關尋歡出峽；守株乖待兔失望停雲」敘述黃生與雲娥雖僅一牆之隔，卻無由相會，先以周府小僮因公子欲春遊會飲而至郭府求借登山小盒，故有郭夫人花朝邀宴之事，公子與佳人各自遊賞之場景遙遙對應，寫雲娥因與黃生咫尺天涯無緣得見而詠詩遣懷，並寫此時黃生亦待月樓頭，無由得見雲娥之心境，評點即強調修辭策略，其文云：

> 此第八折，藉花朝入想，前後兩相映帶，有公子之看花，即有夫人之請宴，情景既同，事端不異，欲把一地撰爲兩處風光來，頗稱不易。而此折乃從黃生撥悶寫到雲娥題詩爲已奇，乃又以賞花襯貼，愈見新奇，況又與下折第九回

　　　　僧寺題詩，遙遙作對。所謂有可著筆處，即向壁上點睛；
　　　　無可著筆處，先爲空中畫影。

諸女眷賞花一節，與黃生陪同周公子遊雲谷寺，諸生相會吟詩之情節照
應埋伏，除強調相映之經營，評點以爲，或「有可著筆處，即向壁上點
睛；無可著筆處，先爲空中畫影」，同樣強調作者之憑空想像，虛構剪
裁編撰爲作品成就之主要條件，亦爲寫作之必要安排。此種情節安排所
謂「一地而有兩處風光」，彼此輝映，評點同時也指出，本回小僮借小
盒之情節，正與第九回「昏後可尋盟安排要路；暗中偏錯認湊合機緣」
黃生赴宴獨回小樓，見庭中一佳人，實即綠筠，黃生卻以爲雲娥，而投
以羅帕墜扇，綠筠由羅帕上詩箋而得知黃生下落，以及對雲娥之用心，
以致對雲娥有所猜忌，言語藏鋒，評點以爲，其間彼此映照，錯落參
差，實顯現遙相照應之巧思。此類評價乃客觀看待才子佳人小說之寫
作，具有虛構的色彩，並呈現此種文體乃才子藉以表現的媒介，具有書
寫修辭自覺。
　　其他回目之評點亦有類似修辭強調，如第五回「假道作鄰奴錐還露
穎；蕩舟逢宿俠萍且留蹤」評點云：

　　　　此回純用梅雪渲染，襯貼異觀，始以折梅鬥筍，因之逗引
　　　　春光，又以一番重托，愈見精神，而措詞不苟，正見節目
　　　　所正，不可明言。

言作者以折梅一節作爲情節發展之關鍵，既以襯貼與渲染分析，亦有情
節引發強調之強調。
　　水箸散人亦以所謂「針線愈密」「兩相映帶」提示作者之寫作心思，
呈現關目接合之自覺，如第六回「紅綻洩春光針將線引；月沉迷夜景雪
把橋淹」評點云：

此第六折以賞雪玩梅爲根，以折花作骨，至於愛月知生蹤跡，亦於無意中寫出眞情，景地俱佳，針線愈密，而紅螭閣亭邊，彷彿駐春園樓下，兩相映帶，是眞天然筆墨。

凡此皆提出了小說作者特意經營，又如第二十一回「半畝奮三冬燒溫舉業；雙閨分兩地贈報清詞」評點云：

> 將雲娥、綠筠分爲兩地，以便下回單寫，其安置盡善，實費經營一心，而且順筆收回，兼寫惜花，併帶出被誘幸逃，照應不漏一人，此是書法密處。

分析第二十一回雲娥母女自覺無顏再居吳府，懊惱之餘，恰逢昔日賣與商人而後爲尼之惜花，引出一段經歷，同時藉此而有雲娥母女寄居尼庵情節，評點肯定作者安排之善，既敷演情節，角色各有照應，且利於敘述後續發展，尤其如此安排順暢自然，未見鑿痕。其強調接合照應之情節構思，前後有據，故事有其脈絡與框架，且前後景地人事有意無意對應，極力凸顯《駐春園小史》敘事之妙，也呈現對才子佳人小說應有的藝術表現之認知。值得注意的是，其人於肯定小說作者的構思匠心之同時，亦反映了所謂才子佳人小說的藝術特質具有一定程度之虛實性，且是作者有意的某種書寫展現，而內容之虛幻想像也是小說獲得成就之應有條件。

　　水箸散人肯定《駐春園小史》寫作表現之奇，並非在於結局，或說結局早已是一種固定傾向，其人所欲強調者，乃是敘事安排之表現與成就。世俗所謂千篇一律、陳陳相因，實即意識到情節變化與結局之類似性與模式化，然水箸散人《駐春園小史》評點所關注的，是藉此模式概念而強調特定作品之出色與否，既肯定曲折經營的必要，亦呈現對於才子佳人具有特定書寫模式的理解與反省，所謂文雅風流、功名遇合與

「始乖違、終如意」等基調，[30]有意凸顯才子佳人故事書寫之核心特性，呈現評點者對此一文類敘事模式之既定取向與反省視野。

　　水箬散人以縱觀全篇的角度，反省前此才子佳人小說書寫模式，強調《駐春園小史》作者之鋪排意識，刻意使情節跌宕，顯然對才子佳人小說之敘事模式有所自覺，並加以闡釋，而非視為消極俗套。事實上，才子佳人小說之敘事規模本具有優勢，然實際的敘事表現卻有模式化的傾向，[31]即不脫人事之離合差池、小人作梗、男女主角遭陷害而被迫分別等所謂「千部共出一套」之僵化模式。然水箬散人卻以不同角度加以分析，對才子佳人小說寫作模式有所反省，特意強調《駐春園小史》情節之多所創新曲折、佳人角色之主動積極，以凸顯其與以往才子佳人小說之不同，並顯現特殊性。

　　中國敘事傳統存在著如實敘事與想像性敘事類型，但兩者發展並不均衡，中國歷史敘事是在事件結局出現後，以特定的選擇與理解構成這些事件。[32]所謂「史所貴者，義也」，義即倫理評價，不僅記事傳人，更要藉結局的解釋以垂戒世用。至於頗費筆墨的事件過程與細部波折，反不見重視。[33]然而，由《駐春園小史》之評點可見，小說作者熱衷於此類曲盡其妙的情節敘述以呈現其敘事自覺與思考，於基本結局之基礎上，對於情節發展之進程多所安排經營，且對經營安排有所認知，即「有意翻空出奇」，極力稱頌情節之曲折變化，也由此凸顯小說作者多

---

[30] 如魯迅，《中國小說史略》第二十篇〈明之人情小說〉（下）以為《玉嬌梨》、《平山冷燕》等，「至所敘述，則大率才子佳人之事，而以文雅風流綴其間，功名遇合為之主，始或乖違，終多如意，故當時或亦稱為『佳話』」。（頁169）

[31] 劉勇強，《中國古代小說史敘論》（北京：北京大學出版社，2007），頁343-344，以為中篇小說較短篇小說更有敘事空間，結構上也較長篇小說容易，然而，才子佳人小說卻未就此敘事優勢充分利用，往往只求適應市場需求，缺乏提煉，因此難有出色作品。

[32] 彭隆健，〈才子佳人小說的敘事學意義：論才子佳人小說對傳統敘事觀的改變和想像性敘事缺陷的彌補〉，《婁底師專學報》1（2003.1），頁101引用頁弗朗瓦索・菲雷，《從敘述史學到面向問題的史學》，收於《史學論叢》編輯部編，《八十年代的西方文學》（北京：中國社會科學出版社，1990），頁223。

[33] 錢鍾書，《管錐編》（北京：人民文學出版社，1981），頁162。

擅長編織奇巧故事，追求情節曲折多姿，跌宕波瀾，於敘事中具有明顯的想像色彩。[34]

三、胸中蘊結、筆下洋洋：聚焦於典雅詩心之修辭訴求

明末清初才子佳人小說之文類特質或近似唐傳奇，然卻未必有模仿或影響之關聯，魯迅《中國小說史略》對於才子佳人小說有所比較，其言云：

> 至所敘述，則大率才子佳人之事，而以文雅風流綴其間，功名遇合爲之主，始或乖違，終多如意，故當時或亦稱爲佳話。察其旨意，每與唐人傳奇近似者，而又不相關，蓋所述人物，多爲人才，故時代雖殊，事跡輒類。因而偶合，非必出於仿效矣。[35]

以爲題材與人物身分近似唐傳奇，然才子佳人小說之情節安排卻往往曲折多舛，所謂「文雅風流綴其間」，強調虛構想像的書寫構思，與唐人傳奇於題材情節乃至手法之現實性有所區別，由此亦得見，才子佳人小說所特有的書寫期待與藝術講究。

水箬散人評點即以此藝術創作角度分析《駐春園小史》之書寫表現，小說固然蘊含作者特定之人生經歷或思考，然而，於書寫表現上卻也呈現文人對文學藝術之經營自覺與期待，敘事曲折變幻都是形成藝術文本之主要條件，而非直接揭露。此一積極觀點顯然不認爲才子佳人小說寫作模式爲既定俗套，而是有其積極意義，爲作者詩文才情之具體呈

---

34 彭隆健，〈才子佳人小說的敘事學意義：論才子佳人小說對傳統敘事觀的改變和想像性敘事缺陷的彌補〉，頁101-3。
35 魯迅，《中國小說史略》，第二十篇〈明之人情小說（上）〉，頁169。

現與完成，如第十五回「當局意如焚途窮守義；旁觀心獨醒打點從權」
評點云：

> 此回第十三折，先爲情深染病，因賴移近牆邊，乃不作月
> 下偷期，而作勸學忠言，足見措詞深厚，不致見斥大方，
> 亦是小說家退身之地。一夕閒話，不必皆爲正言莊語，句
> 句可風，而倒置是非，反使觀者不雅。

此回敍述愛月建議久病不能見痊之雲娥移居紅螺閣休養，而得就近會晤
黃玠，然亦因愛月對黃玠應奮心舉業以期日後金屋貯雙嬌之忠告，黃生
與雲娥因此得以禮自持，未有踰矩之行。水箸散人以爲，情深染病，卻
不落月下偷期之平庸淫藝，反而有措辭深厚之勸學忠言，得以不見斥方
家。另一方面，雖非正言莊語，亦句句可風，則尤其強調言行端正對情
感價值之影響，也因此避免作品傾向「不雅」之可能，「雅」之考量自
有禮教約束的認識，然亦顯現評點對於文章結構之關懷，以爲不逾矩的
男女之情影響情節鋪排敷衍之精妙與作品價值高低。此一心態展現文人
價值判斷與評賞依據，具有明顯的文人批判色彩，而非世俗純粹言情的
樣態。

　　一如傳統的書寫意識，才子佳人小說亦重視主觀抒情與人生反
省，天花藏主人所謂「不得已而藉烏有先生以發洩其黃粱事業」，而
「紙上之可喜可驚，皆胸中之欲歌欲哭」，[36] 此一創作顯然爲滿足情
感需要，且需要藝術因素之介入。[37]《駐春園小史》文本自亦有其抒情

---

[36] 天花藏主人，《平山冷燕·序》，據殷國光、葉君遠編，《明清言情小說大觀》（北
京：華夏出版社，1993）下卷，頁3-4。

[37] 如劉坎龍，〈論才子佳人小說作者的創作心態〉，《新疆社科論壇》27（1995.1），頁
63，以《春柳鶯》第十回「悔初心群英宴貴 敍舊懷雙鳳盤龍」中「幾番醉後甚無聊，
不惜嘔心作解嘲。豈是浮文同粉黛，亦爲世事盡蓬蒿」詩句爲例，說明才子佳人小說作
並非直接洩憤，而是藉由表現個人對理想的追求成功間接地發洩不平，胸中之欲歌欲哭
之悲傷，於作品中變成了可驚可喜的歡快，此一現象實爲此類小說之創作特點。

取向，[38] 且檢視水箬散人之評點可見，小說作者於文本所展現的情感內涵，實包含才情展現與人生理想之雙重內在，如第二十二回「好友作門生暗中摸索；嬌娃充選侍格外搜求」評點云：

> 此第二十二折，無可下筆之處，偏寫出如許淋漓，如許洋溢，似是以充作者而竟非也。爲思其意，不如是，不能痛快其心，不如是，不覺自汙其目，竟失作手當行。吾友親歷世故變化無窮，想其胸中所蘊結，筆下所洋洋，莫非此心此事，臨題盡洩，幾至上無今古，下無後人，並不偷唾餘之字句，而爲梁上之君子也。寫綠筠激烈口氣，全不涉於雲娥，以別二人於一事也。

二十二回敘及黃玠易名爲李華上京應試，輾轉獲致歐陽生之協助，另一方面，綠筠遭周家父子陷害，將被點選入宮等人事差池，水箬散人於評點指出，情節發展至此，本已近尾聲，相關經營安排原應傾向收束，無再出新意者，然而，小說作者能在看似無可下筆處，卻能寫出如此淋漓洋溢之筆墨，既是有感而發，「臨題盡洩」；也是文心之盛，所謂「不如是」，當無法痛快其心、彰顯本色，虛構想像之特出，故於情節文字上能另出機杼，作者固然於小說中抒發世情遍歷、胸中蘊積，更值得關注的，是抒發形式能「不襲前人餘唾」，具有新奇風貌，此一現象實即水箬散人之刻意強調者。

　　評點強調，作者藉由情節鋪陳、曲折變幻之苦心構思，宣洩一己人生坎壈困頓，於文本藝術之盡情展現中獲致二者之實現。而此一連結經營構思與內在心靈的書寫表現，亦是文人共通的情感對話。另一方面，

---

38 徐龍飛，〈視野與類型：才子佳人小說的重新審視〉，頁61，以爲《駐春園小史》中黃玠留情風月，無意功名，及至落第也不在意，其後得知雲娥避難他所，不惜賣身於隔鄉之周府爲書僮，以求得以向雲娥致意，故屬於揚情型才子佳人小說。

水箸散人對於雲娥與綠筠之評價，著重於才貌貞德與勇氣，亦顯現其理想化之佳人形象，具有文人的評價角度，而其具體評點則由此佳人形象之塑造凸顯情節安排之曲折，一新耳目，亦即關注於文章鋪排之妙，而非對於性別角色或女性定位有所積極主張。

才子佳人小說作者於創作之際，往往意識到自我情志，以及書寫活動之於個人之意義，於文人品賞角度而言，才子佳人小說之創作不免具有娛情消閒的審美作用，或即孔子所謂「游於藝」之思想，小說作為一種藝術創作和欣賞活動，其賞心怡情、消遣娛樂的內涵。[39]「游者，玩物適情之謂」，[40] 風月盟主《賽花鈴·後序》以為，「稗家小說」「一詠一吟，提攜風月，載色載笑，傀儡塵寰。四座解頤，滿堂絕倒。」「泳遊筆笥，浪謔詞林，尼聖所謂遊於藝者是矣！」[41] 李春榮《水石緣·自序》以為其之著小說，為「懸擬賞心樂事美景良辰」，「雖無文藻可觀，或有意趣可哂」，而其〈後序〉又云小說可以「閱之解頤，為爽心快目」，此一觀察角度著重作者自我娛情、展現文思，藉以紓解胸中鬱結，另一方面，其中敘事修辭，亦是個人情感的另一表現，至於所謂悲歌慷慨，思文采風流之際，造化或當不忌，則是文人對於文學藝術之反思與彼此之對話。[42]

晚明李贄（1527-1602）等人倡導的真情於審美上有意追求「俗」的趣味，成為一種針對雅道而發的藝術傾向，至清初則有情理之融合辯證，乃至追求人情但不流於淫濫的趨向，乾隆時期水箸散人之評點《駐

---

[39] 王猛，〈清代才子佳人小說序跋中的小說觀念〉，頁78。

[40] 朱熹，《集注》，見《論語集釋》（北京：中華書局，1990）第一冊，頁443-444。

[41] 風月盟主，《賽花鈴·後序》，收入古本小說集成編委會編，《古本小說集成》（上海：上海古籍出版社，1990），頁361、363。

[42] 李春榮，《水石緣·自序》（臺北：天一出版社，1985）亦提及主張寫作才子佳人小說與窮愁著書、不平抒懷之相關，其文云：「平生一無嗜好，惟喜親卷軸，即稗官野史，吳歈越曲，胥縱觀覽。因見其中寫才子佳人之歡會，多流於淫蕩之私，有傷風人之雅，思力為反之。又念及人生遭際悉由天命，毫莫能強，當悲歌慷慨之場，思文采風流之裔，懸擬賞心樂事，美景良辰，諒在造化，當不我忌。因以爰書之筆繪兒女之情，雖無文藻可觀，或有意趣可哂，亦庶使悲歡離合各得其平而不鳴耳！」

春園小史》則顯現了此一傾向，前述其人對於男女情感之認識與應有的節制觀點，可見此類審美價值判斷，實又回歸文人雅化的趨勢。尤其才子佳人小說作者因道德關懷而一再借用〈關雎〉風雅詩教加以詮釋宣揚，使才子佳人小說成為經學內涵之藝術載體，引《詩》用《詩》，使經學話語以文學形式呈現，小說既有經學儒雅之風，成為經學倫理之指涉，也更具詩學之藝術特質，成為經學語意的文化承載。[43] 此一蘊含王政美德之符號，亦成為小說作者與讀者彼此理解溝通之媒介，展現其人對於既有傳統價值理想之寄望。[44] 於此，〈關雎〉作為才子佳人小說作者寫作之價值標準，藉以確立情節離合曲折之基礎，也反映其人之理想情志，包含對於朝代更易之國族哀感或個人遭際之落寞失意，某種程度回歸「詩言志」的內涵，而加以新變，而寄託於黃粱事業之虛幻空間與文本編織結撰之藝術自覺，亦為人生理想之某種具體化展現。

　　才子佳人小說不僅無風教瑕疵之虞，書寫上也更趨於典雅詞章化。前引水箬散人序《駐春園小史》以《詩經》、《大學》、《易傳》解釋「天合」與「人合」等人情天性，無論是琴瑟孝悌五倫之理，將正統經學與人情日常加以聯繫，予以詩化的展現。明末清初盛行的才子佳人小說往往即是「詩的」或「敘事詩的」呈現，不僅僅是作品局部的抒情氛圍之渲染，更是指作者能把小說的生活結構深化為情感結構，從而把對情節和主題的追求轉化為詩意的釀造。[45]

---

[43] 李昌禮、譚德興，〈詩經二南對才子佳人小說的影響〉，《懷化學院學報》31:6（2012.6），頁37。

[44] 李志宏，《明末清初才子佳人小說敘事研究》（臺北：五南圖書出版公司，2019），第四章〈寓言：才子佳人小說敘事建構的主題寓意〉，反省才子佳人小說作者寓於文本之王政美德、價值理想等內涵，提及《駐春園小史》作者吳航野客以作者與讀者身分提出以《詩經・關雎》為閱讀參照基準，既反思前其作品之藝術表現，又確立個人寫作意義（頁386-387）。並主張由《詩經・關雎》或《毛詩序》等可謂提綱指導符號之引用，展現所謂正風變風等敘事意圖，從而使小說以具體論理教化的實質話語以傳遞政治理想之想像。（頁388-400）

[45] 陳惠琴，〈才子佳人小說表現一種愛情理想〉，《明清小說研究》3（1996.9），頁82。

才子佳人小說的相關批評與序跋雖多強調名教規範，以為此一禮教觀點提供作品價值之基礎而不可忽略；然也意識到於此基礎上，虛構佈局與情理協調等書寫藝術之必要，於相關批評中，多強調才子佳人小說作者對於此類寫作規範已先有自覺，從而刻意發揮，以及可能的相應變化創造，其中論述對於特定的敘事模式與道德期待、人生理想、現實困境等往往加以結合，同時也認定文學時空本屬虛無，卻又足以展現修辭才情、寄託懷抱、療癒困蹇之審美認識。

文人所強調的客觀分析與審美思維，使才子佳人小說的價值意識與書寫期待形成典雅化趨勢。才子佳人小說作者藉情節曲折與藝術經營以完成個人某種理想期待或現實缺憾之補足之思考。[46]理性與情感的折衷結果往往影響才子佳人小說在描寫上不免趨於僵化與侷限，然而文人批評視野卻對文才、自我娛情加以強調，對既定一男二女或數女之戀愛模式或事件變化、大團圓結局往往予以美化，水箬散人雖亦意識到其中的僵化趨勢，加以反省對照之外，並有意詮釋乃至思考可能的著重面向，凸顯了才子佳人的文類觀點與相關演化。其中，對於才情的認知並非侷限於詩才，而是以詩性思考客觀且特定角度審視相關小說戲曲所應具有的結構模式與審美經營。[47]才子佳人小說作者於長久的詩學文化背景中，往往以其詩性思維理解自身，並構築小說情節，藉由意象之不同組合，顯現個人情感，尤其藉由詩歌加以展現，使才子佳人小說不僅有詩的技巧，也應包含詩的思維，情節的結撰中也有詩意化的色彩，於此，往往被視為千篇一律的情節發展模式，反而成為作者心靈的藝術具體化

---

[46] 陳惠琴，〈才子佳人小說表現一種愛情理想〉，頁75；甚至將社會理想與完美人生結合，頁77；小說作者亦由此書寫際遇寄託與夢想，頁78。

[47] 金聖歎視通俗文學為才子書的觀點，改變小說難登大雅之堂的既定印象，其評點《水滸傳》，除強調抒憤寫作的基調外，另指出文章筆法之結構意識，而評點《西廂記》序所展現的，是自我情志的高度投射，亦有後世知音有否的寂寞之感，二者皆趨於自我情感的關注，提供清初中下層文人對通俗文學之處理態度，藉通俗文學之創作評點以展示才華，逞才炫學，具有某種程度之自我表現，亦因文人意識之加入，促進通俗文學藝術特質之提升。

形象。[48] 同時，值得關注的是，此類觀點所主張的文字結撰編織，實亦流露文人之敘事意念與審美期待。

　　水箸散人明顯由文人觀點，以藝術修辭的概念進行《駐春園小史》之評價，其間雖亦論及情理或禮教，然並非強調小說之情節發展須為禮教服務或加以闡揚，而是以為，風教之無瑕不僅是小說情事獲致認可之保證，更是文本藝術價值之主要關鍵，水箸散人之評點取向使才子佳人小說趨於雅化、文人化，此類小說成為文人分析筆法修辭、人情事理評價之文本，其中的文人評賞態度不同於其他小說評點對於世俗人情或品行之歌頌，而是文人彼此之對話與理解，並非對世俗價值之強調或維護，亦由於對文本書寫應有特質之極力強調，凸顯此一評點對於才子佳人小說所抱持的後設認知。

　　明末清初的才子佳人小說創作流派或文學類型的形成，既是特定歷史時期的文學與文化現象，也是一種集體文化反映。[49] 其間呈現作者之主觀情懷，人生理想與才情展現等層面。相關序跋與評點也有類似的認知與強調，對於才子佳人小說所展現的特定詮釋顯現了文人審美之介入、文章筆法之強調，以及消費文化之影響，[50] 才子佳人小說的相關評

---

[48] 趙興勤，〈詩性思維與才子佳人小說的結撰〉，《明清小說研究》91（2009.3），頁24-28。

[49] 李志宏，《明末清初才子佳人小說敘事研究》，頁49。

[50] 據劉勇強，《中國古代小說史敘論》〈第二章，小說題材的類型化與發展〉，頁343與陳大康，《通俗小說的歷史軌跡》（長沙：湖南出版社，1993），頁191-196以為，才子佳人小說盛行於明清之際，此類題材的出現與文人介入及消費文化有關，而介於十六回與二十回的中篇體制也適用於商業考量的量化生產的規模，亦即此類小說之寫作模式有其特定自覺。又如吳承學，〈簡論八股文對文學創作與文人心態的影響〉，《文藝理論研究》6（2000.11），頁80-82，以為明清之際八股文範文出版的盛行，及其相關評點的興盛，使明清文學之結構乃至筆法章法受到重視。李漁，《閒情偶寄》第三卷（杭州：浙江古籍出版社，1991），頁8〈詞曲部〉亦標出「結構第一」，所謂立主腦，並以時文說明戲曲之創作，（頁60）。林崗，《明清之際小說評點學之研究》（北京：北京大學出版社，1999）第四章〈小說話語與評點學的文學自覺〉亦論及李贄、金聖歎等文人於評點活動中所呈現的文學亦是與文章筆法概念，（頁68-111）。邱江寧，《明清江南消費文化與文體演變研究》（上海：三聯書局，2009）第四章〈消費文化影響下主流文體對商業化文體的滲透〉，頁254-255以為，金聖歎、毛宗崗父子、張竹坡天花藏主人等之評點小說亦多強調小說結構之藝術技巧，同時也受到當時八股文作法之影

點具有明顯的文人化影響,其中的觀點顯現後天型塑之認知,某種程度
就是對既有模式或意識之反省與挑戰,[51] 既有意識地揭露才子佳人小說
所應有的文類期待,以及因之而有的抒情功能與藝術講究,於此,才子
佳人之情感結局已非主要焦點,重點在於對此一結局歷程之刻意製造與
敘事自覺,相關評點與序跋針對小說情節鋪陳之奇幻跌宕、娛情或寄寓
等書寫特徵加以論述,尤其強調此種小說藝術之獨立性,顯見其中具有
特定之書寫自覺與藝術期待,且因而建立相關審美意識與解釋。

　　文學本具虛構特質,而才子佳人小說更見文人於功名知己之想
望,文字虛構了現實以外的另一世界,此或爲才子佳人小說與唐傳奇的
現實特徵之明顯差異處,藉由人物事件的費心剪裁,個人思緒因而有所
轉換,呈現藝術觀點與反省所在,使才子佳人小說的寫作閱讀態度不
限於道德關懷與炫才抒情,而是凸顯了對文類特徵反省與藝術考察之關
注,具有了多元視角與思維。此類檢視呈現了所謂才子佳人小說之形塑
意識與敘事內涵,凸顯了此種文類之虛構特質與後天想像的反省。

結　語

　　《駐春園小史》情節不出才子佳人聚合波折、終獲團圓之故事框

響。而流傳於此時之才子佳人小說,其創作與評點,亦自不免受到影響,如乾隆甲寅李
春榮〈水石緣後敘〉即云:「文章筆法惟推《左氏》,神化莫測,獨擅千古之奇。今妄
擬其微旨,提綱立局,首尾呼應,埋伏影射,籠絡穿插,吞吐攙渡,代字琢句,無中生
有,麗辭散行,詩詞歌賦,作文之法縝密無遺,最易啓童蒙之性靈,發幼學之智巧,幸
勿徒以鄙語俚言閱之解頤,爲爽心快目已也。故爾又序。」可見才子佳人小說之創作者
與評點者,往往即是嫻熟八股文之文人。並以天花藏主人爲例,以爲此類落第或懷才不
遇之文人,亦有書坊出版等淵源,(頁255)基於文章筆法與閱讀效果的考量,自然對
於才子佳人小說之敘事結構有所強調。(頁256)

[51] 派特裡莎·渥厄(Patricia Waugh)著,錢競、劉雁濱譯,《後設小說:自我意識小說
的理論與實踐》,頁7。在後設小說觀念中,即對寫作與閱讀進行陳述,也往往在書寫
過程中不斷提示書寫及閱讀的可能特徵,甚至藉此發揮某種批判或隱喻的作用,如此的
寫作現象打破創造與批評的界線,並將兩者融合到闡釋和解構的概念中。

架,情節轉折亦多有湊巧,如多次分隔實即比鄰而居,有私會之機;卻屢因禮教考量而好事多磨,其間雖有小人作梗,然阻礙有限,最終皆能獲貴人相助,可見禮教對情節安排之影響,作者以倫理關懷主導情節發展,展現情理之協調折衷,另一方面,評點也同時意識到書寫創作之構思,對作者所安排之曲折情節大加讚賞。事實上,《駐春園小史》小說作者之經營情節轉折實不出前此才子佳人小說一波三折、終獲團圓的發展模式,然水箸散人之評點卻多所著墨,強調敘事經營之苦心與出眾,其中不免有誇大標榜之傾向,卻也凸顯其對於小說形式之積極主張。

《駐春園小史》評點呈現了對風教與修辭相互協調之期待,藉由道德約束、守經從權的理解與發揮,以確保才子佳人感情之無邪真摯,從而確立相關情節經營之藝術性與完整無缺,可視為對才子佳人之寫作形式與價值內涵等予以客觀化審視,《駐春園小史》評點呈現了清初才子佳人小說價值觀點之變化,以及敘事文采之重視,於消費文化前提下,因為敘事模式的強調,既呈現文學虛構想像之認知,也有文類差異的寫作觀點,展現書寫自覺與價值判斷,也呈現了閱讀對象由消費大眾轉至文人階層,故閱讀重點不僅限於情節內容,也因此超越所謂千篇一律、千人一面的既定評價,而聚焦小說作者有意展現的情節經營與修辭構思之自覺。不僅意識到《駐春園小史》的藝術特色,更於評點中藉由引用經典或比較其他作品揭示,所謂才子佳人小說應有的書寫表現,對於書寫模式具有明顯自覺與強調,相關詮釋亦呈現於特定位置或某種情境脈絡下,一種對於閱讀、書寫與製造論述加以陳述與反省的表現。[52]

---

[52] 一般對後設認知的定義是,個人對自己的認知歷程能夠掌握、控制、支配、監督、評鑑的另一種知識;是在已有的知識之後為了指揮、運用、監督既有知識而衍生的另一種知識;之所以稱為「後設」,其原因在於是對認知的認知,即個人能夠明瞭自己所學的內容與知識,而且了解如何使用知識以解決問題。本文的「後設」一詞,乃根據「meta-fiction」的定義而來,主張這類小說具有寫作的策略、隱含著某種隱喻或批判、提醒書寫與閱讀的活動,參見派特裡莎・渥厄(Patricia Waugh)著,錢競、劉雁濱譯,《後設小說:自我意識小說的理論與實踐》(臺北:駱駝出版社,1995),頁3所述,最初出現在美國批評家與自我意識作家威廉 H.蓋斯(William H. Gass)的文章,即William H. Gass (1971), *Fiction and the Figure of Life*, New York。

引用書目

一、專書

〔清〕吳航野客編次，水箬散人評閱，《駐春園小史》，收於殷國光、葉君遠編，《明清言情小說大觀》中卷，北京：華夏出版社，1993。

〔清〕無名氏著，水箬散人評，《駐春園》，臺北：河洛圖書出版社，1980。

丁錫根，《中國歷代小說序跋集》，北京：人民文學出版社，1996。

石昌渝，《中國古代小說總目·白話卷》，太原：山西教育出版社，2004。

邱江寧，《明清江南消費文化與文體演變研究》，上海：三聯書局，2009。

林崗，《明清之際小說評點學之研究》，北京：北京大學出版社，1999。

派特裡莎·渥厄（Patricia Waugh）著，錢競、劉雁濱譯，《後設小說：自我意識小說的理論與實踐》，臺北：駱駝出版社，1995。

李志宏，《明末清初才子佳人小說敘事研究》，臺北：五南圖書出版公司，2019。

周建渝，《才子佳人小說研究》，臺北：文史哲出版社，1998。

胡萬川，《話本與才子佳人小說之研究》，臺北：大安出版社，1994。

孫楷第，《中國通俗小說書目》，北京：人民文學出版社，1982。

陳大康，《通俗小說的歷史軌跡》，長沙：湖南出版社，1993。

魯迅，《中國小說史略》，臺北：里仁書局，1992。

譚帆，《中國小說評點研究》，上海：華東師範大學出版社，2001。

錢鍾書，《管錐編》，北京：人民文學出版社，1981。

Guillen, Claudio, Cola Franzen trans. *The Challenge of Comparative Literature*. Cambridge: Harvard UP. 1993.

Jost, Francois. *Introduction to Comparative Literature*. Indianapolis and New York: The Bobbs-Merril Company. 1974.

二、期刊論文

王猛，〈清代才子佳人小說序跋中的小說觀念〉，《中華文化論壇》8（2014.8），頁 76-81。

王永健，〈論才子佳人小說〉，《明清小說研究》2（1986.6），頁 262-278。

吳承學，〈簡論八股文對文學創作與文人心態的影響〉，《文藝理論研究》6（2000.11），頁 79-85。

李鴻淵，〈情禮調和，皆大歡喜：從社會文化思潮看清初才子佳人小說的團圓結局〉，《船山學刊》3（2003.9），頁 119-123。

李志宏，〈論明末清初才子佳人小說中「佳人」形象範式的原型及其書寫：以作者論立場為討論基礎〉，《國立臺北教育大學學報》18：2（2005.9），頁 25-62。

李昌禮、譚德興，〈《詩經》「二南」對才子佳人小說的影響〉，《懷化學院學報》31：6（2012.6），頁 36-38。

紀德君，〈才子佳人小說創作模式及其演變〉，《南京師大學報（社科版）》4（2011.7），頁 133-139。

徐龍飛，〈視野與類型：才子佳人小說的重新審視〉，《明清小說研究》98（2010.12），頁 56-68。

郭英德，〈論晚明清初才子佳人戲曲小說的審美趣味〉，《文學遺產》5（1987.10），頁 71-80。

陳惠琴，〈理性、詩筆、啟示 —— 論才子佳人小說的創作方法〉，《明清小說研究》3（1996.9），頁 74-86。

程建忠，〈也評明末清初才子佳人小說〉，《成都大學學報（社科版）》2（1998.6），頁 32-34。

彭隆健，〈才子佳人小說的敘事學意義——論才子佳人小說對傳統敘事觀的改變和想像性敘事缺陷的彌補〉，《婁底師專學報》1（2003.1），頁 100-103。

雷勇，〈明末清初社會思潮的演變與才子佳人小說的「情」〉，《甘肅社會科學》2（1994.4），頁 87-91。

雷勇，〈才子佳人小說的文化心態探析〉，《漢中師範學院學報》2（2002.4），頁 66-71。

趙興勤，〈詩性思維與才子佳人小說的結撰〉，《明清小說研究》2009年第 1 期，頁 17-29。

劉勇強，《中國古代小說史敘論》，北京：北京大學出版社，2007。

劉坎龍，〈論才子佳人小說作者的創作心態〉，《新疆社科論壇》27（1995.3），頁 47-50, 63。

鍾曉華，〈論才子佳人小說序跋的程式特徵與文化意蘊〉，《蘭州學刊》8（2010.8），頁 151-153。

蘇建新、陳水雲，〈才子佳人小說新界說〉，《明清小說研究》75（2005.3），頁 14-23。

（原載於《成大中文學報》69 期，2020.06）

第三章
詩心的時空共鳴

傳奇小說詩性美感之對話：明治本韓國漢文小說《金鰲新話》之批評取向與相關意涵

前　言

　　《金鰲新話》爲朝鮮文臣金時習（一作金始習，1435-1493）模擬瞿佑《剪燈新話》的漢文傳奇小說集。明代瞿佑（1341-1427）於1378年編寫之《剪燈新話》，傳入朝鮮後，多次翻刻，約於九十年後有金時習之擬作，[1] 亦以「新話」爲名，具有吸收漢文、自覺創造等書寫特質。既有研究多關注金時習《金鰲新話》對於瞿佑（1347-1433）《剪燈新話》之承襲與獨創，以及相關的流傳與版本問題，或金時習個人思想與書寫技巧等。[2] 本文則於此基礎上，以日本明治十七年出版的評點本《金鰲新

---

[1]　金時習於三十一歲時隱居南山，即金鰲山腳下，隱居之六年間，完成詩文集《遊金鰲錄》與傳奇小說《金鰲新話》。金時習著有長詩〈題剪燈新話後〉，顯示其對《剪燈新話》的欣賞，而其創作《金鰲新話》顯然亦受到《剪燈新話》的影響，見崔溶澈，〈新發現的《金鰲新話》朝鮮刻本〉，收於中正大學中文系、語言與文學研究中心，《外遇中國：中國域外漢文小說國際學術研討會論文集》（臺北：學生書局，2001），頁170-171。

[2]　如崔溶澈，〈新發現的《金鰲新話》朝鮮刻本〉，收於中正大學中文系、語言與文學研究中心，《外遇中國：中國域外漢文小說國際學術研討會論文集》（臺北：學生書局，2001），提及版本流傳。李福清，〈瞿佑傳奇小說《剪燈新話》及其在國外的影響〉，《成大中文學報》第十七期，2007，則比較《剪燈新話》與越南《傳奇漫錄》、日本《伽婢子》、韓國《金鰲新話》之作品異同。又崔溶澈，〈韓國古典小說的整理與研究〉，《中國文學研究的新趨向：自然、審美與比較研究》（臺北：臺灣大學出版中心，2005），頁19-20，以爲金時習雖非常熟悉《剪燈新話》，但其《金鰲新話》並非呆板直接地模擬，而是充分利用此書內容之後，重新創造朝鮮氣氛濃厚的獨特作品。而二十世紀七十年代以來的研究亦多關注金時習固有的思想內容和與眾不同的寫作技巧。

話》爲分析依據，[3]將小說文本與日韓學者評點、相關序跋等視爲一整體文本，反省其中所呈現的傳奇小說之認知與漢學文史之交流意涵。

　　本文處理諸家對《金鰲新話》的批評取向，並及《金鰲新話》各篇之情節內容，文本與評點相互參照，分析其中書寫特徵與評點傾向，以見其中所具有的超越時空之承襲與新變，聚焦傳奇小說的文體特徵與精神內涵，如敘事文體的詩性書寫、幽冥想像；評點話語的審美情境及學識情思的交流與共感等，以敘事文本與對話空間爲中心，以期理解相關評點與序跋對《金鰲新話》寫作精神之分析與理解，以及金時習對中國文史經典與傳奇小說之承襲與發揚，其中所具有的漢學傳統與文人心靈等現象實有關注價值。

一、評點話語的審美情境

　　明治版《金鰲新話》的評點與序跋之寫作者分別爲小野湖山（1814-1910）、三島中洲（1830-1919）、梅外仙史（1810-1885）與李樹廷（1843-1886）、李景弼（?-?）等，皆具有當世漢學者文人或名士等多重身分，[4]對《金鰲新話》之寫作風格與藝術表現，亦有特殊的關注與評

3　本文所據金時習，《金鰲新話》，明治十七年大塚彥太郎出版，東北大學圖書館狩野文庫藏書。分上下二卷，上卷有依田百川之序，〈梅月堂小傳〉，以及〈萬福寺樗蒲記〉、〈李生窺牆傳〉與〈醉遊浮碧亭記〉三篇，下卷有〈南炎浮洲志〉與〈龍宮赴宴錄〉，另有漢陽李樹廷、蒲生重章、梅外仙史等人之跋。另有小野湖山、三島中洲與梅外仙史等評點，整體文本具有中日韓文學互通交流之特質。有關《金鰲新話》其他版本及流傳，崔溶澈，〈新發現的《金鰲新話》朝鮮刻本〉，提出於中國大連圖書館發現由尹春年編輯的朝鮮木刻本《金鰲新話》，另有日本萬治本（1660）《金鰲新話》。收於中正大學中文系、語言與文學研究中心，《外遇中國：中國域外漢文小說國際學術研討會論文集》（臺北：學生書局，2001），頁172-173。
4　評點者有小野湖山（1814-1910），幕末維新時期之漢詩人，具尊皇攘夷思想，多與勤皇志士交，曾因安政大獄事遭監禁八年，其間致力於讀書作詩。明治四年廢藩置縣後，離開東京，以詩酒自適。三島中洲（1830-1919），名毅，字遠叔，號桐南、中洲，日本漢學家、詩人，主張義利合一，曾爲朝廷法官、判事，門生眾多，明治十年設立漢學塾二松學舍，著有《中洲文稿》、《中洲詩稿》、《論學三百絕》等。梅外仙史（1810-1885），即長梅外，當時尊皇勤王之儒者、醫者，天保十年（1839）設立心遠

價。此類評點具有明顯的文人語彙與思考模式，既關注金時習之寫作強調幽微人情世態，亦強調文章經營之結構巧思。

（一）詩文意趣的文人品鑑

　　《金鰲新話》之評點多依循傳奇小說的審美傳統，亦即強調文本的詩文意趣與虛幻想像，如〈萬福寺樗蒲記〉敘述梁生有感於獨居無侶而吟詩，其文曰：

> 　　一樹梨花伴寂寥，可憐辜負月明宵。青年獨臥孤窗畔，何
> 　　處玉人吹鳳簫。
> 　　翡翠孤飛不作雙，鴛鴦失侶浴晴江。誰家有約敲棋子，夜
> 　　卜燈花愁倚窗。

湖山評曰：「二絕此記發端，青年二句，使天下古今書生頓發一慨又發一笑。」

　　湖山提出才子尋覓佳人的夢想，為千古以來讀書人之感慨與意識，且以為天下讀書人都能理解此類心境，故感慨之餘亦能會心一笑。而中洲曰：「二絕幽婉沉鬱，感動佛心。」則意識到此二絕句因真誠感動神佛，與下文的情節發展相互結合。

　　此類評語以詩歌的審美情感分析金時習創作之藝術表現，亦展現評點者之文人情志等閱讀取向，如〈醉遊浮碧亭記〉亦然，金時習描寫洪生赴李生邀宴後獨自夜遊，有感而發，其文云：

處塾，教授僧徒詩文與經學，自天保末年開始，梅外往來於京阪、九州等地從事教育，明治十三年創立斯文會，梅外成為講師。著有《左傳彙箋》、《唐宋詩醇抄》、《梅外詩抄》等。李樹廷（1843-1886），朝鮮之勤王派學者，1882年赴日，為東京外國語學校教員，1885年於橫濱出版第一部朝鮮語翻譯之聖經《懸吐漢韓新約聖書》。其人皆有漢學家與詩人等背景，對於《金鰲新話》之評點，亦因此展現特定的評點取向。其中李樹廷多就《金鰲新話》中之朝鮮歷史與地名加以考據，而據既有文獻，皆未見李景弼相關資料，且因梅外仙史與李景弼評點文字較少，多僅就詩句評點，故本文以小野湖山與三島中洲之評點為主要討論依據。

酣醉回舟，夜涼無寐。忽憶張繼〈楓橋夜泊〉之詩，不勝清興，乘小艇載月打槳而上，期興盡而返。至，則浮碧亭下也。繫纜蘆叢，躡梯而登。憑軒一望，朗吟清嘯。時月色如海，波光如練，雁叫汀沙，鶴警松露，凜然如登清虛紫府也。

湖山評曰：「詩境仙境，寫來如畫，畫手卻不能及。」中洲亦曰：「讀者亦凜然，如入仙境。」強調金時習文章之美，有若小品文之文字使仙境躍然紙上，文字有畫面之功，使讀者有若親臨其境，此類寫作趨向既是文人所認同，對於烘托的清朗意境，亦屬文人彼此認同的美感。同時亦展現對中國傳統之認知理解與吸收轉化，如〈萬福寺樗蒲記〉中何氏女所言：「少讀《詩》《書》，粗知禮義。非不諳〈褰裳〉之可愧；〈相鼠〉之可赧。」引用〈褰裳〉、〈相鼠〉等《詩經》篇章，以表明並非無貞節廉恥之心。又敘述何氏女帶領梁生至其居所時，二人之戲謔對話，其文云：

至詰朝，女引至草莽間，零露瀼瀼，無徑路可遵。生曰：「何居處之若此也？」女曰：「孀婦之居，固如此耳。」女又謔曰：「於邑行路，豈不夙夜，謂行多露。」生乃謔之曰：「有狐綏綏，在彼淇梁。魯道有蕩，齊子翱翔。」吟而笑傲。

梁生與何氏女之對話皆引用《詩經》〈衛風・有狐〉與〈召南・行露〉篇章詩句，有明顯的文人審美趣味，三島中洲以為，「戲謔典雅，天然好伉儷」，《詩經》之運用使人物形象更趨鮮明，亦使男女邂逅之浪漫情境更具想像內涵。

　　又如中洲於〈萬福寺樗蒲記〉中評冥府鄭、吳、金、柳四女子之賦詩，「首首不免怨妒，宜矣，得金氏之責也」，將詩歌內容與人品格調合而觀之，此評論亦呈現了詩所以怨卻不失溫柔敦厚的詩教精神。於〈南炎浮州志〉中，閻王與朴生之對答言語亦顯現了金時習對經典的語彙與內涵之吸收承襲，其文云：

> 寡人聞子正直抗志，在世不屈，真達人也。而不得一奮其志於當世，使荊璞棄於塵野，明月沉於重淵。不遇良匠，誰知至寶，豈不惜哉？余亦時運已盡，將捐弓劍，子亦命數已窮，當瘞蓬蒿，司牧此邦。

湖山曰：「王而稱寡人，似梁惠、齊宣口氣。」以梁惠王與齊宣王比附之，讀者亦因此綜合既有概念予以體會。而藉閻王之說書生，「在世不屈，真達人也。而不得一奮其志於當世，使荊璞棄於塵野，明月沉于重淵。不遇良匠，誰知至寶，豈不惜哉？」反映了金時習不遇之抑鬱與相應的想像，而此亦為歷代士人之普遍感嘆。

　　另一方面，評點文字亦意識到道德節操與學識偏好，此亦來自中國的傳統價值，如〈南炎浮州志〉中以朴生讀《易經》時支枕假寐，而於夢中遇閻王，致有義理辯論，其文云：

> 挑燈讀《易》，支枕假寐，忽到一國。……守門者喙牙獰惡，執戈鎚以防外物。……生驚愕逡巡，守門者喚之。生趑趄不能違命，跋踖而進。守門者豎戈而問曰：「子何如人也？」生慄且答曰：「某國某土某一介迂儒。干冒靈官，罪當寬宥，法當矜恕。拜伏再三，且謝搪揆。」守門者曰：「為儒者，當逢威不屈，何磬折知如是。」

湖山評曰：「讀《易》假寐，不夢羲文而夢閻羅曰。不爲他歧所惑，我不信。」

可見評點者之儒家價值傾向，亦隱約可見金時習對文人行止的要求。對朴生自稱迂儒之卑微匍匐也有所批判，相較於守門者之正大坦然，儒生顯然自抑過甚，湖山曰：「守門者之言甚好，生應慚赧。」具有儒家文人價值判斷，後又述朴生於閻王前，「俯伏在地，不能仰視」，湖山對此評曰：「俯伏不能仰視，驕俠之士，果如此乎？」則是呼應本文開頭所言：「慶州有朴生者，以儒業自勉，常補大學館，不得登一試，常怏怏有憾，而意氣高邁，見勢不屈，以爲驕俠。」本爲「意氣高邁」的驕俠卻「俯伏在地」，可見對照之於文本中的細膩描寫與隱約嘲諷。

除了人物價值品鑑，評者亦表現其特定學術偏好，如於〈南炎浮州志〉中云：

> 常聞天下之理一而已矣，一者何，無二致也。理者何，性而已矣。

中洲曰：「議論正大，不愧儒者之言，但不免宋儒範圍，是可惜。」湖山曰：「論則正矣。然爲免注疏家習氣。」則可見評者之偏好，對於道學與注疏之氣息有所不滿。又〈南炎浮州志〉中朴生與閻王之對答，其文曰：

> 生又問曰：「僕嘗聞於爲佛者之徒有曰，天上有天堂快樂處，地下有地獄苦楚處，列冥府十王，鞫十八獄囚，有諸？且人死七日之後，供佛設齋以薦其魂，祀王燒錢以贖

其罪，姦暴之人，王可寬宥否？」王驚愕曰：「是非吾所聞。」

湖山曰：「驚愕字甚妙。」看似對於用字遣詞之贊，實則藉閻王「是非吾所聞」之驚愕以批判世人迷信，此亦為「妙」字意之所在。小說又藉朴生之言，極力批判世俗之人設薦招魂乃至傾家蕩產、男女混雜、屎溺狼藉，使淨土變為穢溷，寂場變為鬧市之害，中洲對此亦評曰：「佛說之害風俗，彼此同歎。」則見其人對於特定價值思想之態度與批判。

此類評點文字顯現，小說修辭所達到的美學目的顯然已超出語言層面而有微妙寓意，甚至成為褒貶人物的特殊手段，其中有幽默的反諷，亦有品鑑的評價，[5] 文人情調的對話中有文章道德的關注，以及人生出處的反省，除可見評點者特有取向與關懷外，亦凸顯《金鰲新話》之創作內涵，以及金時習於創作中所展現的文人價值關懷。

（二）虛幻舖陳的結構分析

評點的另一批評傾向為文章肌理綱領，具佈局結構意識，由此以見金時習《金鰲新話》之書寫意識，不僅展現詩賦高才，亦未忽略人事轉折之首尾安排，使詩文得以相互呼應鋪陳，呈現了曲折奇妙的敘事情境。對於結構佈局之分析，如〈李生窺牆傳〉中，中洲提出其中三喜三悲之相互交錯的情節結構，一喜為：

一傍別有小室一區，帳褥衾枕，亦甚整麗。帳外炙麝臍燃蘭膏，熒煌映徹，怳如白晝。生與女極其情歡。

5　林崗，〈語文修辭的文筆意趣〉，《明清之際小說評點之研究》（北京：北京大學出版社，1999），頁178。

其後爲一悲，其文爲：

> 郎於翌日，謫送蔚州。女每夕於花園待之，數月不還。女
> 意其得病，命香兒密問於李生之鄰，鄰人曰：「李郎得罪
> 於家君，去嶺南，已數月矣。」

一喜間雜一悲之情節安排，悲喜錯落，然至中洲所提之二喜二悲，則情
節緊湊，悲喜相伏，其文云：

> 於是擇吉日，遂定婚禮，而續其絃焉。自同牢之後，夫婦
> 愛而敬之，相待如賓，雖鴻光鮑桓，不足言其節義也。
> 生翌年捷高科，登顯仕，聲價聞于朝著。辛丑年紅賊據京
> 城，王移福州，賊焚蕩室廬，臠炙人畜。夫婦親戚，不能
> 相保。東奔西竄，各自逃生。生挈家隱匿窮崖，有一賊，
> 拔劍而逐，生奔走得脫，女爲賊所虜，欲逼之。女大罵
> 曰：「虎鬼殺啗，我寧死葬於豺狼之腹中，安能做狗彘之
> 匹乎？」賊怒殺而剮之。生竄于荒野，僅保餘軀。

歷經波折，終有三喜，即李生夫婦再度重逢，「蓬萊一紀之約綢繆，聚
窟三生之香芬郁，重契闊於此時」，然婦實已爲鬼魂，僅暫時賦形與生
相聚耳，隱然預見三悲之將臨，分離之必然。所謂「冥數不可躲也。天
帝以妾與生緣分未斷，又無罪障，假以幻體，與生暫割愁腸，非久留人
世以惑陽人。」中洲之評點凸顯悲喜結構，強調金時習於《金鰲新話》
中對敘事緩急與悲喜相雜等起伏情節與人情轉換具有鋪排意識，顯然有
結構佈局的經營認知。
　　又如〈龍宮赴宴錄〉云：「前朝有韓生者，少而能文，著於朝廷，
以文士稱之。」對此，中洲曰：「先提能文，一篇張本。具有文章寫作

之意識，一句總綱，以展下文。」可見金時習之佈局意識與肌理安排，尤其以龐大體制之詩賦鋪敘龍宮歌舞，其中回風之曲云：

> 若有人兮山之阿，披薜荔兮帶女蘿。日將暮兮清波，生細紋兮如羅。風飄飄兮鬢鬖鬖，雲冉冉兮衣婆娑。周旋兮委蛇，巧笑兮相過。捐余袂兮鳴渦，解余環兮寒沙。露浥兮庭莎，煙暝兮嶔崟。望遠峰之巉嵯，若江上之青螺。疏擊兮銅鑼，醉舞兮傞傞。有酒兮如沱，有肉兮如坡。賓既醉兮顏酡，製新曲兮酣歌。或相扶兮相拖，或相拍兮相呵。擊玉壺兮飲無何，清興闌兮哀情多。

龍宮宴會的情節描寫有如唐傳奇小說〈柳毅〉之鋪排，事實上，亦可視為是中國傳統書寫龍宮一向具有的盛大華麗特徵之模擬，金時習運用《楚辭・山鬼》之辭彙與句型，顯現其人學識背景與情志內蘊，而非單純模擬《剪燈新話》之〈水宮慶會錄〉或〈龍塘靈會錄〉中詩歌唱和之情節。對此，湖山評曰：「詞典之妙，全自楚《騷》來。」中洲則曰：「愈出愈巧。」則見金時習嫻於中國經典詩文又能加以超越的藝術表現。又如〈龍宮赴宴錄〉，金時習於沿襲《剪燈新話》外另有新創，而此創新亦來自中國詩文傳統，又於〈龍宮赴宴錄〉中有關蟹、龜水族之描述：

> 有一人，自稱郭介士，舉足橫行。進而告曰：「僕巖中隱士，沙穴幽人，八月風清，輸芒東海之濱，九天雲散，含光南井之傍，中黃外圓，被堅執銳。常支解以入鼎，縱摩頂而利人。滋味風流，可解壯士之顏，形摸郭索，終貽婦人之笑。趙倫雖惡於水中，錢昆常思於外郡，死入畢吏

部之手，神依韓晉公之筆。且逢場而作戲，宜弄腳以周旋。」即於席前，負甲執戈，噴沫瞪視，回瞳搖肢，蹣跚趑趄，進前退後，作八風之舞，其類數十，折旋俯伏，一時中節，乃作歌曰：

依江海以穴處兮，吐氣宇與虎爭。身九尺而入貢，類十種而多名。喜神王之嘉會，羌頓足而橫行。愛淵潛以獨處，驚江浦之燈光。匪酬恩而泣珠，非報仇而橫槍。嗟濠梁之巨族，笑我謂我無腸。然可比於君子，德充腹而內黃。美在中而暢四支兮，螯流玉而凝香。羌今夕兮何夕，赴瑤池之霞觴。神矯首而載歌，賓既醉而彷徨。黃金殿兮白玉床，傳巨觥兮咽絲簧。弄君山三管之奇聲，飽仙府九盌之神漿。山鬼趍兮翱翔，水族跳兮騰驤。山有榛兮濕有苓，懷美人兮不能忘。

於是，左旋右折，殿後奔前，滿座皆輾轉失笑。

戲畢，又有一人，自稱玄先生，曳尾延頸，吐氣凝眸，進而告曰：「僕著叢隱者，蓮葉遊人，洛水負文，已旌神禹之功，清江被網，曾著元君之策。縱刳腸以利人，恐脫殼之難堪。山節藻梲，殼為臧公之珍，石腸玄甲，胸吐壯士之氣。盧敖踞我於海上，毛寶放我於江中。生為嘉世之珍，死作靈道之寶。宜張口而呵呻，聊以舒千年藏六之胸懷。」即於席前吐氣，裊裊如縷，長百餘尺，吸之則無跡，或縮頸藏肢，或引項搖頭，俄而，進蹈安徐，作九功之舞，獨進獨退，乃作歌曰：

依山澤以介處兮，愛呼吸而長生。生千歲而五聚，搖十尾而最靈。寧曳尾於泥途兮，不願藏乎廟堂。匪鍊丹而久視，非學道而靈長。遭聖明於千載，呈瑞應之昭彰。我爲水族之長兮，助連山與歸藏。負文字而有數兮，告吉凶而成策。然而多智有所危困，多能有所不及。未免剖心而灼背兮，侶魚蝦而屏跡。羌伸頸而舉踵兮，預高堂之燕席。賀飛龍之靈變，玩吞龜之筆力。酒既進而樂作，羌歡娛兮無極。擊鼉鼓而吹鳳簫兮，舞潛媌於幽壑。集山澤之魑魅，聚江河之君長。若溫嶠之燃犀，慚禹鼎之罔象。相舞蹈於前庭，或謔笑而撫掌。日欲落兮風生，魚龍翔兮波瀚決。時不可兮驟得，心矯屬而慨慷。

曲終，夷猶恍惚，跳梁低昂，莫辨其狀，萬座嗚噱。

展現《詩經》、《楚辭》、《左傳》、《莊子》等典故、句型或意象，又另增幽默戲謔，詩文各具內涵，傳統故實與傳奇小說之風格相互融合，整體文章呈現豐富深刻之文學意象，且使讀者之領略上下古今，相互綜合理解，對此段詩文，中洲評曰：「〈毛穎傳〉亦退避三舍。」中洲曰：「遊戲三昧，殆不可思議。」對中國文學的吸收模擬，不僅是文史典故或文化符號之沿襲，更發揮故實辭彙中的精神內涵與意蘊，使作品具有多元深層的藝術成就，強化了傳奇小說的文人詩性，凸顯作者深受中國傳統影響之學識背景與人格內在。

（三）恍惚悠遠的情境經營

評點亦提及虛構想像的奇幻經營，如〈萬福寺樗蒲記〉敘及梁生與何氏女即將暫別之際，何氏女提出拜會鄰里之建議，而有鄭、吳、金、柳四女子之唱和，對此情節，湖山評曰：「說至離筵，一局將了，忽添

出鄰里四女事，奇甚妙甚。」又如〈醉遊浮碧亭記〉中洪生與仙女唱和
之後云：

> 生得詩且喜，猶恐其返也，欲以談話留之。問曰：「不敢
> 問姓氏族譜。」娥噫而答曰：「弱質殷王之裔，箕氏之
> 女。我先祖實封于此，禮樂典型，悉遵湯訓。以八條教
> 民，文物鮮華，千有餘年。一旦天步艱難，災患奄至。先
> 考敗績，匹夫之手，遂失宗社。爲蠻乘時竊其寶位，而朝
> 鮮之業墜矣。弱質顛蹶狼籍，欲守貞節，待死而已。忽有
> 神人撫我曰：『我亦此國之鼻祖也，享國之後，入于海
> 島，爲神仙不死者已數千年。汝能隨我紫府玄都逍遙娛樂
> 乎？』余曰：『諾。』遂提攜引我，至于所居。作別館以
> 待之，餌我以玄洲不死之藥，服之累日，忽覺身輕氣健，
> 磔磔然如有換骨焉。」

> 自是以後，逍遙九垓，儔侶六合，洞天福地，十洲三島，
> 無不遊覽。一日，秋天晃朗，玉宇澄明，月色如水，仰視
> 蟾桂，飄然有遐舉之志，遂登月窟，入廣寒青虛之府，拜
> 嫦娥於水晶宮裏。

對此，湖山評曰：「唱和既迄，忽又說起一場奇話，筆下湧泉無竭。」
湖山曰：「說神仙秘訣，如話尋常家事，亦奇亦妙。」中洲則分別評
曰：「架空奇想。」與「愈進愈奇。」指出金時習不僅展現詩賦高才，
於敘事中亦關注情節發展之緩急節奏與合理脈絡。
　　此類評語提出金時習的想像才情，於形式上詩文相繼相輔，分別賦
予事奇詩麗之審美效果外，亦因情節轉折之架空超越，使文本更加彰顯
想像奇幻的層次，詩賦之加入使敘事更具意蘊，凸顯其敘事功能。

評點者關注的另一面向，則是《金鰲新話》之詩賦，且多以詩學審美詞語加以評點，對於冥府鄭、吳、金、柳四女子之賦詩，湖山既評金時習之寫四女爲：「形容四女子，各異樣，眞是傳神之筆」，亦評女子詩曰：「四女詩皆不失優柔靜婉之旨，毫無脂粉鄙猥之氣，題爲泉臺竹枝詞亦可，勝蘭蕙二女蘇臺竹枝詞遠矣。」又本文言何氏女歸家情境時，其文云：

> 女入門禮佛，投于素帳之內，親戚寺僧皆不之信，爲生獨見。女謂生曰：「可同茶飯。」生以其言，告于父母。父母試驗之，遂命同飯。唯聞匙筯聲，一如人間。父母於是驚嘆，遂勸生同宿帳側。中夜，言語琅琅，人欲細聽，驟止。其言曰：「妾之犯律，自知甚明。少讀詩書，粗知禮義。非不諳〈褰裳〉之可愧；〈相鼠〉之可赧。然而，久處蓬蒿，拋棄原野，風情一發，終不能戒。曩者梵宮祈福，佛殿燒香，自嘆一生之薄命。忽遇三世之因緣，擬欲荊釵椎髻，奉高節於百年；幕酒縫裳，修婦道於一生，自恨業不可避，冥道當然，歡娛未極，哀別遽至。今則步蓮入屏，阿香輾車，雲雨霽於陽臺。烏鵲散於天津，從此一別，後會難期，臨別悽惶，不知所云。」

對此，湖山以杜詩加以評點，其言曰：「杜詩云：夜深人語絕，似聞氣幽咽。簡而妙，此段寫鬼語歷歷數百言，如泣如訴，如恨如慕，繁而不冗，可謂亦妙。」

中洲曰：「如有如無，敘得恍惚，眞是鬼神之筆。」又曰：「鬼語悽婉，不能卒讀。」對於〈醉遊浮碧亭記〉中洪生麥秀殷墟之嘆而作詩六首，中洲亦評曰：「首首俯仰感慨，悲壯淋漓，懷古上乘。」湖山則曰：「不讓劉禹錫西塞山懷古詩。」又對於〈龍宮赴宴錄〉中韓生進呈

龍王之詩作，其文爲：

神王笑閱，使人授生。生受之跪讀，三復賞玩，即於座
前，題二十韻，以陳盛事，詞曰：

天磨高出漢，巖溜遠飛空。直下穿林壑，奔流作巨淙。波
心涵月窟，潭底閟龍宮。變化留神跡，騰拏建大功。煙
煴生細霧，駘蕩起祥風。碧落分符重，青丘列爵崇。乘雲
朝紫極，行雨駕青驄。金闕開佳燕，瑤階奏別鴻。流霞
浮茗椀，湛露滴荷紅。揖讓威儀重，周旋禮度豐。衣冠
文璨爛，環珮響玲瓏。魚鼈來朝賀，江河亦會同。靈機
何恍惚，玄德更淵沖。苑擊催花鼓，樽垂吸酒虹。天妹
吹玉笛，王母理絲桐。百拜傳醪醴，三呼祝華嵩。煙沈霜
雪果，盤映水晶諗。珍味充喉潤，恩波浹骨融。還如飡沆
瀣，宛似到瀛蓬。歡罷應相別，風流一夢中。

詩進，滿座皆歎賞不已。神王謝曰：「當勒之金石，以爲
弊居之寶。」

對此，中洲評曰：「典麗豐腴，可謂壓卷，自是文士之作，宜矣。」梅
外曰：「數句典麗。」湖山曰：「有味外之味，咀之不厭，有音外之
音，聆之愈妙。」於此類評點中，將詩的語境滲入小說的批評中，強調
味外之致，且此一讚賞意識到韻文輔助敘事的審美效果，而非獨立於敘
事脈絡。
　　又如〈李生窺牆傳〉中描寫李生窺伺牆內，聽聞崔氏女之詩文，其
文云：

松都有李生者，居駱駝橋之側。年十八，風韻清邁，天資英秀。常詣國學，讀詩路傍。善竹里有巨室處子崔氏，年可十五六，態度艷麗，工於刺繡，而長於詩賦。世稱：「風流李氏子，窈窕崔家娘。才色若可餐，可以療飢腸。」李生嘗挾冊詣學，常過崔氏之家。北牆外垂楊裊裊，數十株環列，李生憩於其下。一日窺牆內，名花盛開，蜂鳥爭喧，傍有小樓，隱映於花叢之間，珠簾半掩，羅幃低垂。有一美人，倦繡停針，支頤而吟曰：

獨倚紗窓刺繡遲，百花叢裏囀黃鸝。無端暗結東風怨，不語停針有所思。
路上誰家白面郎，青衿大帶映垂楊。何方可化堂中燕，低掠珠簾斜度墻。

對此，湖山曰：「形容才子佳人，皆不費多言，而神采奕奕，千歲如生。」又曰：「好配偶、好聯句。」又曰：「鄭衛遺響，使人心醉。」中洲曰：「風情發露。」又曰：「此情此景，畫手不能寫。」梅外則評曰：「結不說破，有味。」李景弼曰：「文章到此，詼諧亦奇。」凡此皆可見詩學的概念介入評點小說，以詩境詮釋小說，令小說內容更具深層意境。如〈梅月堂小傳〉所云，《金鰲新話》詩文清麗，書法最奇逸，直指金時習飄渺奇幻，奇麗出塵之筆法佈局。藉由此類小說評點，讀者可見其間詩文彼此融合，各具想像鋪陳之功，情節雖未必曲折，然轉折間充滿奇情幻境，由評點者之提出而使此類審美表現更加明確。此類評點言說脫離了傳統裨益風教的小說觀點，而是視小說為純粹文學的表現，且關注到作品所展現的作者主體價值精神。[6]

6　林崗，〈小說話語與評點學的文學自覺〉，《明清之際小說評點之研究》，頁79。

　　就評點者而言,其人評點《金鰲新話》之同時,即已對《詩經》、《左傳》、《楚辭》諸子文章,乃至傳奇小說等中國文學與思想傳統有所歸納綜合,於實際評點中,再次與中國傳統對話,也呈現其人之特定認知與理解。其中包含道德節操與詩學傳統等文人情致,相關的文學特質與理想夢想等價值觀點相互對話,各家評點者本身即具有漢學背景,其人之評點內容與《金鰲新話》形成另一漢學文本。由三島中洲、小野湖山等人之評點與依田百川、蒲生重章、李樹廷之序跋可見,共有的漢學背景使其人對於《金鰲新話》有特定的關注取向,不僅意識到金時習運用中國典籍故實之寫作現象,於各人評點或序跋中,亦見中國詩文等漢學素養,對於文本內容或寫作背景,乃至中國傳統道德規範的人物品鑑或詩文類型之分辨闡釋,皆有漢學傳承之跡,且構成另一新文本,亦因此擴大深化傳奇小說之書寫意義。

　　於此,《金鰲新話》移植了中國文史經典與傳奇小說之語彙、句型、題材乃至形式特徵與內涵,形成與中國文史價值傳統的互文現象,所謂互文,即一篇文本是另一些詞語或文本的再現,彼此可並呈對話與相互引伸,任何一篇文本都是吸收和轉換了別的文本,也都聯繫其他若干文本,某種符號系統被移至另一系統,且對這些文類發揮複讀、強調、濃縮、轉移或深化的作用。由此以觀《金鰲新話》,不同時空的文人在實際批評中展現彼此之幽冥想像、學識辯論與才情展現,作者與評點者彼此理念並呈、對照,情節人物的表述與作者表述進行對話,而讀者亦因閱讀而聽到這些對話,透過互文的過程加以理解,文本中的人物價值對話或作者與讀者之意見交流,皆能於此虛擬時空進行。[7]其中文史故實相互發揚理解詮釋,並預期讀者亦能具有相同之文化背景,得以於

7　蒂費納‧薩莫瓦約著,邵煒譯,《互文性研究》,頁4,轉引克里斯蒂娃(Julia Kristeva),《符號學,語意分析研究》(*Semeiotike, Recherches pour une Semanalyse*),頁145。以文類角度言,小說對各式文類與作品之引用並嘗試與讀者對話交流,反映明顯的口語對話活動,此類現象是橫向的作者與讀者、縱向的文本與背景重合的互文現象。

既有符號下進行閱讀想像及理解，彼此思想相互交流，展現超越時空的
文人共同文化心靈與審美想像，以及中國、日本與韓國學者於漢學傳統
沿襲與交流之一端。

二、書寫空間的個人色彩

　　傳奇小說因作者的身分、特殊的語境、形式內涵的文人屬性，本即
具有特定的審美特質。另一方面，讀者的接受也是一種創造，亦即創造
了小說創作的目的與需要，文學文本於此既非獨立，亦非自足，只是未
完成的具有啓發性的結構。有賴讀者在觀念和意識中將之具體化。[8]以此
以觀諸家對《金鰲新話》之閱讀取向與認知，可見對人生價值與個人情
性之關注，雖爲敘事文學，卻具有明顯的抒情表現。而此顯然來自中國
傳奇小說書寫特徵之影響，亦即金時習寫作《金鰲新話》，不僅是形式
的模擬承襲，更具有沿襲中國傳統精神的自覺。

（一）傳奇文體的自覺承襲

　　金時習於 1464 至 1470 年隱居南山即金鰲山時寫作《金鰲新話》，
其自號梅月堂，出身儒門，爲早慧詩人，獲文宗賞識，命與世子即端
宗相見，結爲布衣交。後因端宗遜位，而削髮隱居。[9]其序云：「自居

8　韓進廉，〈小說繁榮時期的建樹〉，《小說美學史》（保定：河北大學出版社，
　　2004），頁131，引自周寧、金元浦譯，《接受美學與接受理論》（瀋陽：遼寧人民出
　　版社，1987）有關姚思《文學史作爲向文學理論的挑戰》的說法。
9　據〈梅月堂小傳〉，收於明治十七年版《金鰲新話》，金時習自號梅月堂，出身儒門，
　　爲早慧詩人，獲文宗賞識，命與世子即端宗相見，結爲布衣交。時習得御賜書，讀於三
　　角山白雲寺中，1448年聞端宗遜位於世祖，大哭佯狂，盡焚其書，中夜被髮而逃。及成
　　三問、朴彭年等六人謀復端宗位，事洩盡誅，降封端宗爲魯山君，遂于寧越縣。1455年
　　金時習削髮爲浮屠，往來行在以訪同志。後端宗遇害，戶長嚴興道收葬於其家園，時習
　　奔哭甚慟，後失其蹤，追端宗王妃陵被掘，將沉玄宮於水，一夕，風雨大晦，見一僧負
　　而逃，蓋時習也。1471年拒世祖招請入朝，於1481年還俗。晚年隱於名山，自許狂士，
　　浪跡山林，不知所終。〈梅月堂小傳〉未署撰者而可能出自朝鮮文人與李樹廷或李景弼
　　之手，內容與尹春年〈梅月堂先生傳〉不同。見崔溶澈，〈新發現的《金鰲新話》朝鮮
　　刻本〉，頁187。

金鰲，不愛遠遊，因之中寒，疾病相連，但優游海濱，放曠郊履，探梅問竹，常以吟醉自娛。」《金鰲新話》末有〈書甲集後〉兩絕句云：「矮屋青氈暖有餘，滿窗梅影月明初。挑燈永夜焚香坐，閒著人間不見書。」「玉堂揮翰已無心，端坐松窗夜正深。香罐銅瓶烏几淨，風流奇話細搜尋。」並有長詩〈題剪燈新話後〉，顯示其對《剪燈新話》之欣賞，金安老《龍泉談寂記》亦云：「其書大抵述異寓意，效《剪燈新話》等作也。」[10]可見金時習之寫作動機與文人情懷，皆與其人生際遇與出處抉擇相關，具有中國傳統知識分子之價值意識。

事實上，金時習《金鰲新話》之模擬《剪燈新話》，不僅是形式風格上之沿襲，因其學者與詩人的身分，對於生命期許與文章事業，也有其自覺，尤其承襲了中國文人的寫作期許與生命反思，此一書寫精神與瞿佑之寫《剪燈新話》相類似，瞿佑《剪燈新話》自序云：

> 余既編輯古今怪奇之事，以為《剪燈錄》凡四十卷矣。好事者每以近事相聞，遠不出百年，近止在數載，襞積於中，日新月盛，習氣所溺，欲罷不能，乃援筆為文以紀之。其事皆可喜可悲、可驚可怪者。所惜筆路荒蕪，詞源淺狹，無蒿目鴻耳之論以發揚之耳。[11]

所謂「可喜可悲、可驚可怪」，實具有魏晉志怪與唐傳奇的書寫傳統與

---

[10] 陳慶浩，〈瞿佑和《剪燈新話》〉，《漢學研究》6卷1期，1988，頁209，以為金時習所讀之《新話》應是瞿佑於成化三年至成化十年（1467至1474）之間重校之版本。而崔溶澈，〈新發現的《金鰲新話》朝鮮刻本〉，收於中正大學中文系、語言與文學研究中心，《外遇中國：中國域外漢文小說國際學術研討會論文集》（臺北：學生書局，2001），頁170-171，金時習著有長詩〈題剪燈新話後〉，顯示其對《剪燈新話》的欣賞，而其創作《金鰲新話》顯然亦受到《剪燈新話》的影響。另金安老之文獻，皆轉引自全弘哲，〈簡說朝鮮傳奇小說集《金鰲新話》〉，《明清小說研究》，1995年4期，頁145。

[11] 瞿佑，〈剪燈新話序〉，收於《剪燈新話句解》，劉洪仁編，《海外藏中國珍稀書系》（北京：中國戲劇出版社，2000），頁8213。

文人審美思考，桂衡（?-?）序《剪燈新話》云：

> 余友瞿宗吉之爲《剪燈新話》，其所志怪，有過於馬孺子
> 所言，而淫則無若〈河間〉之甚者。而或者猶沾沾然置喙
> 於其間，何俗之不古也如是！蓋宗吉以褒善貶惡之學，訓
> 導之間，游其耳目於詞翰之場，聞見既多，積累益富。恐
> 其久而記憶之或忘也，故取其事之尤可以感發、可以懲創
> 者，匯次成編，藏之篋笥，以自怡悅，此宗吉之志也。[12]

以爲瞿佑《剪燈新話》乃取耳目聞見之可感發或懲創者而寫就，藉敘事
以怡悅遣懷，桂衡稱瞿佑爲才人，瞿佑少爲楊維禎賞識，譽爲瞿家千里
駒，瞿父爲造傳桂堂，以寄蟾宮折桂，功名奕世。後瞿佑雖懷才不遇，
然仍有屬於文人情懷的期許，諸家對其《剪燈新話》之評價亦不離才、
學、識之價值觀點。[13]

　　而金時習之寫作《金鰲新話》，亦將感離撫遇的自我體驗，內在抑
鬱凝聚爲強烈的書寫動機。形諸筆墨以豁懷抱、宣鬱悶。同時展現其人
對生命的感知與判斷，以及人生價值的思索。如白賁道人蒲生重章[14]之
跋云：

> 余閱之嘆曰，蓋作者成化初抱才學與時不遇，故發憤慨於
> 此焉耳。以其〈萬福寺樗蒲記〉、〈李生窺牆傳〉、〈南
> 炎浮州志〉、〈龍宮赴宴錄〉，諸篇或情志纏綿；或感慨

---

[12] 桂衡，〈剪燈新話序〉，見《剪燈新話句解》，劉洪仁編，《海外藏中國珍稀書系》（北京：中國戲劇出版社，2000），頁8215。
[13] 韓進廉，〈小說繁榮期的建樹（一）〉，《小說美學史》，頁122-12。
[14] 蒲生重章（1833-1901），明治元年任史官試補，明治四年，將本籍由越後國移至東京府，成爲東京府貫士族，但一生仕途不順，有志難伸，明治元年到十年間，歷任史官試補、少史等職位，辭官後專事教育與著作。

鬱勃；或悲壯淋漓；或議論明快；或豪懷骯髒（按：昂
藏），一讀使人擊節不已。但諸篇多虞初體，特乏聖賢
正大之筆器矣。而讀如〈醉遊浮碧亭記〉一篇，其文則
歐蘇，而詩則老杜之忠憤；而許渾、劉禹錫之筆墨也，
實是為壓卷。嗚呼！如此奇書，埋沒不顯者四百餘年矣。
今因大塚生而顯于世，可謂奇遇。東坡嘗自題其試筆曰：
「後五百年當成百金之直。物有遇與不遇也」，余於此書
亦云。

　　提出「遇」與「不遇」，以及發憤著述等傳統文人之人生課題，以為《金
鰲新話》乃金時習個人生命際遇的某種展現，所謂「抱才學與時不遇，
故發憤慨於此焉耳」，並提及此奇書遭湮沒，終獲流傳之曲折，且獲得
不同時空的文人之認同共鳴，強調金時習與《金鰲新話》之特殊性。
　　《金鰲新話》共有〈萬福寺樗蒲記〉、〈李生窺牆傳〉、〈醉遊浮
碧亭記〉、〈南炎浮洲志〉與〈龍宮赴宴錄〉等五篇傳奇小說，題材之
於《剪燈新話》，為一對多的取捨現象，亦即一篇故事收容改造了多篇
的《剪燈新話》題材，可視為創作而非單純沿襲改寫。[15]金時習《金鰲
新話》之新創現象有故事發展空間之置換、結構形式複雜化，情節剪裁
亦較《剪燈新話》複雜，並擇取韓國史實與地名為故事背景，以及人鬼

---

[15] 金政六，〈《金鰲新話》與《剪燈新話》比較考〉，《廈門教育學院學報》，6:1，
2004年3月，頁20-21、23分別整理了各家分析《金鰲新話》篇章取材於《剪燈新話》內
容與情節安排等比較，其中如〈萬福寺樗蒲記〉取材於《剪燈新話》之〈滕穆醉遊聚景
園記〉、〈富貴發跡司志〉、〈牡丹燈記〉、〈綠衣人傳〉、〈愛卿傳〉與〈天臺訪隱
錄〉；〈李生窺牆傳〉取材於〈渭塘奇遇記〉、〈翠翠傳〉、〈金鳳釵記〉、〈聯芳樓
記〉、〈秋香亭記〉與〈愛卿傳〉；〈醉遊浮碧亭記〉取材於〈鑑湖夜泛記〉、〈滕穆
醉遊聚景園記〉、〈聯芳樓記〉與〈渭塘奇遇記〉；〈南炎浮洲志〉取材於〈令狐生
冥夢錄〉、〈太虛司法傳〉與〈永州野廟記〉，而〈龍宮赴宴錄〉則取材於〈水宮慶會
錄〉與〈龍塘靈會錄〉等。基本上，《金鰲新話》之模擬《剪燈新話》，具有明顯的改
造意識，各篇章之題材互有相涉，寫作上亦見金時習的獨創構思。

與宗教等要素，具有明顯的創作自覺。[16]據依田百川[17]序《金鰲新話》云：

> 此篇擬明人瞿宗吉《剪燈新話》，而其才情飄逸，文氣富
> 贍，琦句瑰辭，璀璨如錦。有過而無不及焉。然其〈樗
> 蒲記〉、〈窺牆傳〉二篇，辭雖美矣，未能脫淫靡之習。
> 〈浮碧亭記〉則樂而不淫，哀而不傷，得風人之旨。〈浮
> 州志〉則借閻王説性命之理，議論卓越，非才識具備者，
> 深不能辨。〈赴宴錄〉則文章雄峻，詩賦雅麗，可以見其
> 該博之學與俊拔之才也。

強調金時習於《金鰲新話》所展現的飄逸才情與富贍文氣，以爲若無該
博學識與俊逸文采則無法實現此藝術成就，既讚賞其文之奇麗，更肯定
其人創作之主體性，視文章爲個人展現性情才識之空間。

　　金時習將文臣身分與詩人色彩形諸於文本，不僅承襲《詩經》、
《左傳》、《楚騷》等經典的內容及語彙，更聚焦於此類文學傳統的精
神價值，是以《金鰲新話》並非單純模擬，而是具有作者學識背景、價
值選擇與反省自覺的創作，於寫作中融合自我反思與生命期待。篇名雖
不離「記」、「錄」、「志」、「傳」等實錄傾向，一如唐傳奇之寫作
傾向，然內容卻深具作者漢學淵源與虛幻想像，爲金時習繼承與創新中
國傳統之表現。一如前述，金時習於自序中所述，其居金鰲山「常以吟
醉自娛」之書寫心境，尤見其中的自主自省意識，以其文臣、學者、詩
人等身分認知，對於當世政局、天理性命、人情想望等有所反思期待，

---

[16] 如〈萬福寺樗蒲記〉有開寧洞、開寧寺及智異山等；〈李生窺牆記〉以松都爲舞臺，
〈醉遊浮碧亭記〉以平壤勝地中之浮碧亭爲空間；而〈南炎浮洲志〉則以朝鮮憲宗成化
年間爲故事時代，〈龍宮赴宴錄〉有松都天磨山等，此一寫作現象顯現金時習的模擬構
思，有其自覺與轉換。
[17] 依田學海（1834-1909），字百川，日本漢學者、文藝評論者與小說家。

藉由傳奇小說的形式加以鋪敘刻畫，不僅是傳奇文體形式的承襲，更發揚整體漢學所蘊含的精神。

（二）敘事文本的抒情內涵

　　日人學者評點朝鮮文臣金時習《金鰲新話》，使小說文本與評點文字形成特殊的漢文敘事文本，得見金時習《金鰲新話》對瞿佑《剪燈新話》以及中國文學傳統有所承襲對話外，亦展現評點者對於《金鰲新話》寫作特徵之觀察分析，此一現象分別具有中國、日本與韓國之漢學認知與特定語彙，[18] 彼此融通發揚，並凸顯以中國價值傳統爲基調的詩文才識與價值判斷，亦將文人之人生期待與夢幻心靈加以具象化。《金鰲新話》中的故事人物爲文士，情節亦多爲文士的夢想，如情感期待、學識辯論等，虛幻題材展現作者之想像或期待，而不僅是奇特遭遇的紀錄。作者於其間的才識競逐強化爲傳奇小說的文人審美意趣，敘事文本成爲夢想的空間，而此對於文士的意義，則是精神的超越與寄託，也反映了敘事活動中的虛構想像與療癒挫折的特質。

　　《金鰲新話》多有幽冥相通的情境描寫，如宇宙性理之辨明，以及人情眷慕之夢想，文本出入現實時空，作者藉由想像方式呈現對現實世界的思維與設計，一如《文心雕龍・神思》所云：「寂然凝慮，思接千載，悄然動容，視通萬里，吟詠之間，吐納珠玉之聲，眉睫之前，卷舒風雲之色。」作者以其認知的現實表象與語言材料建構藝術世界，藉以寄寓自我意志，藉由藝術形象呈現人生思考或價值關懷，發揮特有的奇情想像，使敘事成爲個人展現的空間，並引導讀者進入文本的內在形式，進而完成小說的審美價值。如梅外仙史之批評云：

18　崔溶澈，〈韓國古典小說的整理與研究〉，頁20，韓中日比較文學的第一個主題就是《金鰲新話》，此書於東亞三國之間確是佔有相當重要的橋樑位置，相關研究除與《剪燈新話》比較外，亦與日本《伽婢子》、越南《傳奇漫錄》有所交流影響。

通篇文章華麗，詩賦清腴，紀事傳奇之佳者也。余曾讀清之蒲留仙《聊齋志異》，亦稱史中之最妙者也，今讀此篇，其事奇而其詩則正，決非狂怪之辭也。意者彼奇巧全在文章，故篇篇用意，時插四六之辭，此編不然，其巧全在詩賦，如後卷雖有炎浮之文，至龍宮赴宴，則頻插駢體之賦，其意之所在，亦可知而已。而其所論，非尋常傳奇之類也，他日必當上木，欲重觀之。

稱金時習之詩文華美腴麗，事奇詩正，且可見其篇篇用意，顯現作者之構思與寓意，而非僅限於形式或藻繪等修辭層次，亦即雖寫傳奇小說卻又不僅寫傳奇小說，而是有意發揚傳奇小說的精神內涵。《金鰲新話》凸顯文人想像與文學虛幻的特質，至此，敘事文本成為抒懷憑藉，而非僅單純敘述具體故事。

　　《金鰲新話》呈現了金時習對他界互通的想望，對情義節操的詠嘆，使文本充滿虛幻想像的色彩，敘事中多夢幻、多人情，不僅有細節刻劃，亦有炫才抒情，對於金時習之意義，則是創造、表現、抒懷、反省等主體創作精神之實現。金時習之歸隱山林、拒絕仕宦，實因不滿世祖之篡位，而此類人格懷抱與自我期許則可視為來自中國價值思想之薰陶，可見其人不僅對於人生仕隱行藏有所抉擇，於創作中亦呈現源於中國文學之懷抱與情志，既有儒家學者之特質，也有明顯的詩人形象，作品中的詩性色彩亦因而鮮明。[19]

---

[19] 金時習出身士族，天資聰穎，有神童之譽。十三歲時隨金泮、尹祥讀中國四書五經與諸子百家之作，深受中國傳統思想、文學之薰陶，以及儒釋道之影響。1455年，因不滿世祖篡位，金時習因此削髮為僧，拒絕應試及入朝為官。由《梅月堂集》詩文可見，其深受中國詩人屈原、陶淵明、李白、杜甫、柳宗元、賈島、王安石、陸游等影響，詩文創作多呈現對自然山水與故國之眷戀，對現實世界的抑鬱，以及超越的精神。其中亦得見金時習對屈原與陶淵明之推崇，參見〈梅月堂小傳〉及吳紹釚、陳彩娟，〈論朝鮮詩人金時習的和陶詩〉，《延邊大學學報》1998年第2期及吳紹釚〈屈原與韓國詩人金時習之比較〉，《東疆學刊》，20卷3期，2003年7月。

　　作者有情志感悟方能使作品具有生命，傳奇小說「宛轉有思致」、
「作意好奇」等有關書寫修辭的關注與抒情性尤其能顯出作者個人
特質，以唐代小說而言，詩筆的運用及詩意化的創造，實爲主要的特
徵，[20] 正如桂衡於《剪燈新話》序中所謂「世間萬事幻泡耳，往往有情
能不死」，作者之情思實爲作品之生命所在，也是作者個人精神之展
現。[21] 而展現的方式，往往即是於敘事中發揮想像虛構，傳奇小說的寫
作往往寓有虛構的自覺與虛構的目的，由於作者主體性的彰顯，使小說
從勸懲教化的實用觀點進至現象本質的思考層次，藉由虛構展現作者之
人生認知與美感價值，使小說得以超越實錄的規模，包含更多的內涵與
更高的認識層次。另一方面，由於評點文字對文本抽象精神的強調，使
傳統所謂「稗官亦有可觀」的話語轉爲對文人修爲的關注，小說價值由
社會關懷轉而對個人內在價值精神的強調。[22] 據漢陽李樹廷序《金鰲新
話》：

　　　惟《金鰲新話》只有謄本，以梅月堂有重名於世，世以其
　　　書全仿《剪燈新話》，其中〈龍宮赴宴錄〉尤肖〈水宮慶
　　　會錄〉也，然不可謂非先生之作。考以年代，瞿佑明季之
　　　人，在先生之後百餘年，故後人疑其雷同，而且書中詩詞
　　　不甚工，遂有魚目之辨，其實取固有者載之，非梅月堂之
　　　杜撰故爾。余以爲，本邦士子畏清議，不敢著稗官怪譎

---

20 李劍國，〈唐稗思考錄—代前言〉，《唐五代志怪傳奇敘錄》（天津：南開大學出版
　 社，1993），頁89，同時該頁註1提及，一般以爲宋洪邁《容齋隨筆》所言「唐人小
　 說，不可不熟，小小情事，淒惋欲絕，洵有神遇而不自知者，與詩律可稱一代之奇」，
　 「劉貢父謂小說至唐，鳥花猿子，紛紛蕩漾」，但洪邁《容齋隨筆》、《野處類稿》、
　 劉攽《貢父詩話》、《彭城集》等，實無二語，蓋明人僞托，惟關於傳奇小說特質，可
　 謂善體味者。至於胡應麟《少室山房筆叢》三十六亦云：「變異之談，盛於六朝，然多
　 是傳錄舛訛，未必盡幻設語，至唐人乃作意好奇，假小說以寄筆端。」皆意識到傳奇小
　 說所具有的想像或渲染等心辭傾向。
21 韓進廉，〈小說繁榮期的建樹〉，《小說美學史》，頁124-125。
22 林崗，〈小說話語與評點學的文學自覺〉，《明清之際小說評點之研究》，頁85。

之事，明朝亦然。瞿佑中以著《剪燈》之罪見讁，若後之擬作者豈敢效尤而遇襲其禍哉？惟梅月堂與春澤，皆磊落方外之士，故能縱筆於閨閣香艷仙鬼奇幻之事，以寓其懷抱，《楚辭》之比歟。

其說指出了身分角色與書寫文類與風格表現之期待異同。以爲金時習因身爲名士，故無須迴避「縱筆綺麗」的虛幻寫作，較士子更有發揮空間，且李氏強調，《新話》此類傳奇夢幻之筆有若《楚辭》之寄寓懷抱，並非一般綺靡香艷之作，此說意識到作者於寫作中所寄寓之情懷寄託，而敘事文學亦因而蘊含深刻內涵與多元層次。

事實上，瞿佑《剪燈新話》序對於其作遭禁與詆毀時，亦有所自解，其言曰：

> 《詩》、《書》、《易》、《春秋》，皆聖筆之所述作，以爲萬世大經大法者也；然而《易》言：「龍戰於野」，《書》曰：「雉雊於鼎」，《國風》取淫奔之詩，《春秋》紀亂賊之事，是又不可以執一論也。

藉由經典的正統性以維護其作品之合理性，亦積極主張發憤的動機，此論述實又回歸發憤著述的傳統，其言云：

> 今余此編，雖於世教民彝莫之或補，而勸善懲惡，哀窮悼屈，其亦庶乎言者無罪，聞者足以戒之一義云爾。

雖不免有勸懲意識，然哀窮悼屈，實強調文人寫作的抒懷特質，藉創作宣洩或消除內在抑鬱，同時發揚作者人格價值以及寄託。洪武三十年凌雲翰（?-?）序亦有類似主張，其言云：

昔陳鴻作《長恨傳》並《東城老父傳》，時人稱其史才，
咸推許之。及觀牛僧孺之《幽怪錄》，劉斧之《青瑣
集》，則又述奇紀異，其事之有無不必論，而其製作之
體，則亦工矣。鄉友瞿宗吉氏著《剪燈新話》，無乃類是
乎？宗吉之志確而勤，故其學也博，具才充而敏，故其文
也贍。是編雖稗官之流，而勸善懲惡，動存鑒戒，不可謂
無補於世。矧夫造意之奇，措詞之妙，粲然自成一家言，
讀之使人喜而手舞足蹈，悲而掩卷墮淚者，蓋亦有之。自
非好古博雅，工于文而審於事，曷能臻此哉！至於〈秋香
亭記〉之作，則猶元稹之《鶯鶯傳》也，余將質之宗吉，
不知果然否？[23]

雖不免強調勸懲風教，但最終仍訴諸作者著述苦心與人格思維，將作品
內涵與作者人格精神加以比附，且此具有足以使讀者手舞足蹈或掩卷
墮淚的感染力，而金時習書寫《金鰲新話》也承襲此一核心精神，所謂
「述異寓意」，實為傳奇小說之文類特質，唐傳奇之異於志怪，乃在
於胡應麟所謂「作意」與「幻設」，即意識之創造，是以其施之藻繪，
擴其波瀾，故其成就乃特異，其間雖亦藉諷喻以抒牢愁，談禍福以寓懲
勸，但重點在於文采與臆想，與志怪傳鬼神旨在明因果而別無他意者，
寫作取向顯然不同，傳奇小說作者之創作自覺與作品藝術特質實為關
鍵。此類小說形式蘊含作者寄寓之特質既為瞿佑寫作《剪燈新話》之精
神，也是金時習寫作《金鰲新話》所沿襲的寫作期許與實際表現。
　　《金鰲新話》沿襲《剪燈新話》之藝術特質，更承襲了文人從事
書寫的精神與價值意識，無論是金時習之創作取向，或是各家評點序跋

---

23 凌雲翰，〈剪燈新話序〉，見《剪燈新話句解》，劉洪仁編，《海外藏中國珍稀書系》
（北京：中國戲劇出版社，2000），頁8213。

之品鑑焦點，皆反映了文人性情與審美意趣，於此傳奇小說之模擬創作中，強調才識與情志之自我表現，呈現了文人藉寫作傳奇小說以紓解抑鬱的主體意識。於書寫特徵上，金時習不僅表達了對現實世界的態度與主張，也有其情感與想望的呈現，成為《金鰲新話》的特殊精神內涵。

因此，《金鰲新話》不僅是單純模擬《剪燈新話》的形式或題材，亦不僅是陳述故事、敷演情節，更賦予了文人的內在價值精神與人生夢幻期待等特質，作者極力夸飾，鋪陳內在夢境或幻境，藉以抒發人生挫折或抑鬱，同時也因此將敘事文體與抒情精神加以融合，如三島中洲總評《金鰲新話》曰：「篇篇風流奇話，真是人間不見之書，兩絕能盡其書，又盡其人。」小野湖山於〈萬福寺樗蒲記〉中評曰：「題曰〈樗蒲記〉，余視以為尋常戲謔文，讀至數葉，情味一段深於一段，詞思一章巧於一章，實是天下奇文。三百年湮沒，而復顯于世，固不足怪。歐陽公所謂精氣光怪，已能自發見者，蓋此類也。」提出文章戲謔與典雅之別，但論傳奇卻非止於論傳奇，此一說法雖是針對〈萬福寺樗蒲記〉之評點，但亦見金時習工於中國詩文並深得中國文學傳統精神。

《金鰲新話》之作品形式與藝術手法上固然受到瞿佑《剪燈新話》的影響，但其間另有金時習之學識價值與人格懷抱，更見金時習藉書寫寄寓懷抱的自覺，由《金鰲新話》之書寫現象可見，敘事文本提供作者抒懷發憤之用，於人生抉擇與自我安頓中可見中國傳統對其之影響，於此書寫現象中，情節人物之鋪陳並非首要之務，而是藉此表現作者之人生價值，企求千古知音等共鳴。此一寫作期待於情節修辭認知之外，亦肯定現實的人情世態，以及生命出處之安頓，具有作者的獨特人格色彩，金時習隱居世外，藉《金鰲新話》將個人夢幻理想加以呈現，敘事文本成為個人情志之表達媒介，而此類彰顯作者才情想像、性情修養與經營構思的敘事模式，已不僅是模擬傳奇小說形式特質之層次，而是中國知識分子精神價值之沿襲，且於傳奇文體風格系統之下，另有發揚與強化的風格取向。又因文人評點的加入，強化文人情懷的品鑑內涵與

詩文虛構的審美取向，以小說記述的模式將詩文結合，無論是形式與內涵，皆有多元深層的思考面向。

結　語

　　金時習之《金鰲新話》乃模仿瞿佑《剪燈新話》而成，其間具有中韓文學交流的因素，金時習一如瞿佑，感於人事遭遇與窮屈困頓，因此促成此一著作。金時習之寫作《金鰲新話》，除了顯現了中國文人於困窮愁屈中藉書寫以求情志紓解的傳統，尤其發揚了瞿佑自序《剪燈新話》的抒懷傾向，所謂「哀窮悼屈」，凸顯了作者的主體意識，表現了其人基於生活體驗的審美情感，對現實世界的理解、評價、情感傾向與想像幻設，同時強化了發憤寄託等書寫面向。而此類寫作期待與現象形諸於傳奇小說，尤其凸顯了傳奇小說虛幻想像的內涵。

　　另一方面，又因日人學者評點的加入，使明治版《金鰲新話》更成為漢學傳統之交流平臺，於其間進行漢學語彙與意涵的相互溝通對話，構成另一包含中日韓漢學互動之文本。金時習對中國文學自是有所反思承襲，與其說模擬《剪燈新話》寫作《金鰲新話》，毋寧是對中國史學與詩學傳統，乃至傳奇小說精神的承襲與認識，而日人評點者亦然，以其漢學背景加以評析《金鰲新話》，因彼此具有共通之漢學背景，使評點文字本身已為一文本，又與小說文本結合，形成另一對話平臺，其間創作文本與評點鑑賞之漢學背景相互呼應強調，相涉相關，使《金鰲新話》的超越時空之漢學對話更趨明顯，無論是創作或評點，各自運用上下古今文獻，發揮規範意識與詼諧精神，呈現中日韓文人共通交流的思想情感與價值意識，展現特定時空下漢學精神之承襲與獨創等特殊現象。

引用書目

一、專書

瞿佑撰，林芑句解，《剪燈新話句解》，劉洪仁編，《海外藏中國珍稀書系》，北京：中國戲劇出版社，2000。

金時習，《金鰲新話》，明治十七年大塚彥太郎出版，東北大學圖書館狩野文庫藏書。

李劍國，《唐五代志怪傳奇敘錄》，天津：南開大學出版社，1993。

林崗，《明清之際小說評點之研究》，北京：北京大學出版社，1999。

韓進廉，《小說美學史》，保定：河北大學出版社，2004。

二、單篇論文

李福清，〈瞿佑傳奇小說剪燈新話及其在國外的影響〉，《成大中文學報》第十七期，2007。

金政六，〈《金鰲新話》與《剪燈新話》比較考〉，《廈門教育學院學報》，6：1，2004 年 3 月。

吳紹釚，〈屈原與韓國詩人金時習之比較〉，《東疆學刊》，20 卷 3 期，2003 年 7 月。

吳紹釚、陳彩娟，〈論朝鮮詩人金時習的和陶詩〉，《延邊大學學報》1998 年第 2 期。

陳慶浩，〈瞿佑和剪燈新話〉，《漢學研究》6 卷 1 期，1988。

崔溶澈，〈新發現的《金鰲新話》朝鮮刻本〉，收於中正大學中文系、語言與文學研究中心，《外遇中國：中國域外漢文小說國際學術研討會論文集》，臺北：學生書局，2001。

崔溶澈，〈韓國古典小說的整理與研究〉，《中國文學研究的新趨向：自然、審美與比較研究》，臺北：臺灣大學出版中心，2005。

（原載於《彰化師大文學院學報》6 期，2012.09）

第四章
價值的想像模擬

異域之印象與想像：試析《海外奇談》與其評點之有意偽托與模擬書寫

前　言

中國通俗小說之傳入日本，主要在江戶時期（1603-1867），當時以長崎爲中心的中日通商活動使傳入日本的漢籍種類由以往的詩集又另增小說一項，傳入的白話小說以《三國演義》、《水滸傳》及《三言》、《二拍》等最受歡迎，並且有翻譯或改寫版本產生。[1]日本除了接受中國輸入的小說，也進一步自創漢文小說，將中國古代小說的結構、經驗、意趣予以改寫，甚而有刻意以假亂眞，強調原爲日本本土創作之小說而後傳入中國被翻譯者，此類作品刻意呈現的中國小說風貌，於書寫意識及特徵型塑等方面因而具有多重的內涵。原名《忠臣庫》的《海外奇談》即爲一例，[2]其中有意模擬與標榜僞托，具有相當程度的跨國文學影響與接受的特質，本文以比較文學的接受與影響觀點爲角度，著眼

---

[1] 石崎又造，《近世日本に於ける支那俗語文學史》（東京：清水弘文堂書房，1967），序說，頁5-6，漢文學發展史約有三個巔峰期。第一個巔峰期在七至九世紀，即日本的大和、奈良時代及平安初期，由當時的遣唐使、留學生、學問僧至中國學習各種文化制度，並帶回不少典籍、文物。第二個巔峰期是十三至十五世紀，即日本的鎌倉、室町時代，此一時代日本僧侶與宋元歸化僧爲代表，傳入禪宗與創作漢詩文的風氣。第三個巔峰期在十七、八世紀，即日本的江戶時代。江戶幕府採用儒學思想爲其文治政策，故漢學亦成爲當時武士的必備教養。政府及一般人常透過前來長崎的中國商船取得中國的書籍、文物。《三國演義》、《水滸傳》及《三言》、《二拍》等白話文學都在這個時期傳入日本。

[2] 陳慶浩，〈古本漢文小說辨識初探〉，中正大學中文系、語言與文學研究中心編，《外遇中國：中國域外漢文小說國際學術研討會論文集》（臺北：臺灣學生書局，2001），頁13-15以爲，日本人假托中國人所作的漢文小說，另有《阿姑麻傳》、《春夢瑣言》、《花影隔簾錄》等。

偽托的背景，嘗試分析《海外奇談》所具有的中國小說形式之認知與表現，並探討何以有此刻意假托，呈現了哪些來自中國價值觀點與通俗小說之印象，以及相關的文學交流與發展內涵。

一、標榜漢譯的價值意識

《海外奇談》之名，乃強調中國人翻譯日本作品的觀點，所謂「海外」，意指中國對日本之指稱，而此一指稱，顯然來自日本角度。事實上，該書即《忠臣庫》，故事有一定程度的日本史實與文學依據，乃元祿十五年（1702，清康熙四十年）播磨國赤穗城的義士爲主公報仇的事件，以大石良雄爲首的赤穗四十七義士爲主公淺野長矩復仇而殺死敵人吉良義央，次年四十七義士皆切腹自殺。[3]此一爲主公復仇發揮武士道精神之事件引起相當重視，此後約一百五十年間陸續有淨琉璃、歌舞伎、狂言各種創作形式反映此一事件。而小說《忠臣庫》對武士道精神的描述，也展現日人作家於假托清人之作《忠臣庫》之際，當時「清人」對日本價值的認知，亦即異域的想像。

小說《忠臣庫》則根據寬延元年（1748，乾隆十三年）由淨琉璃作家竹田出雲（1691-1756）、三好松洛（?-?）、并木千柳（1695-1751）合著的古劇本假名手本《忠臣藏》所改寫。以漢文的章回體小說承襲《忠臣藏》內容，人物情節基本相同，故其序曰：「事則全據我傳奇，以托之足利氏而逞其奇焉」，日本內閣文庫所藏《忠臣庫》，分三冊，共十回。扉頁分三欄，右欄標鴻濛陳人重譯《海外奇談》，中欄大字標書名《忠臣庫》，左欄下方標「觀成堂繡梓」。其上有小字四行：正文前爲《忠臣庫》題辭，書末版權頁標明懶所先生訓點，文化十二年

---

[3]　日本武士道約從鎌倉時代（1185-1333）開始發展，於江戶時代（1603-1867）以儒教思想爲基礎，完成武士階層的道德體系，及至江戶時代結束，明治維新後方始推翻武士階級的統治地位，武士道亦因此被遺棄。

（1815）乙亥五月吉日，東都書林、兩國吉川町杉田佐助、湖東與兵衛。

　　本文所據《海外奇談》文政三年（1820）版，當時爲清朝嘉慶二十五年，書末署有「文政九年丙戌四月於東都求之，清田。」並記有：「京都書肆：出雲寺文治郎；大坂書肆：松村久兵衛；東都書肆：山田佐助、前川六左衛門。」另有鵬齋老人的〈海外奇談序〉，扉頁版式亦爲三欄，但右欄則改爲「清鴻濛陳人重譯」，中欄則爲「海外奇談」，左欄下方標「文會堂」、「崇文堂」。版權頁並未標明訓點者。至明治本，書名改爲《日本忠臣庫》。其中有署乾隆五十九年元月上元鵬齋老人[4]之序文，特別強調該書流傳中國並被翻譯的過程，其文云：

> 赤穗義士四十七人，其精忠義烈，輝映史冊，撐持宇宙矣。雜劇家演以爲十一齣，其盡力捐軀報君，復仇之義心忠烈，使觀者激昂握腕，唏噓吞聲，其關風教者又大矣。某學生嘗假稗史言，再翻譯之，倣《水滸》、《女仙》二史之例，改齣爲解，事則全據我傳奇，以托之足利氏而其逞其奇焉。西方海舶之客，獲之大喜，載歸傳國。鴻濛陳人者，自加筆削，芟繁蕪而改正其辭，命曰：《海外奇談》。若夫俾彼優孟，寫生肖容，而施于絲竹，溢于氍毹，則彼將曰：海外之人義烈之風，使人感激懲創者，合出於我方岳武穆、馬文毅之精忠，下手如是。則使吾四十七人靈光浩氣，現乎大千者，不亦偉哉？吾行訪之海舶云。

4　鵬齋老人究竟爲何人，尙未有定論。石崎又造，《近世日本に於ける支那俗語文學史》（東京：清水弘文堂書房，1967），頁378-385，根據文政三年本鵬齋老人序，推測鵬齋老人爲龜田鵬齋（1752-1826），而陳慶浩，頁12則主張，龜田爲江戶人，爲日本經學家。研究龜田的專家杉村英治於〈《海外奇談》：漢譯假名手本《忠臣藏》〉指出，早稻田大學圖書館所藏周文次右衛門《忠臣藏演義》十回，爲《海外奇談忠臣庫》底本，故龜田應非該書之漢譯者，而是否爲託名鴻濛陳人之修訂者，亦有待證實。

既言四十七義士故事之所由，強調忠肝義膽之啓發人心，關風教之大，
並說明該作品由「某學生嘗假稗史言，再翻譯之，倣《水滸》、《女
仙》二史之例」，「事則據我傳奇」、「西方海舶之客，獲之大喜，載
歸傳國。」此序文以日本爲中心的敘述角度，說明《海外奇談》之成
書、翻譯與傳播過程，強調以中國章回小說之形式予以翻譯整理，以及
作品所強調的高貴精神對所謂的海外產生影響，顯然將《海外奇談》定
位爲流傳中國並被翻譯後，再度由船舶輸入日本的作品。

　　《海外奇談》既假托中國翻譯的背景，因此對於相關形式，尤須
刻意擬眞，除書寫特徵模擬中國小說之風貌外，對於相關序跋之製作，
也有類似的強調。無論是文本內容或型塑背景，均可見中國的文學傳統
與價值觀點。然而，如此的刻意擬眞，卻仍有其破綻，朱眉叔以爲是假
托之作，因翻譯者不詳其人，是否通曉日文亦未可知，版本亦不明，以
及是否果由海舶載來傳入中國、時代又爲何時等，皆無明確事證。且正
文中所使用之語言生硬，不僅沒有漢語的使用習慣，反而多見日文之語
法結構。[5] 朱眉叔以爲，此實是《忠臣庫》另題《海外奇談》，假托中國
人所作，不外是爲了強調作品是舶來品，以爲宣傳招徠。[6] 陳慶浩也以爲
《忠臣庫》是假托之作，所謂「鴻濛陳人」、「觀成堂」等，都是子虛
烏有的假名，扉頁重版者的說明和題辭，更是爲了「掩人耳目」的製
作。題辭與正文所使用之漢文不甚通順，「不堪卒讀」。[7]

　　然檢視《忠臣庫》文本，日文語法結構實不多見，反而具有明顯

---

[5] 朱眉叔，〈從《忠臣庫》談到中國通俗小說對日本的影響〉，春風文藝出版社編，《明
　清小說論叢》第三輯（瀋陽：春風文藝出版社，1985），頁94-97，以爲《海外奇談》
　假托中國人翻譯之作，實有數項破綻，其一是從《海外奇談》之序文來看，翻譯者似有
　兩說，但都未有具體身分，其二則是所謂的削芟訂補之工作，如非見過《忠臣庫》原
　本，恐難從事，其三爲海舶載來者究爲手稿或刊印本，亦無法得知，其四則是《忠臣
　藏》腳本之產生爲日本鎖國時代，當時向中國輸入書籍之事罕見，另外，語言運用水準
　並不高，屢見脫落或刻工失誤，此尤爲最大破綻。
[6] 朱眉叔，〈從《忠臣庫》談到中國通俗小說對日本的影響〉，頁109。
[7] 陳慶浩，〈古本漢文小說辨識初探〉，頁11。

的中國白話小說之語彙與句勢，朱眉叔以爲的日文結構至多如第九回中「古諺云：『花乃櫻樹，人是武士』」具有日文色彩，也唯有刻意模擬中國白話小說之敘述特徵，方能凸顯其標榜的清人重譯的過程。本文主要著眼標榜漢人翻譯等所謂「宣傳」、「子虛烏有」及「掩人耳目」等僞裝舶來品的說法予以思考，何以日人作家有此假托中國人之作的相關背景與原因，如朱眉叔與陳慶浩所言，假托意在強調舶來品與掩人耳目，則可推知，強調中國人之譯作實有提高文學地位與價值之功，並可解釋《海外奇談》的各種擬眞書寫，實即包含了日本作家對中國章回小說的形式印象與模仿改寫，不僅反映了當時日人所認知的中國小說形式特徵，也呈現了日本作家想像中的海外印象或說中國印象。此類對文本的包裝表現與可能意圖顯然具有中日兩國文學影響與接受等文學傳播之意義。

二、模擬改寫的文本特徵

　　《海外奇談》敘述鹽冶判官因高執政調戲其妻甲活欲，彼此產生嫌隙，其後鹽冶判官欲殺害高執政未成而遭賜死，其隨從四十七義士歷經苦難，拋家棄子，欲爲其申冤復仇，最終獲高執政首級，用以祭告鹽冶，眾人隨後於鹽冶墓前切腹自盡之故事，其間不僅眾義士捨身，其人家族亦多所犧牲，所求只是爲主公復仇此一目標。此一敘述精忠義烈的小說以章回體寫成，全書共十回。每頁十行，每行二十個字，楷書漢字，旁附日文訓點，全書約四萬七千字。每回前均有回目，以七言或八言之對句爲主。各回之回首亦有七言四句或七言八句之相關評論詩歌，行文中亦多見韻文、對句等段落，以及典故或典籍之句型運用，且每回皆以「話說」開始，回末則以「且聽下回分解」結束，並刻意形成情節上的懸念，於敘事中則往往插入韻文，並多以「有詩爲證」提示，以提

供描繪人事景物等敘事功能，全書共約有三十二首，分別爲七言四句、七言八句或長短句等，充分顯現章回小說之文類特徵，凸顯對中國章回小說描繪藝術的模擬自覺。

（一）白話敘事的形式特徵

《海外奇談》行文中屢見韻文段落，藉此詳盡描繪，呈現通俗傾向，如第一回〈足利公拜納義貞盔；高師直亂罵若狹介〉形容鹽冶高定之夫人甲活欲奶奶之美貌，其文云：

> 朱華冒唇，嫩柳上眉。膚如凝脂，領似蝤蠐，垂裳步步拂地，珮玉珊珊委草。春風日煖，時喚階前黃鸝，藥欄氣馨，閑飛園中嬌蝶。秦姬清唱咸陽宮，吳娃緩舞姑蘇臺。[8]

以韻文形容人物的現象，一如章回小說之寫作模式，其中亦徵引「膚如凝脂，領似蝤蠐」等《詩經·碩人》之詩句，又如「秦姬清唱咸陽宮，吳娃緩舞姑蘇臺」此類詩句，既有史實典故依據，也具有白話小說襲用固有套語的書寫特質。

如第二回〈鹽判官使命差力彌；桃井氏密語傳本藏〉對煙霧之描寫，則是以韻文描繪日常事物，其文云：

> 只見一個丫頭拿著芬盤，與本藏喫烟，烟氣濃濃，作雲作輪，正是：

> 雲殘神女夢，煙駐漢宮姿。遣興無人地，合歡迎客時。仰天成月暈，窺苑作游絲。知替忘憂物，偏能慰所思。

---

8 本文所引用《海外奇談》之內容皆根據日本東北大學圖書館狩野文庫所藏《海外奇談》文政三年（1820）抄本，下文不再贅引。

從廊下走將出來，眞箇芙蓉窈窕香滿衣，這就是本藏愛女，叫名可那美。

除詳盡描繪煙霧之繚繞、氛圍、作用等，並以神女、漢宮等中國傳統文學意象塑造更深刻的文史意涵，此類描寫現象亦有如中國白話小說慣用舖敘夸飾之書寫傾向。

又第四回〈鹽冶領諭自刎死；忠臣含淚共分離〉對櫻花之描述，則是以韻文描繪具體事物之外，亦凸顯說話人立場，其文云：

把鎌倉山中千嬌百媚有名的櫻花，折將來插著花莘籠，各各要活，東人性命，比這活花一樣，正是：

三春奇絕百花王，樹似海棠艷海棠。未見生知名我土，特憐栽擅美東方。梅香月下羞形瘦，桃媚風前嫌象強。千斛瓊珠時散落，知將國色讓群芳。

著墨櫻花姿態與內涵，本具有日本傳統精神基調，但描寫中刻意卻凸顯從清人的說話人角度看待日本，所謂「東人性命，比這活花一樣」，及「未見生知名我土，特憐栽擅美東方」，具有明顯模擬清人看待日本的視角與語氣，可見模擬之自覺。

對人物與事物之具體形容外，也藉韻文以描繪情境，如第二回敘述鹽冶之恚怒與復仇決心，其文云：

若狹介道：「本藏，你聽允我也滿意，要見夫人，暗裏做陽世離別，本藏，你從今不重相見，說著一句永訣的言。」直投房裡去，怎地得著武人恚怒，但見：

丙夜深閨，月照枕衾，不寢庭松，雨打枝葉十分，清輝爲
癡雲蔽，三春扶疏無知人，愁離去，明朝空留虞氏淚，
城崩佗日，只殘杞妻哀。幸有鐘漏未報曉，購得千金主君
怒。

以長短句描述鹽冶憤懣之情，展現「虞氏淚」、「杞妻哀」等文史內
涵，也預示未來復仇失敗的命運，將抽象情緒具體化。

其他則有中國俗語或典籍之化用，如第三回〈桃氏耐心放執政；鹽
冶忿怒鬧殿上〉敘述本藏進見高執政，高執政以爲其前來欲爲主報仇，
故嚴陣以待，不料本藏是前來送禮，反引起高執政驚疑，其文云：

（高執政道）只叫本藏來要報讎雪恥，挫我的權勢，伴內
切莫有誤，乘著還不到五更，你去引接到來，我要結果了
他。方纔兩人丟個眼色，濕緊靶釘，揎袖攘臂等候。只
見本藏整頓禮衣，徐徐兒走過來，隨使們拿著禮物，排在
高執政面前，本藏走退下首，跪著在地，捵燈也似磕頭說
道：「小人大膽容稟，此番東人蒙足利將軍旨令，與他管
待天使的大職，此乃武門體面，感激不過，只怕主公還是
年輕，不曉得甚麼規式，十分放心不下，虧得老爺點撥他
諸事停當。這全人不（是）東人的功勞，都靠著老爺方便
的力，上至東人，下及滿府職事人員，大喜無限。爲此，
上眾家臣奉上區區禮物，便是一蜆殼的微物，只表孝順之
心，望乞笑留是萬幸。……」

高執政聽得，看這許多禮物，嚇癡了開口不閉，兩個相
覷，呆了半晌，正是似告朔已息，餼羊尚存一樣，瞥地

滿面生春，便道：「這個不敢當，伴內收璧，該怎生底好？」

以「捷燈也似磕頭」、「一蜆殼的微物」，「正是似告朔已息，餼羊尚存一樣，瞥地滿面生春」分別形容本藏一行人的動作言語，以及高執政等由疑懼到歡喜的表情改變，文字亦如中國通俗小說之嘲謔語氣，又敘述本藏向高執政送禮致意後，以為已經為主君化解嫌隙解除危機，從容離開之情境，其文云：

卻說本藏把金子買了主公性命，放下了心，兩個漫漫地都投衙門內去了，有詩為證：

莫道西方物，萬邦相往還。酖釀收色退，霹靂避光閑。石佛當回首，今人或解顏。儻教孟嘗在，雇汝踰函關。

以韻文描述本藏二人以為順利解除主公危機而放心離去的場面，既是具體場面的形容，同時也是感嘆議論，並以孟嘗君得門下雞鳴狗盜食客之助，逃離秦國的故實，讚賞本藏之忠心效命。

又如第六回〈家兒為君夫賣身；勘平因究屈絕命〉亦以長篇古詩描寫活家兒為丈夫勘平而委身煙花，臨去之時，母女二人傷心道別之情景，其文云：

老娘又說道：「我女兒前世有甚宿業，比他人的女子並不輸與他容貌，卻受了這般的痛苦。」咬牙切齒撲簌簌地成珠拋灑，女兒伏著轎中，只是吞聲哽咽，咽咽涕哭可憐。把轎子扛起來，三腳兩步跑走去了，古人有篇古風唱得好：

嘵嘵桓山鳥，哀鳴一何悲。四子生毛羽，翩飛始出塒。欲
去集高樹，阿母告女兒，爾去自此時，會見竟難期。淚下
濕寒竈，晨餐燒柴炊。女兒將上轎，慇懃與母辭。未報覆
育恩，反哺亦何時。聞之腸如裂，欲言聲喑咿。我女無復
道，爾心我自知，縱斃黃泉下，何日能相遺。人情多疾
苦，莫若生別離。

母親在後看望一回，便道：「我說起沒要緊的話來，女兒
諒必淒慘煩惱。」

所謂「古人有篇古風唱得好」，以樂府古風重複說明並渲染母女臨別的
情境，顯現通俗的敘事傾向與藝術風格，凸顯白話小說之說話人語氣，
顯見對中國文學傳統與口頭用語的沿襲。

另一方面，《海外奇談》固然模擬中國白話小說的書寫方式，卻仍
見若干日本歌舞伎、淨琉璃等演劇表演痕跡之影響，文本中的評點亦意
識到此一傾向，如第二回本藏勸解鹽冶忍辱以見機行事時，敘述本藏拿
刀往草鞋磨利後，舉刀斫落松樹，欲以鼓舞鹽冶，本文云：

本藏說：「本藏說的是臨機行事，並非覷見了相公。」說
畢，將鼓舞他立志，到傍邊把短刀快脫鞘在手，從書院裏
下去，拿那草鞋抹著，望了老松樹枝，早舉刀斫落，拿刀
收在鞘內，便道：「望乞相公似個，一刀結果。」

評點以為其動作，「是梨園的光景，非尋常應所為」，意識到劇場表演
與書面敘述之差異。又如第三回敘述鹽冶帶領勘平前往晉見桃井老爺與
高執政，途中遇見養娘之情景，本文云：

鹽冶判官聽說眾都到來，只恨自家稽遲，就帶著一箇勘平，跑到廳中去，只聽得前廳後堂，鬧鬧熱熱，管待天使，唱了昇平曲風，待歌聲漏，到垂柳陰裏，卻早到一箇養娘，羞花欺月的容貌，約莫十八九歲年紀，帶一箇小廝，拿了提燈，就到門下停腳。

評語以爲，「管待天使處，非妾婢之所至，是則雜劇之態」，則意識到階級應對之常情，提出小說與戲劇在人情應對處理上的雅俗差異。

又第九回〈義平保辦買器械；大星使人剪婦髻〉敘述義平爲求協助由良助之復仇行動，刻意休妻，其丈人良竹前來理論的對話互動：

義平道：「雖不交立休書，也撇了小兒，再嫁的性子，那有餘情，沿便便便。」良竹道：「自然由我做主，就今晚教他做親。」義平道：「不得著嘴了，走百病回去。」抓住頸望門外丟倒在地，就關了門扇。良竹掙得起來，強口大叫道：「義平你把我推倒也，新婚的快婿，賠送許多幣禮，我家暴熱。見踢丟倒。」覺愈了宿疝，摩腰擦腳，蹌蹌浪浪，回家去了。

評點對此評曰：「此一段眞是戲場之模樣，豈實有此等光景哉？」提出小說以文字描繪動作言語的現象，顯有劇場與小說在藝術表現上的異同意識，亦得見其來改編戲劇之淵源與變化趨勢。

《海外奇談》使用韻散相雜的文體特徵，以特定語彙、句型或文史故實之引用等來自中國的通俗敘事方式以呈現日本的義士故事，並渲染其中情境或精神，由此可知，日本作家對中國章回小說文類概念之承襲與改造。

（二）忠義精神的融合改造

　　《海外奇談》對於中國傳統精神價值亦有所沿襲模擬，其中的義士之彼此互動與自我期許之價值標準，實來自《水滸傳》的系統，其中的價值精神與形式特徵亦有明顯的中國風貌。[9]無論是本文或評點，均肯定讚揚義士之言行規範，智慧與義理，此亦爲故事所標榜的價值，如第一回所云：

> 千秋大業國之光，累累古墳名姓昌。死力何慚比豫讓，義心不拆報田橫。歲寒松柏人知綠，地僻芷蘭誰認香。曉得和歌四十七，春花散落夢芬芳。

> 這詩乃是日域一個名儒，姓林道號文靖先生，題義臣墓作。眾人都道：「不臨亂則不見貞臣之志，不臨財則不見義士之操。」譬這是雖有嘉餚不食口，不知其味一樣。泰平之世，有英雄豪傑，不見做什麼驚人的功，只似滿空星辰，白日無光，夜來發揮一般。這一本所說的，是海東國有一位判官，爲一件做鬪毆出來，特特送了性命，正是一朝之怒，竟亡其身，後來該臣四十餘人替主公報讐的事。

文中引用豫讓與田橫等義士史實典故，所謂「死力何慚比豫讓，義心不

9　據李樹果，《日本讀本小說與明清小說：中日文化交流史的透視》（天津：南開大學出版社，1998），頁200-205，日本寬永十六己卯年（1639）德川幕府《御文庫目錄》已收入《水滸全傳》，可視爲最初傳入日本的《水滸傳》。及至元祿元年（1688）《唐本目錄》中登記有《第五才子水滸傳》，又根據《舶載書目》，正德三年（1713）、享保二年（1717）、享保十年（1725）皆曾進口各種版本《水滸傳》。其後屢有翻譯以及改寫者，分別於享保到寶曆（1716-1762）年間、文政（1818-1830）末年至天保（1830-1843）年間兩時期風行，並發揮影響力。《海外奇談》的產生，即在文政末年第二期《水滸傳》盛行的發展脈絡上。

拆報田橫」，並強調此乃顯現日本義士「時窮節現」的悲壯故事，文中刻意模仿說書人語氣，以「本」爲「故事」，也不忘塑造是以中國爲角度來述說日本故事的立場，所謂「這一本所說的，是海東國有一位判官。爲一件做鬥毆出來，特特送了性命，正是一朝之怒，竟亡其身，後來該臣四十餘人替主公報讐的事。」而爲主公復仇，即是四十七義士的人生目標，有關義與士的分析評價，實爲故事所標榜的主軸。

又如第四回敍述鹽冶殺害高執政失敗而被賜死，家臣誓言復仇，因而展開情節之後續發展，其中「義」自是凸顯的精神價值，其文云：

> 鹽冶判官被他來殺一頓，只是陪笑說道，這下官並不是酒興，又不是狂惑，聽見今日欽差駕臨，只道該是如此，叫你看我的準備。就解了雙刀，脫了外套，底下著了素練新衣，穿了縗麻喪服，臨死的打扮。看得眾人驚騷，勺子司也覺乏趣閉口。

> 當時伺候的家臣一齊敲響紙門，都道相公存世的日，大家情願要拜尊顏，相右衛門，你替我眾人稟這話，相右衛門即稟說可否怎生？判官便道：「情知他們道理，但是等由良助道一齊來。」相右衛門領諾，隔著紙門說道：「公命憑你聽知，一人也不許進來。」各人員不敢再稟，寂然候命。

> 那時力彌領了旨令，預備的短刀放在盤子上，拿到面前，判官徐徐地，把那縗麻的上頭脫卻來，從容說道：「兩位監官須要看證。」把盤子扳扯，將短刀舉起戴了，回看力彌道：「由良助何漸來遲？」力彌道：「不知怎地，還不

回來。」判官道：「恨著在陽司，不能見他，更是餘念，沒法奈何。」把短刀轉倒在手，望著左肚子搠破，慌得夫人再也不能開眼，只是口稱佛名，眼淚雙流。

看得從廊下跑走，踏開紙門進來，這乃是姓大星名由良助，看著這般景況，叫了一聲，倒著在地，隨後矢間、千崎，大小眾人，各各爭先跑進來。鹽判官道：「由良助巴不到。」由良助道：「漿洗縫補，拜過陽世的尊顏，實是萬幸。」判官道：「我也滿願，諒必聽過委曲，悔氣得狠了。」由良助道：「詳細聽過，到這田地，並沒一言稟告，只願要絕命端整。」

判官道：「不消你說了。」把刀搠到右邊，苦苦嘆氣道：「由良助，這短刀遺送你作表記，能勾替我報讐。」說了，把刀尖割頸就丟出去，撲地嗚呼哀哉了。

那夫人、滿坐人眾，都閉著眼，忍氣吞聲，暗裏捏拳切齒伺候。由良助走近來，恭恭敬敬拿起短刀，把那蘸血刀尖反覆看了，捏著拳，含冤無窮，淚如雨下。鹽判官臨死的一句，透到徹了五臟六腑，經版兒印在心上。可看後來由良助忠心義志，傳播聲譽，千不朽的，即在這裡起端了。

上述文字描述鹽冶遭賜死，從容就義的過程，同時敘述由良助忠心為主，立誓復仇的精神，而「這短刀遺送你作表記，能勾替我報讐」、「鹽判官臨死的一句，透到徹了五臟六腑，經版兒印在心上。可看後來由良助忠心義志，傳播聲譽，千不朽的，即在這裡起端了」，強調一諾千金的義行，及為主君復仇的赤誠，由此開啟情節發展，至第十回〈刺

客輕生打讎家；忠臣雪冤祭靈牌〉，則是一大收束，爲價值主軸之完整闡揚，其文云：

「出身仕漢羽林郎，初隨驃騎戰漁陽。孰知不向邊庭苦，縱死猶聞俠骨香。」話說柔能制剛，弱能制強者，黃石公傳與子房良術，就是鹽冶判官家臣大星由良助，守著這一句教，暗暗地教勇猛的義士四十餘人，上了一雙舴艋，遮蓋草扇，趁著讎家不做防備，搖船到岸，第一號大星由良助，第二號原鄉右衛門，第三號大星力彌，隨後眾人陸續便到。……但見：

元弘播亂後，遺盃四十七。納在相州府，時生赤士心。黍稷有穗，離離在王城；社稷無主，淺淺近草野。櫃內久潛，名匠兒手造，鬪場初施，好漢的頭帽，偏稱長世忠臣龜鑑；復見千歲烈士規矩。

果然忠肝義膽的好男子。……由良助急叫眾人，唱著天河的兩字，搶入裏面來，又從後門裏，拿著火把燈籠照了，……矢間十太郎捉著高公，叫眾人道：「高功匿在柴房裏，搜出撞過擒來。」聽得眾人卻似槁苗得雨氣，勃然歡聲聽。由良助喝采道：「十太郎，你獨自一箇獲了大功。但是不要亂殺，權且代主公報讎下手，高貴的人都有禮貌。」說畢，請到上首坐，端端正正，叉手說道：「臣等騷踏貴府，也是只要報亡主的讎，謹領了尊首。」

高師直裝做全然不慌，便道：「應該似個要與你我的

頭」，說與叫他心慢，拔刀砍來。由良助早放開了，就
扭起腕頭，便道：「好，與臣等交手麼？」就向他眾人
道：「你等殺人要報往日冤讎，即在此間，就先下手。」
當時四十餘人乘勢，宛似枯木逢春發花，歡喜踴躍，把亡
主臨終遺留的短刀，割下首級來，四十餘人喜得不知手
之舞之，足之踏之，都說，或者丟著妻子、或者失兒子爺
娘，也只要看這一箇首級，把手敲打了死骸，張口咬著了
首級，那夥人眾喜哀相半，一齊放聲，灑著義烈的淚，由
良助就從懷裏拿出靈牌，恭恭敬敬供養在卓（按：桌）子
上，揩抹了高師直的首級，排在前面，燒起香來，退了幾
步，拜了九拜，念偈道：

亡君尊靈，顧命賜劍。今斬敵首，以報窀穸。九泉之下，
庶釋遺念。

此類描述不僅歌頌有如《水滸傳》的義士精神，於行文語氣亦然，其中
「元弘播亂後，遺盔四十七」實有若《水滸傳》「縱橫三十六，播亂在
山東」之謠諺，四十七義士協力取得高執政首級，藉以慰主公鹽冶判官
之靈，同時也各自壯烈自裁，為復仇行動作一壯美完結，其中「義」的
價值自是故事基調所在，亦是來自《水滸傳》的影響，也是所謂「海
外」「漢譯」「日本」之內涵想像，並於日本史實之題材為前提，也強調
此一漢譯中，有關「就義赴死」的價值意識雜糅了日本的傳統價值。與
此細微往復的模擬刻畫可見作者評點者之模擬策略與安排自覺。

《海外奇談》中對「義」之討論，隱然有忠奸之別的概念，如第七
回〈大星耽色欺冤家；小野貪心背舊主〉比較由良助與九大夫之言行風
範，以為兩人之心，黑白分明，其文云：

力彌稟告由良助，甲活欲奶奶差人帶來飛報密書，有關
高執政已回鄉之委曲，都寫在信內，由良助怎地放心，
得將要揭開封皮，早有一人叫聲：「由良哥哥，小野九太
夫要你相見。」由良助道：「久違久違，不過一年底間彫
害，頭髮也白；面皮也皺老也，老得快了，你將熨斗那皺
面來過麼？」九大夫道：「大功不顧細謹，我看你全不管
人家說破羞恥，宿柳眠花，這就是見功的基，大丈夫的魂
魄。」由良助呵呵笑道：「說起堅牢的，放砲一般，道學
先生的正論。」九大夫道：「你不要假做呆了，眞箇你的
品行撒潑，是必有緣故的裝憨兒。」

於對話中，九大夫質疑由良助之沉迷酒色顯然是有意掩人耳目，另有意
圖。亦由此「品行撒潑，是必有緣故的裝憨兒」之質疑，顯現由良助
之忠心與苦心，評語對此評曰：「此段寫兩個心情，黑白如面見之」，
以爲良助與九大夫之黑白忠奸立見，差別在於由良助對主公之忠心與犧
牲，而九大夫不僅無此節操，所侍奉之高執政亦非良主，人格高下立
判。

除了肯定義士言行，亦有加以否定者，如第三回對戡平之評：

勘平因府中事變，本欲回府，但又想道既然鎖押，哪裡能
夠回去？躊躇不定之際接受活家兒建議，你且和我去我的
爺娘家，勘平以爲要等附中爲首的家老由良助回來賠罪再
一同前往。

對此，評語曰：「何有大夫之志」，對於勘平之猶豫且無判斷智慧，有
所批判。

又同回本文敘及，勘平與千崎彌五郎巧遇，對於勘平因雨而打濕野

草，亦有評曰：「爲雨滅火，可爲乏備，宜矣失跟隨。」再次批判勘平
行事疏略，乃人格之缺陷，正應失去主公之信任重用。

又如第六回敘述勘平因誤認錯殺岳父，對岳母詢問與岳父相別的所
在時，支吾搪塞，本文爲「那相別的處，鳥羽伏見淀竹田，調三轉四，
隨口捏造支吾，搗鬼亂口旁蟷。」評語曰：「爲士如此，不足爲士」以
爲勘平言行莽撞、又未能磊落正大，不足爲士。而被彌五郎指控殺岳父
之時，勘平切腹請罪，本文爲「勘平被他迫不過，就勢脫膊，拔出刀
來，望肚子儘力搠進去。」評語曰：「查照老父屍而後死亦不爲遲，疏
忽之性子，故失主之跟隨。」言其性格粗略魯莽，屢有疏失遺漏，終無
法成就大事。

《海外奇談》從正反不同的角度分析義士應有的言行規範，勇於
犧牲或畏縮退卻形成高下不同的人格表現，義士報主君之恩自是需要勇
氣，另一方面，中國傳統對義士處境的描寫中，往往意識到決定效忠對
象的智慧與可能遭遇的衝突，《海外奇談》亦有此意識，即強調義士之
盡忠外，也意識到各爲其主的事實與因之而生的困境，如第七回評伴內
之言：「伴內忠于其君，惜哉。爲鹽冶氏臣則出勘平上遠矣。」伴內爲
高執政之臣屬，評語對其抉擇提出感慨，同時也顯示義士「各爲其主」
的現實與無奈。

又如評點批評步卒寺岡平右衛門爲報鹽冶氏之恩，欲斬高執政，
而於鎌倉爲乞兒伺機行動，評語曰：「時非豫讓，時打扮乞兒，則不能
近於高貴人，失策失策。」可見標榜的勇氣並非血氣之勇，而是具有取
捨的智慧，此也是身爲義士的重要標準。此類對義士言行出處的評價皆
具有中國傳統的價值意識，忠義精神既是高尚人格，更是義士的人生期
許，其中智慧與取捨尤其得見個人資質。

《海外奇談》所標榜的「義」固然有《水滸傳》的「聚義」色彩，
但其中的「忠」卻非《水滸傳》所強調的對君主忠誠「替天行道」的內
涵，《水滸傳》強調「忠義雙全」，雖是個人展現的「義」，但最終歸

結為全體之「忠」，或說即是國君服務，而《海外奇談》則強調下屬對主公之絕對效忠，可以為義理而自殺，但其效忠的對象並非國君，而僅是主公，主張對主公的絕對盡忠，甚至不惜一死，強調對主君報知遇之恩，以為恩本身不是德，報恩才是最高美德，報恩歷程越是艱難、曲折，個體承受的痛苦越大，越顯示其德行之高。以由良助為首的四十七位武士甚至犧牲個人名譽、家族親人作為復仇的代價，以求完成個人的價值理想與效忠精神。此類武士道精神實為個人衝突而復仇，而非國族層次的效命，報恩的內涵與中國各有異同，此類互動近似為知己犧牲，基本內涵與表現方式較近似中國所謂「士為知己者死」的義氣行動。中國傳統中，義士的效忠對象未必是君主，而是所謂的知己知音，其之報恩，在於「智伯以國士遇我，我故國士報之」，[10] 故士可為知己者死。另一方面，也因中國「士為知己者死」之傳統，這類義士的抉擇具有某種程度的主動權，有關擇主的智慧、考量或因此而生的困境，或相關的出處取捨，也成為評價義士的標準，《海外奇談》中亦表現了對類似事主與出處的道德關懷。

　　至於從容就義的解釋內涵，亦有所異同，中國傳統的義士固然「以國士遇我」「以國士報之」，但往往也將此類犧牲賦予忠君或道德等理性價值，所謂「所以為此者，將以愧天下後世之為人臣懷二心以事其君者也」，「其義或成或不成，然其立意較然，不欺其志，名垂後世，豈妄也哉」，至於《水滸傳》所闡揚之「義」，則更是在「忠」的前提下的「替天行道」，而《三國演義》的桃園結義也在君臣關係下予以凸顯，所彰顯的是個人道德或價值理念之完全，雖為個人言行，卻具有普遍的美德意識。然而，《海外奇談》對於義士之就義，卻更著眼於個人生命理想之完成，如對於死亡的看待，無論是當事者之鹽冶、高執政

---

10 如《史記・刺客列傳第二十六》豫讓之言，其之報恩，在於「智伯以國士遇我，我故國士報之」。

以及由良助等義士，皆視爲是個人的人生理想與應有行徑，標榜人作爲主體追求瞬間美而獲得永恆的靜寂，而非強調理性價值。一如前述第四回對櫻花之認知，「把鎌倉山中千嬌百媚有名的櫻花，折將來插著花蕚籬，各各要活，東人性命，比這活花一樣」，花開與花落象徵人的生命與死亡，有死，生才會珍貴和多彩；有生，死才有永恆的閃光。武士切腹更是這一審美意識的實踐。切腹並非單純死亡，而是純淨的重生儀式。故事結尾敘述四十七名武士白衣裝束，肅穆平靜，對於自殺毫不遲疑，並藉由雪景以渲染凄絕悲壯的氛圍，凸顯某種生命美學，但此一美學未必具有中國傳統之理性思維，而是自我生命的完成。是以，《海外奇談》所敘述之犧牲與死亡，有其日本傳統精神內涵，是自我完成，未必有替天行道或忠君爲民之客觀關懷，其中的價值標準，自有中國傳統色彩，也同時包含日本特有的精神價值，正呼應中國對此一日本作品之「海外奇談」之認識，且經過漢譯，再次傳回日本之標榜。

三、印象型塑的自覺詮釋

《海外奇談》於形式及題材上皆具有明顯的《水滸傳》色彩，尤其反映了日本後期讀本小說的發展趨勢。於日本漢文小說發展上，有關《水滸傳》之改寫活動，前後長達一百多年，與讀本小說有密切關聯。[11]寬永十六年（1639）德川幕府御文庫目錄中已收錄《水滸全傳》，前期

---

[11] 李樹果，《日本讀本小說與明清小說：中日文化交流史的透視》，頁385，日本所謂讀本，指的是以閱讀爲主的小說，是相對於當時流行看圖閱讀的通俗讀物如「草双子」一類而言，於日本讀本小說發展史中，日本淺井了意於寬文六年（1666，明朝永曆二十年）翻改《剪燈新話》而成的《伽婢子》爲翻改中國小說之始，淺井了意將中國小說翻改移植成爲日本化，故事中的人名、地名、事件等皆爲日本，但情節架構則仍依循中國的作品，而非全然翻譯。淺井了意所改寫的爲文言小說，此類的改寫方式後來由都賀庭鐘（1718-1794）所襲用，選擇《三言》中的某些作品改寫創作《英草紙》與《繁野話》，強調《三言》故事的傳奇性與藝術性，而非全然翻譯，這類改寫的通俗小說即是讀本小說。

讀本小說已擷取《水滸傳》若干情節爲故事素材，讀本小說亦由此從短篇逐漸發展成傾向中長篇的形式，及至山東京傳之《忠臣水滸傳》，爲眞正的長篇小說，確立後期讀本小說之始。此於日本淨琉璃《忠臣藏》劇本的框架中加入《水滸》素材，[12]《海外奇談》即在此發展系統中產生，其形式特徵與書寫意識呈現了中日小說交流與發展的內在。

（一）模仿改寫的發展脈絡

《海外奇談》之改寫脈絡，自有中國白話小說尤其《水滸傳》的影響，除形式爲章回體之模擬，也同樣強調勸懲價值，且逐漸脫離演劇的藝術特質，作者於敘事模式與語彙風格上呈現閱讀傾向的修辭自覺，評點文字中也有明顯的閱讀意識，區別小說與演劇之藝術差異，此一吸收且加以改造的文學現象可藉比較文學中的接受觀點加以思考，其間包括中日兩國的文學作品、作者、讀者乃至評點者的理解與反省，進而產生相關的文學表現與內涵。[13]

《海外奇談》以《水滸傳》的綠林好漢言行爲架構，但卻賦予日本的歷史時空與幕府與武士等角色，於保持《水滸傳》原作的情節、精神同時，將作品人名、地名變成日本本國的，並加入本國風俗習慣等，以章回小說之形式，進行作品之改寫創作。採用章回形式的中長篇小說，既模仿對仗工整的標題回目，也往往以韻文進行事物的刻畫描繪，也注

---

12 李樹果，《日本讀本小說與明清小說：中日文化交流史的透視》，頁379-381，及李時人、楊彬，〈中國古代小說在日本的傳播與影響〉，頁125以初期讀本小說於寶曆至文化年間（約1751-1804）於京阪出現，以都賀庭鐘與上田秋成（1734-1809）爲代表，後期以文化至文政（1804-1830）年間，以江戶山東京傳（1761-1816）及曲亭馬琴（1767-1848）爲代表。

13 劉介民，《比較文學方法論》（臺北：時報文化出版公司，1990），頁374-376，622-623，在比較文學中，接受是指接受者從外國文學汲取某些成分用於自己的創作中的行爲，與文學的「影響」有所區別，接受能推動影響的產生和傳播，並能夠爲作家在外國受到歡迎發揮媒介作用，作爲一種研究，接受涉及的範圍較廣，及除了作品間的關係外，還包括關於這些作品的一切，如作者、讀者、書評家、出版商及創作背景。某時代某國文學對外來作家的接受會影響到該國的文學欣賞、讀者興趣甚至創作活動。

重情節人物之鋪陳描寫，可視為是對章回小說形式之吸收與模仿的具體
展現，刻意呈現中國印象，也反映日本特有的歷史與文化精神，亦即以
回目、韻文、譬喻、典故的敘事方式呈現融合中日傳統的忠義精神，無
論是形式或內涵，已非單純的模仿或改寫。[14]

　　《海外奇談》本為日人作家改寫而成的作品，然而，由於全以漢
文書寫，並旁加日文訓讀，其形式與內在亦皆依循改寫中國小說的模式
加以呈現，是以極易被誤認為中國人之小說作品，又多於序文及文本中
刻意強調清人之敘述角度與筆調，如第二回敘至本藏拿了草鞋抹著，夾
評即云：「倭人傍無磨石，將草鞋抹著，當做磨刀石」，不僅於文本形
式之模擬中國白話小說，評點中亦見刻意以中國視角之描述日本，而此
一偽托與有意擬真的自覺，以致語言融合和漢語彙體，以及雅俗折衷的
傾向，使文字通俗，雅俗共賞，文中亦常使用如客官、酒保、這廝、梢
公、老相公、提轄、剪徑、陪話、細作、泰山、恁地、怎生、遮莫、沒
體面等《水滸傳》或其他章回小說之習用詞語。於韻文段落中，則屢見
中國俗諺與文史故實之運用，如雪中送炭、錦上添花、知人之明、割雞
用牛刀、漆穿雁嘴、鉤搭魚鰓、有錢金人可以開口、石佛可以回頭等民
間俗語，且韻文中則見豫讓、田橫、西施、伍子胥、秋胡、孟嘗君、張
子房、杞梁妻、廉頗、藺相如、孫康映雪、車胤聚螢等典故，此類書寫
現象得以呼應其所標榜清人翻譯再東傳日本之背景，以求更具說服力。

　　另一方面，由此現象亦可見，中國通俗小說之藝術表現與功能期許
對日本文學的影響。《海外奇談》因其本事與模仿《水滸傳》之背景，
是以可視為歷史小說，又因強調忠義之言行，亦使小說因而具有明顯的

---

[14] 李時人、楊彬，〈中國古代小說在日本的傳播與影響〉，《復旦學報社科版》，2006年
　　3期，頁126-128。所謂翻案，指的是將外國或本國的作品，進行不同程度的改造，或將
　　素材進行再創造，改造或再創造的程度不一，有的僅是將人物時空風俗習慣置換，有的
　　則是抽繹情節人物情景重新加以結構組織，使新作品成為既與原作有一定關聯卻又有所
　　區別。

教化功能，一如鵬齋老人序言：「其盡力捐軀報君，復仇之義心忠烈，使觀者激昂握腕，唏噓吞聲，其關風教者又大矣。」可見於敘述模式等形式特徵之模擬外，對於中國小說所強調的勸懲意識亦有所吸收，而非單純提供娛樂。[15] 這些傳統價值的發揚、文史故實的運用，以及引用正統典籍或通俗故事之語彙或句型，豐富運用語彙等，其間或許具有高級漢語教材及相關的商業考量，故刻意強調清人翻譯、掩人耳目，強調舶來品，藉以招徠讀者等，以增其眞實性的商業考量。[16]

《海外奇談》既標榜漢人翻譯的背景，故著墨章回體的小說形式、序文與文本中採取清人角度說明敘事，以漢文書寫旁加訓讀等經營安排，而其中強調根據史實、有關風教勸懲等現象，則呼應日本後期讀本小說的特徵趨勢，形成雅俗共賞與和漢混合的文體形式，提供另一種寫作模式。[17] 如此的有意塑造於日本翻案文學乃至讀本小說的發展史中，皆呈現了日人作家的對改寫的自覺與不同詮釋。

（二）異域印象的想像意識

除了《海外奇談》文本具有模擬中國章回小說的特質外，相關的序跋文字也呈現了承襲中國傳統書寫特性，此類模擬吸收甚至創造的現象應予以整體觀察，分析這些文字可理解作者或評論者之寫作意識與期待，這些內容往往是來自經典與諸子文章等中國文史精神之吸收解釋，具有一定漢學素養，使通俗小說得以與中國傳統對話，包含道德節操與詩學傳統等文人情致，於此，典籍與小說之價值意識於其間相互對話。

---

[15] 李樹果，《日本讀本小說與明清小說：中日文化交流史的透視》，日本後期讀本小說因模擬中國白話小說，於語言上創造和漢混合體與雅俗折衷體，使文字通俗，雅俗共賞，頁387。並以爲日本的讀本小說也吸收到中國小說具有的勸懲意識，使讀本小說也強調實用的教化功能，而非單純提供娛樂，而後期讀本小說除了開始長篇創作之外，由於多模仿《水滸》、《三國》等歷史演義而創作，是以可視爲歷史小說，因爲吸收中國白話小說的書寫方式，故此類讀本小說已逐漸脫離日本歌舞伎、淨琉璃等演劇的影響，形成一種具有中國演義小說風格的作品。

[16] 朱眉叔，頁109-110；陳慶浩，頁11。

[17] 李樹果，頁205-206。

　　值得注意的是，由於標榜翻譯的過程與相關的傳播與影響，呈現
了日人作家對當時清人翻譯之應有形式進行想像，書中署有「此書清人
譯我邦俗院本者，近，海舶載來，不亦珍異乎？是以請一先生傍附國訓
（音讀）以命梓公世，冀備君子閑燕之覽采云爾。」即刻意強調該書由
東自西的傳播過程，雖未明確說明書籍之流傳與獲得，又署乾隆五十九
年（1794）正月上元鴻濛陳人誌〈忠臣庫題辭〉云：

> 鴻濛子嘗閱市獲奇書，題曰：《忠臣庫》。披之，則稗史
> 之筆蹟而錄海外報讎之事，爲好事家譯異域之俳優戲書
> 也。惜哉，其文鄙俚錯誤，有不可讀者，是以追卓老《水
> 滸》之跡，潤色訂補，以備遊宴之譚柄焉耳。

提及清人重譯的背景，同時以清人角度加以評述解題，所謂「錄海外報
讎之事，爲好事家譯異域之俳優戲書也」「追卓老《水滸》之跡，潤色
訂補」，顯然以清人立場說明並評價《海外奇談》，藉以型塑該書確爲
清人翻譯的日本之作之印象。

　　值得注意的是，《海外奇談》僞托具有中國翻譯的背景，表現了當
時日人作家的「海外」印象，此一「海外」，實即中國，亦即對中國白
話小說的概念與理解加以設想並表現；另一方面，於此印象中，日人作
家也模擬了當時「清人」對日本可能具有的「海外」想像，如第四回提
及櫻花時，所謂「東人性命，比這活花」，「東人」實爲中國人對日本
人之指稱，可見此類用法既是日本作家對中國的印象與說明語氣，同時
加以模擬，具有對話與設想的背景。因此，此類日人作家的假托與型塑
現象實具有雙重的層次，既是日本對中國小說形式與價值精神之想像，
也同時設想中國人對日本的可能想像。除文本外，序跋也承襲中國經典
與文化精神，也展現了中國文史之典故、句型或意象，傳統故實與通俗
小說之內涵與風格相互融合，使整體文章呈現豐富深刻之文學意象，讀

者得以領略上下古今，相互綜合理解，不僅是文史典故或文化符號之沿襲，更發揮故實辭彙中的精神內涵與意蘊。

就文學傳播與交流層面而言，《海外奇談》為求宣傳招徠而強調作品曾西傳至中國且加以翻譯，其後並又東渡回日本的傳播背景，使其中的中國白話小說之形式，如辭彙、章回形式、相關故事或典故的引用，以及價值觀點，皆顯現了作者對中國章回小說形式特徵之認知與介入，而非單純的改寫結果，其中更反映了當時日人對中國白話小說的文類概念與價值意識，其中顯現，當時日本作家如何對海外中國進行想像，且同時想像清人對日本的印象並加以型塑，其間實有錯置互換與對話改造的內涵。

《海外奇談》如此的標榜與安排內涵，實可視為比較文學研究中的影響、接受與介入之例。其中有單純承襲、改造新創與自我審視等現象。由模擬中國章回小說形式的書寫現象與假托清人翻譯的背景合而觀之，可見日本作家有意型塑中國人作品之自覺，形成日本讀本小說之特殊現象。顯現了當時日本小說作家所受到的中國文學影響與模擬現象，另一方面，其人亦對改寫中國小說有所意識與自覺，不僅從事實際改寫，也同時自我解構此一改寫行為，創作改寫之同時，也進行自我詮解與刻意型塑，而日人作家認知內容中顯然有某種程度的中國白話小說之印象，藉此以為模擬之根據與對照，乃至對其人改寫小說之行為進行思索與解釋，不言改寫卻假托清人翻譯，實有其文學模擬與比較之自覺，實際呈現的作品與相關背景，又如其中序跋、評點或註解等書寫活動即是中國書寫模式的模仿，就撰寫序文本身而言，亦即為書寫形式的自覺模擬，其中對於文本內容或寫作背景，乃至中國傳統道德規範或價值精神皆有所闡釋，凡此實皆可視為特定時期日本小說作家的中國文學心靈與白話小說圖像。

結　語

　　《海外奇談》實爲《忠臣庫》,因假托曾有中國人之翻譯而易名之,本事雖有武士道精神,且加入日人名諱與事件時空,但卻模擬《水滸傳》的體例,藉由章回體之書寫模式,加入詩詞韻文,多方徵引文史典故,引用正統典籍或通俗故事之語彙或句型等特徵,以及評點文字,多方呈現中國小說的形式特徵與傳統價值觀,表現了日本江戶時期對中國白話小說的認知圖像與自覺心靈,無論是就商業宣傳或文學影響與接受而言,此一域外想像與有意的型塑,於改寫之同時又強調曾流傳中國並被翻譯的背景,可視爲是日本作家接受中國小說後的一種新變與自覺,反映了日本作家對外國或說中國文學的態度,以及創作者的文學觀點及本國的文學時尚,此一現象於日本漢文小說發展過程中,呈現不同國家的文學傳播、接受乃至影響發展等意義,也是日本模擬中國小說,進而創作日本小說的發展過程中,值得注意的現象。

引用書目

一、專書

《海外奇談》，文政三年本，日本仙臺東北大學圖書館狩野文庫藏。

石崎又造，《近世日本に於ける支那俗語文學史》，東京：清水弘文堂書房，1967。

李樹果，《日本讀本小說與明清小說：中日文化交流史的透視》，天津：天津人民出版社，1998。

劉介民，《比較文學方法論》，臺北：時報文化出版公司，1990。

二、單篇論文

朱眉叔，〈從《忠臣庫》談到中國通俗小說對日本的影響〉，春風文藝出版社編，《明清小說論叢》第三輯，瀋陽：春風文藝出版社，1985，頁 89-114。

陳慶浩，〈古本漢文小說辨識初探〉，中正大學中文系、語言語文學研究中心編，《外遇中國：中國域外漢文小說國際學術研討會論文集》，臺北：臺灣學生書局，2001，頁 1-23。

李時人、楊彬，〈中國古代小說在日本的傳播與影響〉，《復旦學報社科版》，2006 年 3 期，頁 121-130。

（原載於彰化師大《國文學誌》22 期，2011.06）

第五章
話語的影響轉化

以經史解小說：試析金聖歎《水滸傳》評點的天倫想像與相關意義

前　言

　　古典小說評點乃依賴小說而生的文本，彼此相互對照發明，評點者藉以提供相關主張與判斷。金聖歎（1608-1661）評點《水滸傳》亦然，其於敘事文法、話語、觀點等有所融合分析，然值得注意的是，金聖歎於指陳筆法與文章藝術之同時，實有其維護傳統之主張，展現相當之批評《水滸傳》之主體性。[1]

　　另一方面，就其腰斬改編小說情節而自成面目，甚至對小說文本之反省或修正，亦得見其此一傳統價值之側重。金聖歎評點《水滸傳》之崇禎十四年，爲天災饑饉、亂賊橫行的政治時空，[2] 甚至因賊寇標榜《水

---

[1] 據譚帆，《中國小說評點研究》（上海：華東師範大學出版社，2001），頁108，金聖歎批點《西廂記》云：「聖歎批《西廂記》是聖歎文字，不是《西廂記》文字。」張竹坡亦謂：「我自作我《金瓶梅》，我何暇與人批《金瓶梅》也哉？」

[2] 如陳衛星，〈明清時期水滸傳禁燬情況考論〉，第四屆中國古籍數字化國際學術研討會論文集[C]. 2013/8/16以爲，崇禎十二年至十四年李青山聚眾起義與《水滸》之類似，李青山爲俠義之士，極重江湖兄弟之情，與《水滸傳》中的梁山好漢類似。在起事過程中，李青山等人均有意無意地從《水滸傳》中得到了一些啓發。首先，李青山起事的原因，是出於天災人禍，實屬情不得已。崇禎十二年至十四年，山東連年遭受乾旱，加之蝗災爲害，疫病流行，糧食數年失收，人民衣食無著，生活窘迫，慘不忍睹。並引《明史》卷三十〈志第六〉所載：「（崇禎）十二年，兩畿、山東、山西、陝西、江西饑。河南大饑，人相食……。十三年，北畿、山東、河南、陝西、山西、浙江、三吳皆饑。自淮而北至畿南，樹皮食盡，癱瘁殣以食。十四年，南畿饑。……畿南、山東泲饑。德州斗米千錢，父子相食，行人斷絕。大盜滋矣。」在災荒之中，社會風氣明顯向壞，搶盜之風盛行，官府無暇顧及。又引清代宋起鳳，《稗說》，南京：江蘇人民出版社，1982年，第40頁之記載：「崇禎辛巳（1641，即崇禎十四年），海內大饑，石米金數鎰，河北山左逆旅間，爭相刲人餉客，客隻身徒手匿足不敢前。關西盜蜂起，中原數千里兵燹，所在皆是。」在這樣的情況下，「青山同弟號招平昔羽黨，掠取遠近馬匹兵仗，聚數千人，據梁山爲巢」既是求生，也是自保，頗有「逼上梁山」之意。

澔》梁山泊之聚義，使明朝官員質疑《水滸傳》之正當性。[3] 面對犯上作亂的小說文本《水滸傳》，金聖歎對於小說中禮教瑕疵與自我價值表現實有焦慮。[4] 而既有文獻往往以爲金聖歎評改《水滸傳》有其矛盾雙重性，對於皇權維護與綠林英雄之態度顯得矛盾衝突，評點中即顯現其對話意圖與話語權。[5]

　　於此，本文擬以既有研究對金聖歎思想矛盾多重性，既維護禮教，卻又肯定水滸綠林人物以爲思考基礎，同時以金聖歎《水滸傳》評點的文人議論傾向與閱讀取向，分析金聖歎以其既有的文史知識背景與價值意識，利用經典符號與經學內涵如何進行《水滸傳》之評點，分析其對於史進、宋江、解珍、武松、李逵與何清等人孝悌言行進行批判與價值確認，以探討其如何以天倫想像與解釋方式進行小說《水滸傳》之內涵解釋與精神確立。

3　如崇禎十五年即有左懋第以爲《水滸傳》是賊書妖書，上書要求禁《水滸傳》，〈左懋第謹題爲再陳息盜要著事〉，見中研院編印：《明清史料》乙編第十本（影印本），下冊，北京：北京圖書館出版社，2008年，第701頁。所謂「以宋江等爲梁山嘯聚之徒，其中以破城劫獄爲能事，以殺人放火爲豪舉，日日破城劫獄，殺人放火，而日日講招安以爲玩弄將吏之口實。不但邪說亂世，以作賊無傷，而如何聚眾豎旗，如何破城劫獄，如何殺人放火，如何講招安，明明開載，且預爲逆賊策算矣。臣故曰：此賊書也。」「此書荒唐不經，初但爲隸傭聲工之書，自異端李贄亂加圈獎，坊間精加繢刻，此書盛行，遂爲世害。而街坊小民將宋江等賊名畫爲紙牌，以賭財物，其來尤久。小民一拈其事，不至於敗行蕩產不止。始爲游手之人，終爲穿窬劫掠之盜，弊全坐此。皆《水滸》一書爲之崇也。」「臣思皇帝崇經右文，方且表掌周、程、朱、邵、張子之書，以正一世之人心，而此等邪亂之書，豈可容存天地間以生亂萌以煽賊焰哉？臣請自京師始，《水滸傳》一書，書坊不許賣，士大夫及小民之家俱不許藏，令各自焚之。乃傳天下，凡藏《水滸傳》書及板者，與藏妖書同罪。」

4　陳蕾、程華平，〈金聖歎話語權力的多維生成探究——以「扶乩降神」與「小說評點」爲考察物件〉，《古代文學理論研究》2021年1期，頁362及頁369-371以爲，金聖歎於1639結束已失去信任的扶乩活動，於1641年進行小說《水滸傳》評點，以期在此獲得群眾甚或文人信任，並企圖掌握政治話語權。

5　如李金松，〈金批水滸傳批評方法研究〉，《漢學研究》20:2（2002），頁229-230，以爲金聖歎刻意強調春秋褒貶大義，並由此角度刪改文本以使契合自己的批評意圖。又如許麗芳，〈試析金聖歎《水滸傳》評點中的文人之議〉，《成大中文學報》57期，2017，頁174，嘗試解決金聖歎《水滸傳》評點中價值觀點之矛盾，並強調其詮釋自覺，以文人角度理解金聖歎評點之思想脈絡與可能解釋。關注層面包含金聖歎的庶人背景、具有著述與批判使命感的士人身分，以此嘗試連結包括庶人橫議、著述孤憤與運事修辭、隱喻褒貶等內涵。強調金聖歎於評點中如何展現詩性關懷與人生姿態。

　　金聖歎以文人姿態評點《水滸傳》，論者指出，知識分子是被統治的一部分，他們擁有權力且由於佔有文化資本，甚至足以對文化資本施加權力，而被授予某種特權。其中經學或即為其人之元資本。[6]是以，本文亦將探討評點如何利用歷代文史文本之融合互見，以特定語彙符號構成另一種隱喻領略之文本系統，此一再創作的文本之意識，未必依循小說之價值脈絡，而是確立評點者之特定價值主張，成為展現其人學養與識見之個人空間，本文關注此類文史符號如何深化小說情節所具有的文史傳統與價值對話之內涵，以及轉化了小說之文類特徵與變化，即具有如詩史般的興寄層次，形成另一種小說特徵的視野。

一、聚焦孝悌精神以廓清忠義標榜

　　面對犯上作亂的小說文本《水滸傳》，金聖歎評點訴求對天倫價值之嚮往與肯定，或可視為對禮教淪喪之補救與匡正。評點以孝為中心加以論述，由此確立忠恕與悌弟之內涵，對綠林好漢之忠與悌之言行加以檢視評價，以質疑綠林好漢所訴諸之「忠義」二字。所謂忠臣出於孝子之門，既以此駁斥宋江忠孝之虛假舉止，另一方面則極力推崇武松與李逵等人之孝悌，忽略其人之世俗罪行，強調孝悌及忠恕當出於天性，以及天真良善之可貴，顯見金聖歎評點實以倫理為批評取向，並以此確立褒貶人事之依據。

（一）確立孝行為忠義核心

　　金聖歎於聚眾落草故事中強調天倫行止，顯現其對倫理價值的期

6　吳子林，《經典再生產：金聖嘆小說評點的文化透視》（北京：北京大學出版社，2009），頁214，布厄迪克文化生產場在權力場域中是一個被統治的地位。知識分子是被統治的一部分，他們擁有權力且由於佔有文化資本（甚至足以對文化資本施加權力），而被授予某種特權。經學，或為知識分子之元資本，從中維護王權，也可限縮王權。

待，另一方面，也表現對前此袁本與容本《水滸傳》情節及思想之質疑，金聖歎藉改換情節、評點主張以落實個人意見。如第一回總批評王進之孝，以爲王進孝子當亦忠臣，尊之榮之尚且不及，反遭逼之去之，且其後又有史進者，可見《水滸傳》一如稗史，蘊藏褒貶意識。其文云：

> 吾又聞，古有「求忠臣必於孝子之門」之語，然則王進亦忠臣也。孝子忠臣，則國家之祥麟威鳳、圓璧方珪者也。橫求之四海而不一得之，豎求之百年而不一得之。不一得之而忽然有之，則當尊之，榮之，長跽事之。必欲罵之，打之，至於殺之，因逼去之，是何爲也！王進去，而一百八人來矣，則是高俅來，而一百八人來矣。王進去後，更有史進。史者，史也。寓言稗史亦史也。夫古者史以記事，今稗史所記何事？殆記一百八人之事也。記一百八人之事，而亦居然謂之史也何居？從來庶人之議皆史也。庶人則何敢議也？庶人不敢議也。庶人不敢議而又議，可也？天下有道，然後庶人不議也。今則庶人議矣。何用知其天下無道？（頁 12）[7]

金聖歎以爲，天下無道，故庶人不免有議，庶人之議皆史也，於此建立議論主張之方向與基礎。第一回評點亦言，「子弟仁義」，「以年月日記，如史記筆法」，並言王進「子母二人，孝子如畫」，「史進送王進，悌弟如畫」，凡此皆強調史進之出場與行止經歷之意義，即其具備孝親仁義之內涵。於此，金聖歎已指出小說有微言寓言之內在，提醒讀者應有之閱讀角度，以此確立其於綠林基礎談論天倫之苦心與合理性。

---

[7] 本文所引用金聖歎評點《水滸傳》原文據明‧施耐庵著、清‧金聖歎批評，《水滸傳》（長沙：岳麓書社，2006），下文不贅註，僅於引用段落註明頁碼。

　　金聖歎強調孝悌，以爲此至情當出於天性自然，非刻意之外在修
爲，對於魯智深、武松與李逵之肯定自不待言，即使宋江，亦承認其有
至情之處，如三十四回，金聖歎評點宋江分咐燕順「不是我寡情薄意，
其實只有這個先父記掛」之言時，以爲「『只有這個』四字，是純孝之
言。然『只有』二字，又妙在『只』字；『這個』二字，又妙在『這』
字。中間便有昊天罔極，父一而已等意，勿以宋江而忽之也。」金聖歎
固然質疑宋江忠與孝之表現，於此仍肯定宋江當下之孝思，所謂純孝在
於不假思索之天性表現，亦爲金聖歎所極力維護主張者。

　　又如第四十二回李逵返家取母一節，自是金聖歎著力論述之處，其
評李逵乃因眞孝子，故能愛重孝子，「從來眞正孝子，定能愛重孝子，
宋江不許李逵取娘，便是宋江一生供狀，寫得眞假畫然」。也因此輕信
李鬼「孩兒今番得了性命。自回家改業，再不敢倚著爺爺名目在這裡翦
徑」之言，金聖歎以爲，李逵之所以爲李鬼藉孝子之名所騙，在於李逵
具有忠恕同理心，「孝子之心，只是一片忠恕，寫得妙絕」。又比較李
逵「既然他是個孝順的人，必去改業。我若殺了他，天地必不容我」之
推想，以爲「兩句天地不容，罵殺宋江矣。」（頁495）眞孝子故能愛
重孝子。既是孝子，自能體認孝子心思，且強調李逵孝親亦敬兄，如本
回夾評云：「未有孝子而非悌弟者也，寫李逵歸家，口口哥哥，因還憶
宋江怒罵宋清，蓋眞假之不能終掩有如此也。」同時以爲，李逵「我若
說在梁山泊落草，娘定不肯去；我只假說便了」之思量，乃出自孝心，
此與宋江完全不同，「宋江對人假說，李逵對娘假說。對人假說，是眞
強盜；對娘假說，是眞孝子。蓋對人假說，是做人方法；對娘假說，是
爲子方法也」。李逵之說乃爲子之道，而非計算使然。同稱爲孝子，
金聖歎比較其間心意行止之眞假虛實，有天壤之別。[8]其後並以李逵因母

8　有關「孝」之比較，如第十八回金聖歎於敘述阮小二選兩隻棹船之評點：「王進娘自到
　　延安府去，此娘卻入水泊裡來。天下無不是的娘，只是其所由來有漸耳，做娘可不愼
　　哉！把娘二字，成文可笑。王進扶娘，是孝子身分，阮二把娘，是逆子身分。至後來李
　　逵背娘，則竟是惡獸身分矣。」（頁205）

爲虎所噬，大哭一場，以爲「生盡其愛，養盡其勞，葬盡其誠，哭盡其哀，眞正仁人孝子，不與宋江權詐一樣」（頁500）藉以肯定李逵孝行，並與宋江相關言行相對照。

至於李逵喪母一節，金聖歎尤加著墨宋江反應，以爲衆人不笑，唯獨宋江對於李母被虎吃了一事大笑，正是譏諷宋江自許忠孝之虛假，其文云：

> 大書宋江大笑者，可知衆人不笑也。夫娘何人也？虎吃何事也？娘被虎吃，其子流淚，何情也？聞斯言也，不必賢者而後哀之，行道之人莫不哀之矣。江獨何心，不惟不能哀之，且復笑之；不惟笑之而已，且大笑之耶？天下之人莫非子也，天下莫非人子，則莫不各有其娘也。江而獨非人子則已，江而猶爲人子，則豈有聞人之娘已被虎吃，而爲人之子乃復大笑？江誰欺，欺太公乎？作者特於前幅大書宋江不許取娘，於後幅大書宋江聞虎吃娘大笑，所以深明談忠談孝之人，其胸中全無心肝，爲稗史之橋杌也。
> （頁507）

以爲此節正爲稗史之橋杌，「作者特於前幅大書宋江不許取娘，於後幅大書宋江聞虎吃娘大笑，所以深明談忠談孝之人，其胸中全無心肝，爲稗史之橋杌也」，強調宋江「被你殺了四個猛虎，今日山寨裡添得兩個活虎，正直作慶」之言，乃「不悲別人無娘，但誇自家添虎。不弔孝子，但慶強盜，皆深惡宋江筆法。」（頁507）於此特意著墨宋江善惡忠奸自辨的筆法，再次強調其虛僞忠義標榜。

事實上，金聖歎於此節有所刪略，袁無涯本百二十回本《水滸傳》四十四回內容有所差異，其敘述原爲：

李達拜了宋江，給還了兩把板斧，訴說取娘至沂嶺，被虎吃了，因此殺了四虎。又說假李達剪徑被殺一事。眾人大笑。晁、宋二人笑道：「被你殺了四個猛虎，今日山寨裏又添得兩個活虎，正宜作慶。」眾多好漢大喜，便教殺羊宰馬，做筵席慶賀兩個新到頭領，晁蓋便叫去左邊白勝上首坐定。9

百回本《水滸傳》四十四回則爲：

李達訴說取娘至沂嶺，被虎吃了，因此殺了四虎。又說假李達剪徑被殺一事。眾人大笑。（眉批：他的娘被老虎吃了，倒都大笑起來，絕無一些道學氣，妙！妙！）晁、宋二人笑道：「被你殺了四個猛虎，今日山寨裏又添得兩個活虎上山（也聰明），正宜作慶。」10

眾人大笑乃因「假李達剪徑被殺一事」及「取娘至沂嶺，被虎吃了」，李贄以爲此絕無一些道學氣，有其刻意強調天性純眞之跡，與金聖歎之道德關注不同。金聖歎改易俗本情節敘述，強調宋江因李達說「爲取娘至沂嶺，被虎吃了」而大笑，藉以批判宋江言行失當與虛假，可見金聖歎對宋江之主觀認定與評價，且再次主張其倫理價值與應有內涵。

綠林豪傑面對父母孝行與兄弟義舉，實有其抉擇背景與解釋內涵，尤其小說中表現出「義氣」、「大義」等同於骨肉等關係，擴大解釋「四海之內皆兄弟」，如第三回趙員外對魯達說：「四海之內皆兄弟

9 明・施耐庵、羅貫中著，李泉、張永鑫校注，袁無涯本《水滸全傳校注》（臺北：里仁書局，1994），頁750。
10 明・施耐庵、羅貫中著，李贄評點，容與堂本《水滸傳》（上海：上海古籍出版社，2007），四十四回，頁644。

也」，對此，金聖歎評點以爲：「泛然讀之，可笑可醜，而今人猶津津言之。」（頁43）明顯不以爲然，第四十三回楊林對石秀亦有「四海之內皆兄弟也」之語（頁513），金本與袁無涯本於對話皆無評點，然李贄批本則以爲，「太文雅些」。[11]「四海之內皆兄弟」語出《論語・顏淵》第十二，前提爲「敬而無失，與人恭而有禮」，金聖歎質疑綠林好漢者，即在於其人未能安命修己，僥倖行險，自亦無法認同彼所謂兄弟之義。[12]

事實上，綠林好漢的倫理觀念與紳士階級亦有不同，眾人對於李逵取母卻因而喪母的悲慘事實未有安慰甚至大笑，此不同於一般良民社會之倫理觀念。[13]金聖歎則以其價值觀點加以質疑，凸顯所謂孝悌應有之精神，可見其文人閱讀取向與認知前提，且其於褒貶眾好漢言行之同時，也再次確立所主張之價值觀點。是以，對於宋江之倫理行止，多有責備，如第三十五回於宋江「梁山泊苦死相留，我尚兀自不肯住，恐怕連累家中老父」之表白，以爲「看他處處自說孝義，眞是醜極。」「純孝不在口說，以口說求得孝子之名，甚矣，宋江衣鉢之滿天下也！」（頁414）即指出宋江自說孝義之醜陋，以爲純孝不在口說，宋江言行自證其不孝不義，又於三十六回引用《孟子》：「臨死猶爲此言，即孟子所謂久假而不歸，惡知其非有也。」（頁423）評論宋江「爲因我不敬天地，不孝父母，犯下罪責，連累了你兩個」言語之虛假。

11　明・施耐庵、羅貫中著，李贄評點，容與堂本《水滸傳》（上海：上海古籍出版社，2007），四十四回，頁652。

12　《論語・顏淵》第十二：「司馬牛憂曰：『人皆有兄弟，我獨亡！』子夏曰：『商聞之矣：死生有命，富貴在天。君子敬而無失，與人恭而有禮。四海之內，皆兄弟也。君子何患乎無兄弟也？』」見宋・朱熹，《四書集註》（臺北：學海出版社，1984）《論語》下論卷六，頁133-134。

13　薩孟武，《水滸傳與中國社會》（臺北：三民書局，2018），頁11，以爲紳士階級的道德是孝，而流氓階級的道德是義，重視義氣，士爲知己者死乃下層階級的道德觀念，由此解釋李逵成爲綠林一員後，「雖勤於孝思，回家取娘，然而半路就送給老虎充飢」的情節，以爲「這個事情可謂是世上最悲慘的事，然而李逵回山，訴說殺虎一事，宋江竟然大笑，眾好漢也沒有安慰的話」，乃因道德倫理觀念已不同於一般社會階級。

又五十一回〈總評〉再次以李逵與宋江對照，云：

> 此書極寫宋江權詐，可謂處處敲骨而剔髓矣。其尤妙絕
> 者，如此篇鐵牛不肯為聳陪話處，寫宋江登時捏撮一片好
> 話，逐句斷續，逐句轉變，風雲在口，鬼蜮生心，不亦怪
> 乎！夫以才如耐庵，即何難為江擬作一段聯貫通暢之語，
> 而必故為如是云云者，凡所以深著宋江之窮凶極惡，乃
> 至敢於欺純是赤子之李逵，為稗史之《檮杌》也。（頁
> 596）

以為宋江之鬼蜮權詐對照李逵之赤子天真，乃《水滸》作者之褒貶微
言，提醒讀者所應著意之處。並於第十七回質疑宋江之孝義，「世人讀
《水滸》而不能通，而遽便以忠義目之，真不知馬之幾足矣」，又如
三十四回指出宋太公之言，以證宋江之不孝：

> （宋太公云：）「是我每日思量見你一面，因此教四郎只
> 寫道我歿了，你便歸來得快。我又聽得人說，白虎山地面
> 多有強人，又怕你一時被人攛掇落草去了，做個不忠不孝
> 的人；為此，急急寄書去喚你歸家。」（頁405）

以為「作者特特書太公家教，正所以深明宋江不孝。而自來讀者至此，
俱謬許其為忠義之子，斯真過矣」。評論宋江未能真正體認太公思子
擔憂之情，實為不孝，自亦難為國家忠臣，以證宋江標榜孝義忠義之大
謬，以為太公言語正可看出小說作者之微言大義之史筆，又如四十一回
批評宋江不許李逵歸家取娘，「《詩》云：孝子不匱，永錫爾類。今宋
江於己則一日不可更遲，於他人則毅然說使不得，天下有如是之仁人小
子乎？」除藉批判宋江，也否定《水滸傳》綠林落草為寇犯上作亂之合
理性。

（二）著眼悌弟之純真本質

　　至於兄弟情誼，更為金聖歎所著重發揮者，並於二十六回之言武
松為武大殺嫂雪仇，對四家鄰舍所說：「小人因與哥哥報仇雪恨，犯罪
正當其理，雖死而不怨」之言語，評點云：「天在上，地在下，日月在
明，鬼神在幽，一齊灑淚，聽公此言」，強調天倫泯喪之哀戚與情感
之張力，對於武松「小人此一去，存亡未保，死活不知。我哥哥靈床子
就今燒化了」託付四鄰之言，更表示：「讀之心痛。兄弟二人，一死於
仇，一將死於報仇，想其父母在地下，不知相顧作何語。」（頁312）
武松、武大遭遇，兼具親子兄弟之反思張力，故評點強調天倫悲哀，所
謂兄弟二人，一死於仇，一將死於報仇，其父母當作何語，評點意識到
父母兄弟於此間之衝突與傷感，除凸顯情節人事之張力，亦呈現金聖歎
的主觀理解與歎惋。

　　又如二十三回敘述武二臨別之際吩咐武大之情景，金聖歎以為「今
讀其『兄弟去了』四字，何其爛熳淋漓，天文彌至也。我讀之而聲咽氣
盡，不復能贊之矣」（頁269）更肯定武大兄弟之友愛出於天性至性，
故令人敬愛，亦即金聖歎所欲提醒讀者且再三強調者。武大之視武松，
如兄如父，武松之視武大，亦如兄如父，父子兄弟為天性，情感出於天
然，而非如小人之矯飾虛文，亦非刻意學習而為之，二人發揮本初真
性，實為可貴之處。如第二十三回〈總評〉即云：

　　　寫武二視兄如父，此自是豪傑至性，實有大過人者。乃吾
　　正不難於武二之視兄如父，而獨難於武大之視二如子也。
　　曰：「嗟乎！兄弟之際，至於今日，尚忍言哉？一壞於乾
　　餱相爭，鬩牆莫勸，再壞於高談天顯，矜餙虛文。蓋一壞
　　於小人，而再壞於君子也。夫壞於小人，其失也鄙，猶可
　　救也；壞於君子，其失也詐，不可救也。壞於小人，其失

也鄙，其內即甚鄙，而其外未至於詐，是猶可以聖王之教教之者也；壞於君子，其失也詐，其外既甚詐，而其內又不免於甚鄙，是終不可以聖王之教教之者也。故夫武二之視兄如父，是學問之人之事也；若武大之視二如子，是天性之人之事也。由學問而得如武二之事兄者以事兄，是猶夫人之能事也；由天性而欲如武大之愛弟者以愛弟，是非夫人之能事也。作者寫武二以救小人之鄙，寫武大以救君子之詐。夫亦曰：兄之與弟，雖二人也；搽厥初生，則一本也。一本之事，天性之事也，學問其不必也。不得已而不廢學問，此自為小人言之，若君子，其亦勉勉於天性可也。」（頁259）

武松視兄如父，自為豪傑至性，而金聖歎強調，武大之視弟，如父之視子，此尤其難得。兄弟二人尊敬孺慕之情兼而有之，此為金聖歎所極力盛讚之人倫天性，以為聖王之教當即此，「作者寫武二以救小人之鄙，寫武大以救君子之詐」，得見評點之教化取向與純真天性之主張。

同為骨肉兄弟之天倫情感，何清兄弟之互動對待則令金聖歎痛心，如第十六回〈總評〉云：「至末幅，已成拖尾，忽然翻出何清報信一篇有哭有笑文字，遂使天下無兄弟人讀之心傷，有兄弟人讀之又心傷，誰謂稗史無勸懲乎？」其後於眉批亦云：「何清與阿嫂交口，另作一篇小文讀，蓋〈棠棣〉之詩，遜其婉切矣。」於夾評亦多有喟嘆，以為，何清「哥哥忒殺欺負人！我不中也是你一個親兄弟！」「哥哥每日起了大錢大物，那裡去了？做兄弟的又不來，有甚麼過活不得處」（頁190-191）之諷刺言語，其委婉怨懟可見兄弟情分之疏薄，「真說得痛」令人痛心。對兄弟於天倫之缺憾，亦凸顯作者隱微的責難筆法。

　　另一方面，評點亦強調，何清「兄弟何能救得哥哥？」的自嘲，實「罵得好，說得透」。「兄弟哥哥四字，是一篇文字骨子，兄弟何曾救得哥哥，乃通說天下哥哥不要兄弟之故，非何清自謙救不得何濤也。」又以為，何濤稱何清「好兄弟」以求助，「三字可歎，自兄弟二字上，增出一好字，而天下哥哥之不以兄弟為兄弟也久矣，夫兄弟即安有不好者哉？」（頁191-192）諷刺何濤之不以兄弟為兄弟久矣，此為評點慨歎之所在，既為兄弟，安有不好者，然兄弟間卻難互助互愛，危難之際，兄弟情分當如何顯現，亦為評點之反省者。而何清大嫂「胡亂救你哥哥，也是弟兄情分」之言，正是「何清一片心事，是作者一團隱痛，是一篇文字結穴處」。而何清「你須知我只為賭錢上，吃哥哥多少打罵。我是怕哥哥，不敢和他爭涉。閑常有酒有食，只和別人快活，今日兄弟也有用處！」之回應，金聖歎更以為，「說得透，罵得好。」「言之至再至三者，亦所以省發〈棠棣〉一章也。」（頁192）所謂兄弟情分，正是何濤、何清兄弟平常所欠缺者，有福未能同享，有難自亦難同當，金聖歎以為，何清之言，實足以審視《詩經‧棠棣》之旨。評點於何濤央求何清透露消息時，亦有所論述，哥哥兄弟，實具有可貴倫理價值，且所求不多，只求符合常情足矣。

　　評點強調：「（好兄弟）三字可歎，自兄弟二字上，增出一好字，而天下哥哥之不以兄弟為兄弟也久矣，夫兄弟即安有不好者哉？」也是其哀痛之所在，未能顧念兄弟手足，實足悲歎，小說作者藉何清之怨言，呈現何清對於弟兄手足情分之期待，「夫哥哥兄弟，有何好處，有何歹處，只須常情足矣，固知二語，定非何清之所願聞也」（頁192）也是作者之人倫期許。其後甚至強調，《水滸傳》作者「真有人倫之責天下萬世，其奈何不讀《水滸》也？」評點指出作者之指責與痛心，閑常酒肉朋友無法濟助危難，仍有待兄弟相互扶持，如此的對照，顯出何濤失於兄弟常情及何清之怨，正如評點所謂，弟兄情分是「作者一團隱痛」，亦即反省孝悌倫理之失落。

　　至若無血緣關係之兄弟情誼，則尤爲《水滸傳》描寫面向，對此，金聖歎亦有所對照分析，如二十七回總評武松之感於張青夫妻對待，其文云：

> 作者忽於敍事縷縷中，奮筆大書云：「武松忽然感激張青夫妻兩個。」嗟乎！眞妙筆矣。「忽然」二字，俗本改作「因此」字，又於「兩個」下，增「厚意」字，全是學究注意盤飧之語，可爲唾抹，今並依古本訂定。（頁321）

金聖歎以人情及文理角度分析武松因張青夫妻而產生的孺慕感傷之情，以爲「忽然」二字方能顯現武松之感受，而俗本爲「因此」二字，[14] 則僅是如實記錄，並未注入武松心境，並比較武大生前死後武松心境之變化與傷感，此來自兄弟實本初天性之表現，如二十七回武松面對張青和孫二娘之送別，忽然感激，金聖歎以爲：

> 上東京時，嫂嫂不送出門前，還有哥哥送出門前也。到得配孟州時，已並無哥哥送出門前。天下爲兄弟者，不止一人，亦有如是之怨毒者乎？今忽然於路旁萍水之張青夫婦，反生受其雙雙送出門前。親兄武大，靈魂不遠，今竟何在哉？忽然感激，灑出淚來，武二天人，故感激灑淚也。（頁323）

以張青夫妻之待武松，對照武松、武大之兄弟生死相隔與武松之灑淚，也反省至親或怨毒，陌路或關愛等兄弟情誼之參差。

---

[14] 明‧施耐庵、羅貫中著，李贄評點，容與堂本《水滸傳》二十八回：「武松因此感激張青夫妻兩箇厚意」，頁400。

相較於骨肉兄弟，結盟弟兄有時更甚於友愛，此亦爲評點所感慨者。[15] 如五十一回李逵感激柴進「官司我自支吾，你快走回梁山泊去」之幫助，「我便走了，須連累你」評點云：

> 至性人語。純是一團道理在胸中，方說得出此八個字來。怪不得他罵人無道理也。必如此人，方能與人同生同死，他人只是聞時好聽語耳。（頁601）

強調李逵之出於真心至性，具有悌弟道理意識，絲毫不假，故能對於結盟兄弟竭誠對待，一如同胞手足真心體恤，而顯其人格。一如五十七回之讚魯智深擔心史進安危而罵朱武，以爲此「罵得奇絕，罵人而人不怨，友道不匱，永錫爾類故也」。並質疑「俗本皆改去，何也？」其後對於魯智深亟思找尋史進，四更即提了禪杖帶了戒刀不知哪裡去，「使我敬，使我駭，使我哭，使我思。」「寫得便與劍俠諸傳相似。」凡此皆可見金聖歎刪改評點《水滸傳》之際，多聚焦天倫價值，凸顯孝悌精神，從而進行忠義內涵之反省，並以此爲基礎對小說人物加以讚賞或責難，對小說情節發展予以理解同情，也將自身思想情感審美趣味乃至生命體驗都融入批評對象中，

金聖歎評點建立在草莽基礎的天倫論述與描繪，以孝悌爲中心，植基於規範瓦解與道德確立之主張，既有宣揚自也有批判，對綠林好漢的言行進行本質擇取，於草莽人物相對完善的言行中，求其絕對真理，強化其間的孝悌天性至情，由此反省忠義內涵，以爲其評論亂臣賊子之前提。也因強調孝悌超越血緣而是訴諸本質精神，使金聖歎對於綠林好漢與結義兄弟之肯定有了合理基礎，而不致有主張之衝突，且得以顯現其

---

[15] 金聖歎於第四十八回顧大嫂又分付火家言：「只說我病重臨危，有幾句緊要的話，須是便來，只有一番相見囑付」之情節而有此感嘆，以爲「大蟲口中又能作此情語，奇妙無比。我年雖幼，而眷屬凋傷，獨爲至多，驟讀此言，不覺淚下」。

政治批判功能。[16]

　　此或可解釋其〈序一〉所謂：「無力以禁天下之人作書，而忽取牧豬奴手中之一編，條分而節解之，而反能令未作之書不敢復作，已作之書一旦盡廢，是澤聖歎廓清天下之功，爲更奇於秦人之火。」「雖不敢爲斯文之功臣，亦庶幾封關之丸尼也。」（頁9）以其著眼天倫之論述以觀，金聖歎實取孝悌之絕對價值以爲褒貶是非的原則，也是其認定《水滸傳》之所以作的大旨，而非取決於其對個別綠林好漢特例言行之肯定，關注者爲是非價值與筆削文心，強調本質精神而非表面叛道離經之情節。

二、善用文史隱喻以深化情節內涵

　　金聖歎內化經史子集之知識背景，於論述倫理價值之同時，積極引用各類文本，以各類歷時文本加以引證，使敘述文字與評點內涵進而衍伸深化。此一特殊的論證方式，未必獲得認同，卻形成不同文本，各層次學術交融與互涉。[17]藉由各式文本之徵引，金聖歎得以展現其話語權力，與權力對話。且爲了強化此一倫理主張，金聖歎有意引用文史經典加以對照佐證，以建立其個人價值論述系統，與小說文本進行閱讀取捨與對話。此類模式具有特定修辭方式與內在，藉此強調作者書寫藝術成就，以及深化其所欲強調的倫理價值與相關批判，同時也形成小說文本之敘事抒情等層次內涵與審美需要。

---

[16] 吳子林，《經典再生產：金聖歎小說評點的文化透視》（北京：北京大學出版社，2009），金聖歎既承認情欲合理性，也同時維護禮教之合理性，彼此或有分歧，與晚明政治游移不定的關係中，顯現其政治文化批判功能（頁230-231）。

[17] 陳蕾、程華平，〈金聖歎話語權力的多維生成探究 —— 以「扶乩降神」與「小說評點」爲考察物件〉，《古代文學理論研究》2021年1期，頁374-375，引廖燕，《二十七松堂集》卷九，民國紅格抄本，言金聖歎之批評：「其升座開講，融匯三教：凡一切經史子集，箋疏訓詁，與夫釋道內外諸典，以及稗官野史，九彝八蠻之所紀載，無不供其齒頰，縱橫顛倒，一以貫之，毫無剩意。」

（一）藉雅俗故實以深化情節內涵

　　金聖歎多方引用正統典籍與文史故實加以輔證，顯然預期讀者具有某種程度的共同文史背景與價值概念，藉以提供讀者另一種隱喻的閱讀取向。如第八回〈總評〉分析魯達救史進之評點即是，其文云：

> 第一段先飛出禪杖，第二段方跳出胖大和尚，第三段再詳其皂布直裰與禪杖戒刀，第四段始知其為智深。若以《公》、《穀》、《大戴》體釋之，則曰：先言禪杖而後言和尚者，並未見有和尚，突然水火棍被物隔去，則一條禪杖早飛到面前也；先言胖大而後言皂布直裰者，驚心駭目之中，但見其為胖大，未及詳其腳色也；先寫裝束而後出姓名者，公人驚駭稍定，見其如此打扮，卻不認為何人，而又不敢問也。蓋如是手筆，實惟史遷有之，而《水滸傳》乃獨與之並驅也。（頁99）

以經典與小說寫作差異分析魯智深之出場筆法藝術，以為此段文字有如《史記》之書寫安排，不似《公羊》、《穀梁》之解經句法，即以旁人眼光關注順序表現魯達之相貌與特徵，由裝束再轉至聲口。於小說閱讀中運用各式經史文本，使評點意見因特定文本之內涵與符號象徵得以強化深化，擴大理解領略層面，也凸顯評點文字邀請讀者指導讀者之特性。[18]

---

[18] 如第二十二回評點武松打虎云：「我常思畫虎有處看，真虎無處看；真虎死有虎看，真虎活無處看；活虎正走，或猶偶得一看，活虎正搏人，是斷斷必無處得看者也。乃今耐庵忽然以筆墨遊戲，畫出全副活虎搏人圖來。今而後要看虎者，其盡於《水滸傳》中，景陽岡上，定睛飽看，又不吃驚，真乃此恩不小也。傳聞趙松雪好畫馬，晚更入妙，每欲構思，便於密室解衣踞地，先學為馬，然後命筆。一日管夫人來，見趙宛然馬也。今耐庵為此文，想亦復解衣踞地，作一撲、一掀、一翦勢耶？東坡〈畫雁〉詩云：『野雁見人時，未起意先改。君從何處看，得此無人態？』我真不知耐庵何處有此一副虎食人方法在胸中也。聖歎於三千年中，獨以才子許此一人，豈虛譽哉！」（頁254）

　　金聖歎論述忠孝倫理論述之主要依據爲儒家價值，自亦多方引用相關文本多予以對照強化。如四十二回〈總評〉實爲儒家忠恕孝敬之論，其文云：

> 「無偏無黨，王道蕩蕩。」嗚呼！此固昔者孔子志在《春秋》、行在《孝經》之精義。後之學者誠得聞此，內以之治其性情，即可以爲聖人；外以之治其民物，即可以輔王者。然惜乎三千年來，不復更講，愚又欲講之，而懼或乖於遁世不悔之教，故反因讀稗史之次而偶及之。當世不乏大賢、亞聖之材，想能垂許於斯言也。（頁491）

> 能忠未有不恕者，不恕未有能忠者。看宋江不許李逵取娘，便斷其必不孝順太公，此不恕未有能忠之驗。看李逵一心念母，便斷其不殺養娘之人，此能忠未有不恕之驗也。（頁491）

金聖歎引用《春秋》、《孝經》、《論語》以佐證其「能忠未有不孝者」之論述，藉辯證忠恕二字以批判宋江之情僞，既不孝於太公，又無法同情李逵取娘之孝心，可見其必不恕，自亦不能爲忠，以正統經典教訓爲基礎，因讀稗史偶及之，故簡要歸納爲「內以之治其性情，即可以爲聖人；外以之治其民物，即可以輔王者」，顯然引用經典教訓深化小說情節人事之臧否內涵。

　　另一方面，金聖歎亦以戲曲《白兔記》烘托李逵歸鄉取母之孝行孝思，於小說敍述李逵「去那露草之中，趕出一隻白兔兒來，望前路去了」，評點即云：

> 傳言大孝合天，則甘露降；至孝合地，則芝草生；明孝合
> 日，則鳳凰集；純孝合月，則白兔馴。閑中忽生出一白
> 兔，明是純孝所感，蓋深許李逵之至也。
> 宋江取爺時無此可知。（頁494）

評點引用大孝合天地，則甘露降、芝草生等歷代普遍信念，又於李逵趕
出一隻白兔情節時，暗引元代南戲《劉知遠白兔記》，以咬臍郎追趕白
兔得見母親李三娘對照尋母途中之李逵趕出白兔，藉由孝順可產生甘露
降、芝草生等祥瑞符應之傳說，再次強調李逵之至性至情乃符應天道自
然，以白兔之意象符號凸顯李逵之純孝大孝，活寫孝感，使小說文本因
此類解讀而具有多重情致。

　　又第四十一回〈總評〉引「信及豚魚」說明孝思之眞誠可貴，以及
必須嚴肅對待的態度，「信及豚魚」乃《易經‧中孚卦‧象》「豚魚吉，
信及豚魚也」之謂，三國魏王弼注以爲：「爭競之道不興，中信之道淳
著，則雖微隱之物，信皆及之。」[19]《梁書‧卷一‧武帝本紀上》則言：
「與夫仁被行葦之時，信及豚魚之日，何其遼夐相去之遠歟！」由《易
經》與史傳之故實內涵之徵引，顯見金聖歎對於忠信之道不興，故生爭
競之感慨與批判，此實爲其對於《水滸》故事中的基本看法，天下之有
道與否，關鍵在於人子是否果爲孝子忠臣，以及對於隱微事物是否亦誠
然以對，不敢欺誑的態度。

　　而五十回總評以李密〈陳情表〉所言祖母處境心境，對照雷橫母之
言語，以見雷橫孝母事實，其文云：

> 今雷橫獨令其母眼睜睜地無日不看，然則其日日之承伺顏

---

19 三國‧王弼注，唐‧孔穎達疏，《周易注疏》，《唐宋注疏十三經》（北京：中華書
　局，1998），頁91。

色、奉接意思爲何如哉！〈陳情表〉曰：「臣無祖母，無
以至今日；祖母無臣，無以終餘年。」雷橫之母亦曰：
「若是這個孩兒有些好歹，老身性命也便休了！」悲哉！
仁孝之聲，請之如聞夜猿矣！（頁583）

「夜猿」一詞也有其詩文典故，如南朝宋蕭繹〈折楊柳詩〉：「寒夜猿
聲徹，遊子淚沾裳」，其他如《世說新語‧黜免》有關母猿尋子斷腸之
記載，以夜猿失子尋子的詩歌典故，提供讀者深刻體會雷母之心情，而
雷母之所以有此心思，實亦在於雷橫之盡心服侍。金聖歎亦於「若孩兒
有些好歹，老身性命也便休了」之言提及，「絕世妙文，絕世奇文，〈陳
情表〉不及沉痛」，以具有孝思內涵的李密陳情表強調雷橫事母之情，
進而藉雷橫以凸顯朱仝既能體認孝子之情，當亦孝子的道理。其文云：

> 朱仝道：「小人自不小心，路上被雷橫走了，在逃無獲，
> 情願甘罪無辭。」（雷橫爲母，朱仝爲友，寫得一樣慷
> 慨。雷橫招承，並無難色，徒以有老母在。朱仝情願甘罪
> 無辭，徒以吾友有老母在也。兩句合來，不過十數字，而
> 其勢遂欲與史公遊俠諸傳分席爭雄，洵奇事也。）（頁
> 590）

朱仝甘罪無辭，在於「吾友有老母在」之理解同情，金聖歎以爲，此
精神得以與《史記》諸遊俠抗禮，乃可貴孝思之發揮。《史記‧遊俠
列傳》籍少安爲免郭解被捕而自殺，[20] 與朱仝因雷橫有母而甘罪無辭，

---

20 漢‧司馬遷著，《史記》，瀧川龜太郎注《史記會注考證》（臺北：洪氏出版社，
　　1986）卷一百二十四〈遊俠列傳‧郭解〉，頁1320，「解亡，置其母家室夏陽，身至臨
　　晉。臨晉籍少公素不知解，解冒，因求出關。籍少公已出解，解轉入太原，所過輒告主
　　人家。吏逐之，跡至籍少公。少公自殺，口絕。」

顯見其亦友孝母之心，同時能理解孝子之情。金聖歎分別引用〈陳情表〉、〈夜猿詩〉、《史記》遊俠相對照，輾轉領略尋思小說情節，所強調者，實為私人情義與廉潔退讓，於此忽略現實違法亂紀行為，此與金聖歎傳統規範觀點看似矛盾，實則表現出金聖歎之苦心與嘗試修正之跡。[21] 所謂「禮失求諸野」，「庶人之議」的慨歎與無奈。

（二）以文史典籍為傳遞隱喻符號

　　金聖歎評點引用文史符號或典故有其前提，即作者、評點者與讀者間之共同文史背景與特定認知與理解模式。[22] 而評點引用的經典詩文篇章於此成為敘述符號，具有隱含訊息，甚至具有補足小說主旨空白之可能意義。

　　如第三十一回武松言其嫂之不仁，與西門慶通姦，評點云：「通姦上坐以不仁二字，妙絕，遂令風情二字，更立不起。」藉由反省「仁」之內在，以仁字的道德規範使男女私情而無立足之地，於手足情誼之感受描繪上，以為武松「藥死了我先兄武大之言」，「諸字哭殺，何也？昔佛入滅後，阿難結集四經，升座初唱如是我聞四字，一時大眾，無不大哭也。日昨猶見佛，今日已稱我聞。今武松別宋江時，猶口口哥哥，見宋江時已口稱先兄。嗟乎！腸斷脈絕，胡可以言也。」（頁367）

　　以阿難感佛陀入滅而泣，日昨尚見佛，今日已我聞，以瞬息變遷的想像對照分析武松「哥哥」與「先兄」之稱謂變化，此一變化乃生死之別，且瞬間已然，以此描述武松腸斷脈絕感受。

　　至第三十回武松言嫂嫂不仁時，金聖歎亦指出：「不仁二字，雅馴

---

21 漢・司馬遷，《史記》，瀧川龜太郎注《史記會注考證》卷一百二十四〈遊俠列傳・序〉，頁1318：「以余所聞，漢興有朱家、田仲、王公、劇孟、郭解之徒，雖時扞當世之文罔，然其私義廉絜退讓，有足稱者。名不虛立，士不虛附。」

22 吳子林，頁214典籍與解釋密切相關，無論是解釋典籍、歷史與文化傳統，解釋為某種程度的理解，凡是理解能觸及到的歷史文化，即意味著經典存在的生命。如此的理解對話是在解釋者的文化背景上開展起來。

之極，卻已斷盡淫婦姦夫矣。」（頁357）以倫理情性的角度批判大嫂之作爲，表現評點者對天倫斷喪之同情與慨歎，以及對於人倫修爲之再次強調與期待，又如三十一回之評點武松送別宋江，「眞正哥哥既死，且把認義哥哥遠送。所謂雖無老成人，尚有典型」（頁369），強調武松之倫理言行之可貴。至如第二十三回以《春秋》強調正名大義，對於武松之稱嫂嫂，評點以爲：

> 潘失嫂嫂之道矣，又稱嫂嫂者何？尊之也。何尊乎嫂嫂？尊之所以愧之也。尊之所以愧之奈何？彼固昵之，我固尊之，彼或怵然於我之尊之，當怵然於己之昵之也。君子修《春秋》，莫先於正名分，亦爲此也。（頁266）

武松尊嫂，在於名分與應有言行規範，然嫂不以其行，尊之正足以愧之，金聖歎以孔子作《春秋》以正名分說明引證，也反映其價值意識與積極主張。同回亦再次以《詩經‧棠棣》分析武大聽聞其妻怒罵武松時的無奈與不樂，其文云：

> 那婦人在裡面喃喃呐呐的罵道：「卻也好！（三字起得聲態俱有，活畫出淫婦情性來，正不知耐庵如何算出。）人只道一個親兄弟做都頭，怎地養活了哥嫂，卻不知反來嚼咬人！正是『花木瓜，空好看』！你搬了去，倒謝天謝地！且得冤家離眼前！」（如聞其聲。）武大見老婆這等罵，正不知怎地，心中只是咄咄不樂，放他不下。（活武大，又好武大，讀之不覺悲從中來。嗟乎！世人讀《詩》而不廢〈棠棣〉之篇，彼固無所感於中也，豈不痛哉！）（頁267）

金聖歎引用〈棠棣〉詩表達其對於兄弟天倫情誼的理想與淪喪的哀痛，金聖歎討論第十六回何濤、何清兄弟互動時亦引用，另一方面，〈常棣〉對兄弟情分之描述與期待相對照，以其中所述兄弟情誼表達其對於兄弟彼此是否能關心扶助之感嘆，所謂兄弟雖鬩牆，對外仍同心一致，悲喜亦應同感扶持，最終理想是兄弟既翕，妻子好合。[23] 於此〈棠棣〉已成為反省兄弟情誼之代名詞，因為其間富有相關概念，不待分說，即展現應有之聯想與參照，只是究之小說情節，則往往相違，金聖歎也由此反省現實人倫之缺失。

　　由前述評點現象可知，金聖歎並未侷限眾家好漢聚義梁山等情節之分析，而是聚焦眾人彼此之行止人格進行特定價值批判，以孝悌之是否具體實踐反省忠義忠恕之實質，以凸顯人格與情感，行事作為之真假虛實，藉以展現其對於所謂替天行道之質疑與修正。其〈序三〉即主張：

> 《水滸》所敘，敘一百八人，其人不出綠林，其事不出劫殺，失教喪心，誠不可訓。然而吾獨欲略其形跡，伸其神理者，蓋此書七十回，數十萬言，可謂多矣，而舉其神理，正如《論語》之一節兩節，瀏然以清，湛然以明，軒然以輕，濯然以新，彼豈非《莊子》《史記》之流哉！不然，何以有此？如必欲苛其形跡，則夫十五《國風》，淫汙居半；《春秋》所書，弒奪十九。不聞惡神姦而棄禹鼎，憎《檮杌》而誅倚相，此理至明，亦易曉矣。[24]（頁12-13）

---

23 唐・孔穎達，《毛詩注疏》（臺北：臺灣中華書局印行，1982）冊二《小雅・鹿鳴之什・常棣》：「常棣之華，鄂不韡韡。凡今之人，莫如兄弟。死喪之威，兄弟孔懷。原隰裒矣，兄弟求矣。脊令在原，兄弟急難。每有良朋，況也永歎。兄弟鬩牆，外禦其務。每有良朋，烝也無戎。喪亂既平，既安且寧。雖有兄弟，不如友生。儐爾籩豆，飲酒之飫。兄弟既具，和樂且孺。妻子好合，如鼓琴瑟。兄弟既翕，和樂且湛。宜爾家室，樂爾妻孥。是究是圖，亶其然乎。」

24 金聖歎，《水滸傳・序三》，見明・施耐庵著、清・金聖歎批評，《水滸傳》（長沙：岳麓書社，2006），頁12-13。

此與李卓吾強調作者具童心而成至文之論點有所差異，[25] 相較於李卓吾為強調至性，即使眾人之笑李逵回鄉取母，反因而喪母一事，亦認為無道學氣之絕妙表現，金聖歎雖未直接以所謂忠義概念分析或批判《水滸傳》，[26] 但卻落實於文理藝術及倫理本質積極進行批判論斷，於彰顯《水滸傳》作者藝術成就之同時，也訴諸倫理規範的終極價值。[27]

金聖歎以儒家價值意識審視《水滸傳》，並多方引用其他文本加以詮釋，展現各類意見情感，宣揚特有價值精神。[28] 使評點文字具有經史子集等多元意義內涵，於此評點成為另一個創新文本。金聖歎引用文史符號或典故之現象，顯然是讀者為具有共同文史背景為前提，或說也是作者評點者與讀者間之特定認知與理解模式。經典詩文篇章於此成為敘述符號，傳遞隱含訊息，不需刻意說明，即期待讀者之理解，甚至加以補足空白意義。此一對話以互文為依據，說解天倫理想與情節評析，擴大深化體認層面與內涵，進至使雅俗文本得以融通，小說文類因而有所衍異，各式文類於小說文本中彼此交融，形成多重意涵的互通，各類文本的形式內容與小說情節並呈互看，以凸顯共同道理或價值，古典小說的文類概念一向模糊且滲透各類文本，包含傳統文史，使小說文類也具有詩史精神之要求與約束，也刻意借鑒詩騷抒情特徵。[29]

金聖歎嘗試揭示《水滸傳》作者用心，甚且加以刪改小說情節內容，就金聖歎與小說作者之對話而言，此一活動展現了文學內外形式之思考，唯一依據是《水滸傳》，以及增生的金聖歎評點，自然也包含其

---

[25] 林崗，《明清之際小說評點學之研究》（北京：北京大學出版社，1999），頁86。

[26] 林崗，《明清之際小說評點學之研究》，頁84。

[27] 如二十七回總評亦盛讚作者敘寫管營待武松之瑣細描繪：「言太史公酒帳肉簿，為絕世奇文，斷惟此篇足以當之。若韓昌黎《畫記》一篇，直是印板文字，不足道也。」（頁321）顯見其實有小說筆法藝術之意識與強調，小說文本並非倫理思想之載體。然不可否認，此一文采才情意識之講究，仍歸於人情事理或道德價值之確立。

[28] 吳子林，頁215小說評點者自覺不自覺將經學話語納入評點體系中，經學化成為其重要策略，宣揚經義，彰顯美刺，分享元資本的權力。

[29] 小說可作歷史讀，可作兵志讀，形式上與傳統文類的結合，因而有了詩騷傳統，見陶東風，《文學史哲學》（鄭州：河南人民出版社，1994），頁314-315。

他讀者面對小說與金聖歎評點的另一階段對話。其間既有內在反省感受，但藉由語言文字之媒介，卻另外增殖不同感知與意識。[30] 以經史或通俗文本介入小說之解讀，利用既有文史內涵與意義擴大或深化小說內容，於領略過程中，也強調文本間彼此互涉與擴充，不僅僅關注小說情節發展，而是藉以寄託情感共鳴與議論對話之可能。於此，小說於敘事現象擴大至抒懷寄寓之層次。事實上，金聖歎揭露《水滸傳》之內在意義，同時評點又產生另一層意義，意義與文本彼此增生，小說不僅是小說之人物事件，更值得關注的是人物事件所隱含的可能論述與思考，此一現象使小說文類層次擴充且深刻，具有經史諸子等意義累積，趨向於觸發感動的抒情層面。

三、強調興感寄寓以轉化文類認識

金聖歎《水滸傳》評點對於特定詞彙運用與表達慣例，具有明顯的文人價值色彩，展示個人文化素養與價值意識，也建立文人應有的理想規範，對於政治倫理與公共價值秩序，皆有所主張與維護。[31] 凸顯文人立言精神與使命感等自覺，以及對小說文類特徵之視野轉化。

（一）藉小說文本建立的價值論述

金聖歎評點《水滸傳》，實以經典規訓為認識依據，面對小說文本情節所產生的反省亦是由典範價值出發，而發展成特定的評價內容。雖

---

[30] 陶東風，《文學史哲學》，頁247及251，內形式是心理結構和感受體驗方式，超越語言或以內部語言為媒介，外形式則以語言形式為媒介，因而直接呈現於讀者感知。

[31] 高辛勇，《修辭學與文學閱讀》（北京：北京大學出版社，1997），頁140引述昆悌里安的修辭觀念以為，演說家是一個善於演說的賢者，辯才之外，需要秉公不阿的操守，為國效力的理想，其所謂善變的賢者，有類蘇格拉底的集演說家哲學家與政治家於一身的才俊。所謂賢者，於羅馬文化裡強調的特徵包括：堅毅勇敢有責任真誠可信公正有知識與尊重公共意見等，其中對於公共事務的熱心參與，與斯德鳩學派的責任感相近。後來這學派在羅馬帝國政權下無法發揮政治念，從而集中於修辭文法的鍛鍊與強調。

分析小說，卻未侷限小說之藝術層面，而是以此爲基礎，強化其價值論述主張。其強調天倫價值之議論取向，使評點成爲以小說爲依據的另一種創作，展現評點具有批評者主體性與價值之面向。[32]

既有研究以爲，金批《水滸傳》具有三層情感內涵：憂天下紛亂，亂自上作的政治關懷，辨明小說人物的忠奸，及強調人物眞假性情的道德判斷。[33] 天下紛擾亂自上作應屬金聖歎之主要關懷，也是構成其對小說人物人格品評之前提，其中有關天倫價值與言行規範之論述，可視爲金聖歎評點之重點。既有研究以爲，金聖歎〈序一〉主張秉簡載筆、有關治道之傳統價值觀點，以爲其評點旨在止薪勿趨，藉以封關泥丸。[34] 而〈序二〉提供才、文觀點，事爲文料，肯定文學特性，而非單純表現對小說故事之厭惡，強調文學形而上之特質，至於〈序三〉則提出所謂「舉其神理，正如《論語》之一節兩節」，可見金聖歎對於《水滸傳》筆法藝術之強調，實爲倫理規範提供依據，而提及褒貶固在筆墨之外的觀點，其中固然有將小說比附史記史傳以提高小說地位之認知，實則亦體認到小說所蘊含的言外之意，所謂雖「欲增稗史聲價而攀援正史也」，「然其頗悟正史、稗史之意匠經營，同貫共規，泯町畦而通騎驛。」[35] 此一認識也使小說文類因而具有如詩史般彰顯興感隱喻的可能。

如第三十五回〈總評〉即云：

> 篇則無累於篇耳，節則無累於節耳，句則無累於句耳，字
> 則無累於字耳。雖然，誠如是者，豈將以宋江眞遂爲仁人

---

[32] 譚帆，《中國小說評點研究》，頁109。

[33] 譚帆，《中國小說評點研究》，頁111。

[34] 林崗，《明清之際小說評點學之研究》，頁87。

[35] 錢鍾書，《管錐編》（北京：中華書局，1986），頁166，以爲明清評點章回小說者，動以盲左、腐遷筆法相許，學士哂之。哂之誠是也，因其欲增稗史聲價而攀援正史也。然其頗悟正史、稗史之意匠經營，同貫共規，泯町畦而通騎驛，則亦何可厚非哉！

孝子之徒哉？《史》不然乎？記漢武初未嘗有一字累漢武
也，然而後之讀者莫不洞然明漢武之非，是則是褒貶固在
筆墨之外也。嗚呼！稗官亦與正史同法，豈易作哉，豈易
作哉！（頁 406）

言孝者未必果爲孝，而眞正孝子自於行止心思得見。以爲「稗官亦與正
史同法」，褒貶在於筆墨之外，作者之匠心苦心於此；讀者之閱讀取向
亦應在此。

　　評點強調小說有關興感褒貶的內在，如第十六回〈總評〉云：「何
清報信一篇有哭有笑文字，遂使天下無兄弟人讀之心傷，有兄弟人讀之
又心傷，誰謂稗史無勸懲乎？」十六回夾評亦云：「作者眞有人倫之責
天下萬世，其奈何不讀《水滸》也？」金聖歎之閱讀批評，顯然以倫理
思考爲重心，且融合詩文之文本，運用期間蘊含的抒懷批判精神，呈現
評點對小說文類特性之創造。

　　又如第二回總評云：「寫魯達爲人處，一片熱血直噴出來，令人
讀之深愧虛生世上，不曾爲人出力。孔子云：『詩可以興。』吾於稗官
亦云矣。」（頁 30）則直接以「詩可以興」的觀點閱讀審視小說，顯
然不侷限於具體情節之分析，而是著重意在言外之領略。又如二十六回
敘及武松於牢裡，「自有幾個土兵送飯」之情節時，金聖歎亦言：「讀
此句，忽憶《論語》：『人皆有兄弟，我獨無』之語，不覺淚落」（頁
313），武大之死與眾人感武松之爲武大復仇，其中兄弟有無之變故，
正顯示其中情感參差與感慨，尤其此一引用同樣出自《論語・顏淵》，
金聖歎質疑小說人物「四海之內皆兄弟」之說，於此卻以司馬牛「人皆
有兄弟，我獨亡」之感傷，說明其個人感嘆，也可見金聖歎對於兄弟友
愛本質之堅持，以及對《水滸傳》情節之選讀方向、聯想與論述。

　　金聖歎《水滸傳》評點引導讀者側重倫理之閱讀角度，凸顯小說亦能有寄寓微言之隱含大義，正可呼應其六大才子書的概念。[36] 其中經史子集各類文本的並置與齊觀，所著重的，實在於彼此具有共通的文學價值與批判精神。於此，評點展現了創作特性，雖依循小說文本而生，卻有其獨立表現與解釋傾向。如此的小說閱讀取向，強調本質與真趣之把握與理解，發揮文本引證的隱喻作用，一如湯顯祖〈點校《虞初志》序〉所謂：

> 然則稗官小說，奚害於經傳子史？遊戲墨花，又奚害於涵養精神耶？……意有所蕩激，語有所托歸。律之風雅之罪人，彼固歉然不辭也。使呫呫讀古，而不知此昧，即日垂衣執笏，陳寶列俎，終是三館畫手，一堂木偶耳。何所討真趣哉？[37]

金聖歎不斷強調施耐庵寫作《水滸傳》之才情，第十八回總評即有「怨毒著書，史遷不免，於稗官又奚則焉」之語，金聖歎以其文學涵養與儒釋道兼具的思想，著眼《水滸傳》之天倫理想，進行忠義人倫的各種辨證，其中有肯定有譏刺，均凸顯其價值意識。金聖歎評點強調了經典內涵對小說之指引，評點的引導特質因而對小說文類可能特性與期待加以反省，呈現金聖歎文人之憂與庶人之議等面向，彼此並非矛盾，而是於既定文人意識下所進行的實際批評與價值確立。

---

[36] 汪榮祖，〈金聖歎「只惜胸前幾本書」〉《詩情史意》（臺北：麥田出版社，2005），頁170-175，「金聖歎〈絕命詞〉中，最難釋懷的，也是尚未完成的才子書：「鼠肝蟲背久蕭疏，只惜胸前幾本書；雖喜唐詩略分解，莊騷馬杜待如何？」《莊子》、《離騷》、《史記》、《杜詩》四本書的評點都未完成，完成評點的為《水滸傳》與《西廂記》兩本才子書。

[37] 丁錫根，《中國歷代小說序跋集》（北京：人民文學出版社，1996）下冊，頁1803-1804。

　　金聖歎評點具體化了歷來小說可觀不可偏廢的主張，〈序三〉強調文字形跡之理，以及所欲指涉的內涵，不拘泥於文本具體情節之善惡，也由此各自聚焦解釋，對於失教喪心者，或取其孝悌形跡加以宣揚，或強調其不孝不悌，故有劫殺犯上之行止，中心依據顯然爲倫理之有無，此種閱讀導向性情涵養與人格修爲，於此，小說教化功能之傳統觀點似乎再次被強化，又如第十八回總批所謂「稗史之作，其何所昉？當亦昉於諷刺之旨也」，以爲稗史不限於人事傳聞之記載，更應著重作者之意識與隱喻，評點者與讀者藉經史諸子等符號之運用，進行對話與分析，使評點意見或情感得以蘊含多重內涵，藉由讀者之理解與聯繫，使《水滸傳》之文心超越情節事件之層面，而得以延伸擴大至評析議論的面向，評點者閱讀小說與讀者閱讀小說及評點之同時，輔以經典文史加以發明論述，所著重者在於小說與經史之間的共通道理或本質，同時也提供此一對話內容與讀者再次進行交流引導，小說文本因評點之分析趨向而與經典教訓對話，並使讀者得以產生聯想與興感，甚而進行相關人事之批判。

（二）由敘事現象強調的抒懷興寄

　　又如四十八回總評論及解珍與樂和之兄弟與姻族親屬關係，金聖歎亦引證《史記》霍去病之敘述，總評云：

> 樂和說：「你有個哥哥。」解珍卻說：「我有個姐姐。」樂和所說哥哥，乃是娘面上來；解珍所說姐姐，卻自爺面上起。樂和說起哥哥，樂和卻是他的妻舅；解珍說起姐姐，解珍又是他兄弟的妻舅。無端撮弄出一派親戚，卻又甜筆淨墨，絕無囷蠹彭亨之狀。昨讀《史記》霍光與去病兄弟一段，歎其妙筆，今日又讀此文也。（頁561）

據史記《史記》卷一百一十一〈衛將軍驃騎列傳〉所載，霍去病與霍光為同父異母兄弟，[38] 金聖歎既言解珍樂和之關聯，且以《史記》霍去病記載比附《水滸傳》之文筆簡淨精彩，於論述天倫與情節評析中，詩文或經史成為一種論述符號，發揮象徵作用，使評點無須多作陳述解釋，而得以與讀者交換意見或彼此共鳴，所謂昨嘆《史記》妙筆，今又讀《水滸》之甜筆淨墨，使小說由對敘事理解的角度，擴大並深化《水滸傳》所具有的領略層面與意涵。[39]

如第十四回藉由阮家兄弟阮小五之言：「那官司一處處動撣便害百姓；但一聲下鄉村來，倒先把好百姓家養的豬羊雞鵝盡都吃了，又要盤纏打發他！」之控訴，正是苛政猛於虎及君臣失義，所產生的憤慨不滿抑或無奈，實千古皆同悼，也是《水滸》之所以作之旨，而阮小二之言「我雖然不打得大魚，也省了若干科差。」金聖歎更以為：「十五字抵一篇〈捕蛇者說〉。」（頁161）以柳子厚〈捕蛇者說〉加以比附，強調《水滸傳》作者深感貪官壓榨良民之隱恨，以及朝政衰敗官箴敗壞之哀痛。

至第十三回〈總評〉慨歎吳用「人多做不得，人少亦做不得」之言語，亦提出施政之主張，以為：

> 嗚呼！君不密則失臣，臣不密則失身，豈惟民可使由，不可使知，《周禮》建官三百六十，實惟使由，不使知之屬也。樞機之地，惟是二三公孤得與聞之。人多做不得，豈非王道治天下之要論耶？惡可以其稗官之言也而忽之哉！
> （頁148）

---

38 漢‧司馬遷，《史記》，瀧川龜太郎注《史記會注考證》卷一百一十一〈衛將軍驃騎列傳〉，頁1204-1205。
39 劉彥青，〈論金聖歎擬史評點的小說史價值〉，《雲南師範大學學報》49卷6期，2017.11，頁141，以為金聖歎將原本就是以「史」為發展源頭的小說類敘事性作品與史傳聯繫起來的做法，無疑極大地提高了小說的地位。

金聖歎提出《周禮》建官之基本精神，呈現對國家制度與百官職守乃至
職責分配的理想制度，金聖歎之致用議論，亦見其痛心當世政局與無奈
痛心。探討計謀之機密是金聖歎評點《水滸傳》的重要思想之一，此有
別於容本、袁本的意見。[40]值得一提的是，君臣慎密的思想出自《周易·
繫辭上》「君不密則失臣，臣不密則失身，幾事不密則害成。是以君子
慎密而不出也」。又如七十回總評所云：

> 聚一百八人於水泊，而其書以終，不可以訓矣。忽然幻出
> 盧俊義一夢，意蓋引張叔夜收討之一策，以爲卒篇也。嗚
> 呼！古之君子，未有不小心恭慎而後其書得傳者也。吾觀
> 《水滸》洋洋數十萬言，而必以「天下太平」四字終之，
> 其意可以見矣。後世乃復削去此節，盛誇招安，務令罪歸
> 朝廷，而功歸強盜，甚且至於哀然以「忠義」二字而冠
> 其端，抑何其好犯上作亂，至於如是之甚也哉！（頁 796-
> 797）

金聖歎於本回亦將情節做此修正措置：

> 盧俊義夢中嚇得魂不附體；微微閃開眼看堂上時，卻有一
> 個牌額，大書「天下太平」四個青字。（頁 804）

---

40 如清·李塨，《平書訂》卷三〈建官〉第三上：「周官三百六十，所任卿大夫亦不過數
十人。故官不在多，在專與久」。所謂「官不在多，在專與久；不在全才，在用其長；
不在任法，在任人。」見吳正嵐，〈金聖嘆與錢謙益的思想淵源〉《福州大學學報：
哲社版》，2007年2期，頁66-73，以爲在第十三回和第十九回夾批中，金聖歎也闡述了
類似觀點。可見金氏對密謀之學頗感興趣。而容本、袁本對相關文字的評點如第十三回
「人多做不得」十字，容本僅加以「好話」，「的是有賊智底」數字眉批，袁批也只是
歎爲「便見初出茅廬的計略」。

並評爲，「眞正吉祥文字，古本《水滸》如此。俗本妄肆改竄，眞所謂愚而好自用也。」其中實皆金聖歎個人意向所做之取捨與強調，金聖歎刪去原有的後三十回，也刪去「忠義」二字，否定綠林聚義藉忠義取得合理性。如第六十九回總評於人才報效君王有所主張，其文云：

> 敘一百八人，而終之以皇甫相馬。嘻乎，妙哉！此《水滸》之所以作乎？夫支離臃腫之材，未必無舟車之用；而蹄齧嘶喊之疾，未必非千里之力也。泥其外者，未必不金其裏；灶下之斯養，未必不能還王於異國也。惟賢宰相有破格之識賞，斯百年中有異常之報效，然而世無伯樂，賢愚同死，其尤駁者，乃遂走險，至於勢潰事裂，國家實受其禍，夫而後歎吾眞失之於牝牡驪黃之外也。嗟乎！不已晚哉！）（頁 789-790）

引用《列子・說符》牝牡驪黃之道理，比較內外才情與品行好壞，以證人才得遇之幸，以及賢愚同死之哀，以證《水滸傳》作者眞正寫作用意，於此可見金聖歎極力否定忠義之說，並有意展現其政治關懷，與當世對話。

　　評點直接引用陳述諸如伯樂相馬，牝牡驪黃之語，以及《論語》《莊子》《列子》《周禮》《史記》與其他古文等，意在藉由各類文史內涵與學識背景提供讀者進行相關故實之參照與融通理解，進行小說情節以外的各種評價論述與對話交流，所謂春秋，即聯想名分規範、褒貶是非與微言大義，所謂檮杌寓言，即有類似評價筆法之比較，至於「棠棣」一辭，則顯然爲兄弟情誼之思考，如此修辭方式，不僅表現評點者特定態度，也因此形成小說閱讀之另一種可能，使小說文本得以具有隱喻功能與抒情審美意涵。

　　金聖歎之評點《水滸傳》刻意運用文史文本,以其中累積的多重文史內涵擴大並深化論述意義。[41] 而引證用語之顯隱曲直,實已干預了原有的語言本義,一如傳統的詩文興感,藉此實現說話人之褒貶意志。[42] 金聖歎評點於引導過程中也強調《水滸傳》之文學藝術,強調小說作者一如司馬遷之作《史記》,乃文人之事,抒憤之作,藉作者文心以強調小說所具有的興感與微言,而不侷限於敘事內容,所謂「以文爲詩,文亦綽有詩情,文體百變,抒情則爲一致」。[43] 不僅視小說於文體上得以與經史並列,於抒懷批判曉諭等作用亦然。值得注意的是,如此的隱喻興感主張,看似具有傳統脈絡之聯想開放性,但最終仍歸於特定的價值意識與道德規訓,凸顯評點之批判角度與價值意識,以及展現主體性之另一種創作。

---

[41] 高辛勇,《修辭學與文學閱讀》,頁164,「興優於比」這一觀念似乎決定了中國文學的本質特徵。使中國詩歌不似西方詩歌之以隱喻原則爲基礎,似乎具有開放的表意特徵的「興」。頁165以爲,其機制也是建立在連類相應的宇宙觀之上,也是與古代中國封建帝國秩序的有機世界觀有關。解構閱讀爲角度,可以檢視,何以某些辭格在中國文化裡受到重視,享有特權地位,並揭示其隱含的意識形態內涵。

[42] 高辛勇,《修辭學與文學閱讀》,頁75,Discourse trope的形成通常與說話人態度有關,西方最常使用的可能是irony或反諷,像metaphor一樣,也被認爲是一種master trope,在反諷裡,說話人的態度使真正的所指與平常所了解的所指成爲相悖或相反的關係。以中國例子言,不能太尖銳,甚至具有些許幽默感,如《文心雕龍》所謂「隱」或「婉曲」。隱或說修辭干預語言實際意思,也因此讓說話人進行或褒或貶、或曲或直的表現意志。

[43] 錢鍾書,《談藝錄》(臺北:書林出版公司,1999),頁29-30,「詩文相亂之說【補訂一】詩文相亂云云,尤皮相之談。文章之革故鼎新,道無它,曰以不文爲文,以文爲詩而已。向所謂不入文之事物,今則取爲文料;向所謂不雅之字句,今則組織而斐然成章。謂爲詩文境域之擴充,可也;謂爲不入詩文名物之侵入,亦可也。……詩情詩體,本非一事。《西京雜記》載相如論賦所謂有『心』亦有『迹』也。若論其心,則文亦往往綽有詩情,豈惟詞曲。若論其迹,則詞曲與詩,皆爲抒情之體,並行不悖。《文中子‧關朗》篇曰:『詩者、民之情性也。情性能亡乎』;林艾軒〈與趙子直書〉以爲孟子復出,必從斯言。蓋吟體百變,而吟情一貫。」

結　語

　　金聖歎之評點植基於傳統價值之認識，以天倫爲議論中心，並以文史經典爲敘述符號，藉由各式隱喻興感的強調，展現金聖歎以經典規訓與話語對於《水滸傳》情節之理解與思考，評點結合敘事藝術之自覺與抒情內涵以主張特定價值外，並運用經典進行對話，因而凸顯《水滸傳》與各類文本有所拼貼之特質，且由此具體化金聖歎評點所謂聖人之憂與庶人之議的內涵，亦見古典小說由於評點介入引導，而延伸至隱喻抒懷之取向，此一認識或可解釋金聖歎因孝悌價值的確立而使其評點《水滸傳》價值觀點具有一致性，更可提供古典小說發憤抒情與議論評價另一種文類特性之反省。

引用書目

一、專書

〔明〕施耐庵、羅貫中著，李泉、張永鑫校注，袁無涯本《水滸全傳校注》，臺北：里仁書局，1994。

〔明〕施耐庵著，〔清〕金聖歎批評，《水滸傳》，長沙：岳麓書社，2006。

〔明〕施耐庵、羅貫中著，〔明〕李贄評點，容與堂本《水滸傳》，上海：上海古籍出版社，2007。

〔漢〕司馬遷著，《史記》，瀧川龜太郎注《史記會注考證》，臺北：洪氏出版社，1986。

〔三國〕王弼注，〔唐〕孔穎達疏，《周易注疏》，《唐宋注疏十三經》，北京：中華書局，1998。

〔唐〕孔穎達，《毛詩注疏》，臺北：臺灣中華書局四部備要本，1982。

〔宋〕朱熹，《四書集註》，臺北：學海出版社，1984。

丁錫根，《中國歷代小說序跋集》，北京：人民文學出版社，1996。

汪榮祖，〈金聖歎「只惜胸前幾本書」〉，收於《詩情史意》，臺北：麥田出版社，2005，頁 170-175。

林崗，《明清之際小說評點學之研究》，北京：北京大學出版社，1999。

吳子林，《經典再生產：金聖嘆小說評點的文化透視》，北京：北京大學出版社，2009。

高辛勇，《修辭學與文學閱讀》，北京：北京大學出版社，1997。

錢鍾書，《管錐編》，北京：中華書局，1986。

錢鍾書，《談藝錄》，臺北：書林出版公司，1999。

薩孟武，《水滸傳與中國社會》，臺北：三民書局，2018。

譚帆，《中國小說評點研究》，上海：華東師範大學出版社，2001。

二、期刊論文

李金松，〈金批水滸傳批評方法研究〉，《漢學研究》20:2（2002），
　　頁 217-248。

吳正嵐，〈金聖嘆與錢謙益的思想淵源〉，《福州大學學報：哲社
　　版》，2007 年 2 期，

陳蕾、程華平，〈金聖歎話語權力的多維生成探究——以「扶乩降神」
　　與「小說評點」爲考察物件〉，《古代文學理論研究》2021 年 1
　　期，頁 361-378。

許麗芳，〈試析金聖歎《水滸傳》評點中的文人之議〉，《成大中文
　　學報》57 期，2017，頁 171-198。

劉彥青，〈論金聖歎擬史評點的小說史價值〉，《雲南師範大學學
　　報》49 卷 6 期，2017.11，頁 134-142。

（發表於 2021 中央研究院明清研究國際學術研討會，2021.12.17）

第六章

審美的例推概括

徵實與附會之外：試論毛評《三國演義》對關公顯聖的審視態度與相關意義

前　言

　　有關羅貫中《三國演義》七十七回〈玉泉山關公顯聖，洛陽城曹操感神〉關公顯聖一節，歷代各有不同角度之批評，除了相關序跋對於其中文史虛實損益現象之討論外，[1]且因情節具有非現實因素，歷來文獻亦提出關公成神傳說之發展、浩然正氣彰顯長存與小說附會等反省，相關探討不出徵信懷疑以及附會好奇之辨說。[2]至毛宗崗評點《三國演義》，對關公顯聖之虛構情節，則以其特定理解方式，提醒讀者如何認識此類背離史實之虛構內容，此一強調特定理解的閱讀，或可彌合前述虛實信疑對立之主張，然而既往研究似未有全面關注。本文於此思考基礎上，以毛宗崗評點《三國演義》第七十七回〈玉泉山關公顯聖，洛陽城曹操感神〉爲中心，檢視毛氏對於虛實情節之閱讀態度，以及關於史實、小說與虛實融合之理解與闡釋，發掘評點者對於歷史、歷史小說等不同層次文本之見解，由此分析小說敘事話語的修辭因此具有某種指涉或寓言

1　如明・弘治甲寅仲春庸愚子，〈《三國志通俗演義》序〉所謂「留心損益」，「文不甚深，言不甚俗，事紀其實，亦庶幾乎史」即具有虛實比較的觀照視野。而近人研究無論是虛實成分多寡與小說情節安排合理性等探討，以及因之而產生的相關價值與文化詮釋，大致可歸結爲兩大層面：一即筆法藝術，所謂虛實相雜的提出，乃至對虛構的界定；其次則爲內在精神探討，此可視爲庶民善惡觀點到倫理價值的闡揚。
2　如清・周廣業、崔應榴纂輯，《關帝事跡徵信編》，道光四年（1824）刊本公義堂藏本，蒐羅歷來關帝史實與信仰傳說、考辨、碑記等文獻。主要以考據態度探討關羽事蹟之眞僞，多屬徵實與附會之反省，實出自士大夫觀點，未必有美學考量。

的內涵,以及毛氏所欲強調的抒情與隱喻導向的詩性閱讀。[3]

一、以虛實交錯訴求情感安頓

《三國演義》第七十七回〈玉泉山關公顯聖,洛陽城曹操感神〉顯然是超越史實與現實經驗的虛構情節。[4]毛宗崗評點保留此一情節並予以多方詮釋,強調如何看待這些虛構情節之安排,評點中進行特定人物品評、價值精神之凸顯、非現實情節之解釋,就此類虛構情節之可能讀法加以指導,而非侷限探討史實與小說真實差異之層次。

有異於歷史文獻對吳蜀戰役之簡略記載,[5]《三國演義》七十七回敘事重心在於關公敗走麥城,飄蕩神魂之頓悟皈依,最終歸神顯聖之鋪陳刻畫,毛氏保留此虛構情節,刪除嘉靖本引用《傳燈錄》之關羽與神秀

---

3 本文所謂「詩性」,分別依據李志艷,《中國古典小說敘事話語的詩性特徵》(成都:巴蜀書社,2009),頁42-46,以及努斯鮑姆(Martha C. Nussbaum)與理查德羅蒂(Richard Rorty, 1929-2004)所提出的詩性正義與文學文化的審美原則等觀點,引用與參考文本有〔美〕瑪莎‧努斯鮑姆著,丁曉東譯,《詩性正義:文學想像與公共生活》(*Poetic Justice: The Literary, Imagination and Public Life*)(北京:北京大學出版社,2010),其主張詩性正義標準依賴於明智的旁觀者(judicious spectator)的道德感和正義感,對事物做出中立和審慎的裁判(頁15-16);與李立,〈「文學文化」與倫理的審美生活建構:理查德‧羅蒂倫理學思想的美學向度〉,《河南師範大學學報(哲學社會科學版)》40卷1期(2013年1月),頁96-100及張智宏,〈隱喻構造世界的實踐詩學:論理查德‧羅蒂的文學倫理學〉,《北方論叢》第238期,2013年3月,頁38-42。

4 據熊篤、段庸生,《三國演義與傳統文化溯源研究》(重慶:重慶出版社,2002),頁246-250,以為《三國演義》有張冠李戴,移花接木、本末倒置,改變史實、於史無徵,純屬虛構與添枝生葉,踵事增華四種虛構方法,其中關公顯聖一節屬第三類(頁249),為全然虛構情節,無涉史實。

5 史實文獻有關東吳孫權殺關羽之記載,如《三國志‧魏志》卷一:「二十五年春正月,至洛陽。權擊斬羽,傳其首。」見晉‧陳壽著,宋‧裴松之注,《三國志》(四部備要‧史部,臺北:臺灣中華書局,1976),《魏志》卷一,葉三十六。又《三國志‧吳書》卷九裴松之引〈江表傳〉敘及呂蒙「擒羽之功,子明謀也」,見晉‧陳壽著,宋‧裴松之注:《三國志》,《吳志》卷九,葉十七。以及《三國志‧蜀書》卷六裴松之注:「《吳曆》曰:『權送羽首於曹公,以諸侯禮葬其屍骸。』」見晉‧陳壽著,宋‧裴松之注:《三國志》,《蜀志》卷六,葉三。

記載,以及史官傳贊文字,[6]卻積極對此回進行分析論述,展現虛實辯證
之認識,如關公英魂飄蕩至當陽玉泉山,於空中大喊還我頭來時,毛氏
評點以為:「既在空,何有我?本無我,何有頭?本無頭,何有還?本
無頭去,何有頭來?若云無頭,呼者是誰?若從還頭,還於何處?」
又於普淨以塵尾擊其戶曰:「雲長安在」時也指出,「此語抵得一聲棒
喝」,普淨對關羽「今將軍為呂蒙所害,大呼『還我頭來』,然則顏
良、文醜,五關六將等眾人之頭,又將向誰索耶?昔非今是,一切休
論;後果前因,彼此不爽」之教誨啓發,則以為「四語抵得升座說法一
場」寥寥數語,已包含至高真理。「關公恍然大悟,稽首皈依而去」,
毛批則提出:「稽首則無頭而有頭,皈依則有我而無我矣。」既回應關
羽既無頭,何以能稽首的徵信質疑,也提出有無與言意之辨的思考。
(頁999)[7]

　　由毛宗崗評點可見,關羽皈依不僅是情節的進展,也具有某種人生
觀點的展示。關羽之皈依普淨,顯然是超越史實的想像,卻有刻意的鋪
陳照應,毛宗崗亦大加發揮,闡釋其人「既在空,本無我」、「有我無
我」、「一切俱空」的宗教理解,也照應「後往往於玉泉山顯聖護民,
鄉人感其德,就於山頂上建廟,四時致祭」之顯聖護民,對史實人事與
小說情節有所想像鋪陳,呈現了文學領略之藝術觀照,也可視為回應歷
來考證關公顯聖佑民傳說徵信之意見,如《關帝事蹟徵信編》卷二十三
〈考辨三〉「皈依普淨」一則中,崔應榴即多方徵引文獻加以考證,以
佛教傳入中國之時代、玉泉山寺之始有與普淨禪師之依託等史實時空之

6　明・羅貫中,嘉靖本《三國演義》(長沙:岳麓書社,2008),卷之十六,〈玉泉山關
　　公顯聖〉,頁646-647。
7　本文所引《三國演義》原文與評點乃據明・羅貫中著,清・毛宗崗評改,《三國演義》
　　(上海:上海古籍出版社,2018)十六刷,下文不贅引出處,僅於引文末標示頁碼。

參差，極論關公顯聖之謬誤，以爲此終屬小說附會之言。[8]毛氏則不著力
辯駁所謂關公顯聖乃小說附會之議，而是就此情節安排積極分析解釋，
除說明關公皈依普淨之意義，也著墨孫權飲宴呂蒙時，關羽魂魄附身呂
蒙索命之想像，毛評以「驚天動地之人，自有此作威（威嚴）顯聖之
事。」（頁1000）全然肯定關羽顯聖附身呂蒙索命之事理，強調言外
之意的理解，有意引導讀者理解此情節安排內涵，而非侷限於反省情節
之是否合理。

　　毛宗崗評點之理解角度揭示了小說文本所蘊藏或可供解釋的抽象
內涵，而非侷限史實小說人事之眞假判讀。如關羽首級處置，據《三國
志·蜀書》卷六裴松之注《吳曆》，以爲「權送羽首於曹公，以諸侯禮
葬其屍骸」。裴松之所引《吳書》，乃以魯肅言語爲中心，強調其兼顧
情理之遊說而使關羽無以辯駁。[9]而羅貫中《三國演義》有意凸顯關羽智
勇雙全之神威，強調關羽雖死，神威依舊震懾，只見關公口開目動，鬚

8　清·周廣業、崔應榴纂輯，《關帝事跡徵信編》，道光四年（1824）刊本，公義堂藏
　本，卷二十三〈考辨三〉崔應榴案曰：「皈依普靜」一則曰，「歸依普靜之說，《禪燈
　述》中極論其謬，云：佛法自漢明帝時始入震旦國，當時惟長安稍習之。吳闞澤僅能
　言之，而蜀之君臣皆不知有佛教。而云關聖與普靜爲鄉人，謬一也。玉泉有寺，始於智
　者，隋文帝賜額，舊爲一音，改爲玉泉而云於玉泉山師普靜，謬二也。既有此僧爲關聖
　所皈，必道德隆厚，古今傳聞。今偏考僧傳不見所載，謬三也。蓋小說好爲附會，見有
　關聖歸依盛事，既不可以隋之智者，預三國時事故以普易智，靜易顯，以顯即靜義故
　也，據此，則普靜本無其人，佛氏之徒亦知之矣，乃竟謂普靜即智顯，却未盡然。劉煦
　《唐書·方伎傳》有普寂者，姓馮氏蒲州河東人，師事玉泉寺僧神秀。久視中，神秀至
　東都，因薦普寂度爲僧。神秀卒，代統法眾。開元時，勅居都城，終於興唐寺，賜號大
　照禪師。因知羅氏附會，實出諸此。乃以靜易寂，非以靜易顯也。夫援唐入漢，誠屬虛
　謬，但稗野習套，往往影借近似，原未必有意欺世，自昝識者率然信之。」
9　宋鳳娣、呂明濤，〈《三國演義》毛評中的歷史小說虛實論平議〉，《泰山學院學報》
　25卷4期（2003年7月），頁70。晉·陳壽著，宋·裴松之注，《三國志》，《吳志》
　卷九，葉十一，裴松之注引韋昭《吳書》記載顯然與《吳志》記載魯肅與關羽之互動，
　有所不同，韋昭《吳書》以爲，「肅欲與羽會語，諸將疑，恐有變，議不可往。肅曰：
　『今日之事，宜相開譬。劉備負國，是非未決，羽亦何敢重欲干命？』乃趨就羽。羽曰：
　『烏林之役，左將軍身在行間，寢不脫介，戮力破魏，豈得徒勞，無一塊壤，而足下來
　欲收地邪？』肅曰：『不然。始與豫州，觀於長阪，豫州之眾不當一校，計窮慮極，志
　勢摧弱，圖欲遠竄，望不及此。……今已藉手於西州矣，又欲翦並荊州之土，斯蓋凡夫
　所不忍行，而況整領人物之主乎！肅聞貪而棄義，必爲禍階。吾子屬當重任，曾不能明
　道處分，以義輔時，而負恃弱眾，以圖力爭，師曲爲老，將何獲濟？』羽無以答。」

髮皆張,操驚倒。遂設牲醴祭祀,曹操以禮葬之。」毛氏以爲,關公雖死,但「才嚇倒孫權,又嚇倒曹操,關公竟未嘗死也」(頁1001),顯然以爲關羽自是神威之人,其魂魄震懾孫權與曹操,亦屬自然,強調關羽之正氣精神,雖死,然神威未嘗死,此一訴求魂魄正氣長存震懾,顯然不訴諸現實常理之探討,展現毛氏對關羽形象之強化與所欲引導讀者的領略取向。

毛宗崗藉由虛實闡釋與藝術見解評點關公顯聖一節,於關羽既有形象傳說上,強調應有的閱讀取向,以維護或強化關羽形象,引導讀者不受限於情節記述之詳略或信疑,[10] 而是提醒讀者追求其中所蘊含的事理或價值,得見毛氏閱讀敘事文本採取的不同角度,其對於關羽神魂與普淨對話、附身呂蒙、震懾曹操與訴冤於劉備,各有不同層次的凸顯與渲染,其中具有宗教與民間信仰因素,型塑關羽頓悟皈依、由人成神,神靈護民等面向,凸顯羅貫中將歷史人物之認同與小說藝術審美加以結合的表現,也提供讀者有關生命本質的思考、生命缺憾的彌補、正統政權的維護與兄弟情誼的安慰,實已超越紀實的層次,而訴諸理性與情感的評價。

事實上,正統史傳甚至稗史於敘事尚實之同時,也往往強調寓意之必要。歷史人事之記錄不免顯現某種虛構內涵,至小說敘事尤其明顯,如謝肇淛《五雜俎》卷十五《事部》三以爲,「惟《三國演義》」「俚而無味矣。何者?事太實則近腐,可以悅里巷小兒,而不足爲士君子道也。」「凡爲小說及雜劇戲文,須是虛實相半,方爲遊戲三昧之

---

10 如浦安迪(Andrew H. Plaks),《中國敘事學》(北京:北京大學出版社,1996),頁31,以爲,中國史文對於虛構與實事向來沒有嚴格分別,中國古代批評家吳唅強調,歷史中有小說,小說中有歷史,章學誠《丙辰札記》中所謂七實三虛或七虛三實等,虛實並非對立,而是有互補的成分。何滿子於1986年所寫〈前言〉(收錄於上海古籍出版社1989年出版之毛評本《三國演義》)以爲,羅貫中將紛繁史事做條理序列,又如將戰爭場面加以渲染,也加入得之於民間傳說與講史的藝術虛構成分(頁3)。又以爲,毛氏〈讀《三國志》法〉與各回之總評基本上是史論,而非文論(頁6),只談到事的本身,而未提到文如何運事。(頁8)

筆。亦要情景造極而止，不必問其有無也」「古今小說……豈必眞有是
事哉」，[11] 其中具有其虛構想像乃至編織內涵，而「遊戲三昧」則有領
略認知與著重寓意的領略傾向，而非侷限於內容之是否據實可考。

　　毛宗崗之分析關羽顯聖，即將史傳小說虛實概念擴及非現實的想
像情節之關注，而非就是否符合史實之相較。[12] 關羽魂魄出入各種時空
與夢境，又以附身顯靈方式出現於曹操及孫權君臣間，鬼魂的出現往往
意味冤憤之表達、失去生命的惋惜、期待復仇等各式傷感怨怒之強烈意
志，也藉以提供事件關鍵或預示，乃至某種道理之宣揚。尤其鬼魂入夢
與情節相互融合，也影響情節之發展方向與緩急節奏，故事空間具有多
元立體的可能。[13] 毛氏極力凸顯關羽多重形象與情感，且於指點閱讀方
向之強調中，解釋包含小說藝術與文人價值等內涵，既接受虛構的情節
安排，也更意識到此類虛構情節有其彰顯及欲闡釋之意義。

---

[11] 明·謝肇淛，《五雜俎》卷十五《事部》三，收於《筆記小說大觀》（臺北：新興書
局，1975）第八編第7冊，頁4427-4428。

[12] 毛宗崗評點明確揭示「虛」「實」二字者，往往是情節安排策略與筆法章法技巧，與關
羽相關情節如二十八回，其文云：「關平爲養子，有不必隨行之關寧以陪之；周倉爲前
將，有不得隨行之裴元紹以陪之。一虛一實，天然奇妙。」（頁360）分析小說對關公
與周倉之互動情節之安排策略，並與關平關係相互比較，將奇文奇事與一虛一實合而
言之，以爲情節安排實屬天然奇妙。又如第三十回比較荀攸與許攸之獻策相較，毛評以
爲「許攸勸紹襲許昌是實話，荀攸勸操襲鄴郡、黎陽是虛話，一實一虛，各是妙策。」
（頁389）其中虛實無關眞假高下，皆屬妙策，所謂虛實，乃筆法的相對觀念，有對照
互補之作用。至於第三十一回之虛實另具含意，小說敘述袁紹悔不聽田豐之言，兵敗將
亡，於帳中聞遠處哭聲，其後遇逢紀引軍來接，並譖豐於獄中知紹敗，撫掌大笑。毛評
對此前後情節，有「哭是耳聞，笑是傳說；哭是實，笑是虛」（頁395）之分析，所謂
哭是耳聞是實，笑是傳說是虛，其中虛實固然有眞假含意，卻也指出筆法對照，虛實具
有雙重涵義。而第七十五回則於呂蒙襲荊州之際，分析小說描寫趙關張與呂蒙用兵之差
異，所謂「趙雲、關、張襲三郡，用虛寫，今呂蒙襲荊州用實寫」（頁978），藉虛寫
實寫以區別情節描述之詳略差異，亦屬筆法觀點。

[13] 金明求，《修辭與敘事：宋元話本小說的修飾書寫》（臺北：秀威資訊科技，2020），
第七章〈互通與接合：以人文地理空間（Human Space）探究鬼魂空間敘事〉，頁164，
189。

二、由例概理趣進行審美類推

　　毛宗崗評點具有小說作者文心文筆之敘事藝術意識，其〈讀三國志法〉以爲：「古事所傳，天然有此等波瀾，天然有此等屈折，以成絕世妙文」，固然承認三國史事之波瀾天成，而有助於《三國演義》之書寫藝術之成就，然其僞托金人瑞於順治甲寅《三國志演義・序》卻也以爲：「《三國》者，乃古今爭天下之一大奇局，而演《三國》者，又古今爲小說之一大奇手。異代之爭天下，其事較平，取其事以爲傳，其手又較庸，故迥不得與《三國》并也。」[14]對於三國人事提出「奇」的認識，所謂「天然奇局」，但又另有「演」的概念，實際評點也強調小說之成絕世妙文，並非在於依賴史實本即波瀾壯闊，而是藉由必要的創作策略與虛構，彰顯其中眞理，如歷史人物性格、史料與細節等眞實，即追求如人情人性或價值內涵等所謂本質之眞實。[15]如此的理解方式強調特定閱讀傾向，具有類推意識。

　　如七十七回〈總評〉中既吸收宗教觀點語彙與民間傳說因素，同時也有例推與概括的認知，其文云：

> 或疑關、張並是英雄，而雲長顯聖，不聞翼德顯聖，何也？曰：「翼德何嘗不顯聖？相傳有在唐留姓，在宋留名之說。今張睢陽、岳武穆，聲靈赫然，廟祀甚肅，豈非翼德之未嘗死乎？況桃園三人，非三人也，一人而已。雲長存，即謂之翼德存可耳；且謂與玄德俱存，亦無不可耳。」（頁 995-996）

---

[14] 金人瑞聖嘆氏，〈序〉，見明・羅貫中著，清・毛宗崗評改，《三國演義》，頁一。
[15] 宋鳳娣、呂明濤，〈《三國演義》毛評中的歷史小說虛實論平議〉，《泰山學院學報》25卷4期（2003年7月），頁69-70。

於關羽成神的文化背景中,毛宗崗輔以唐代張巡受帝王敕封爲神之例,展現對於特定眞理之認識,毛氏藉由何以唯獨關羽顯聖,不見翼德顯聖之質疑,加以闡釋,此亦呼應前此歷代對於此一顯聖傳說之質疑或論辯。[16] 除提出翼德神威亦見於唐宋等說法,尤其強調,桃園三人之死未嘗死,且三人實一人,關羽精神之長存,也等同玄德與翼德長存,如此的批評視野有其價值意識,三人實爲一人,關鍵在於精神一致,故得以等同,此一見解超越具體情節之比較,使小說之敘事內容因而具有了詩性。

又毛氏所謂「有頭無頭」、「一切休論」、「顯聖作威」等對於關羽敗亡之後的鋪陳之批評與闡釋,實屬於言外隱喻的領略,強調於小說情節發展中發現「理趣」,所謂「理寓物中,物包理內」,同時也提醒讀者,領略方式在於類比類推,不拘泥於具體事象,一如「賦物以明理,非取譬於近,乃舉例以概也。或則目擊道存,惟我有心,物如能印,內外胥融,心物兩契;舉物即寫心,非罕譬而喻,乃妙合而凝

---

[16] 洪淑苓,《關公「民間造型」之研究:以關公傳說爲重心的考察》,頁475,指出關公受帝王敕封爲眞君,神格提升,並提到唐代名將張巡死守睢楊,江淮奉祀特甚,自宋太祖至宋高宗,陸續因神靈陰助有功而享敕封之事,意味張巡在江淮地方的保護神成爲中央王室之忠誠護衛神。此或可與毛氏第七十七總評云:「翼德何嘗不顯聖?相傳有在唐留姓,在宋留名之說。今張睢陽、岳武穆,聲靈赫然,廟祀甚肅,豈非翼德之未嘗死乎?況桃園三人,非三人也,一人而已。雲長存,即謂之翼德存可耳;且謂與玄德俱存,亦無不可耳。」(頁995-996)相對照,或可證小說文本與評點都具有宋代以來的傳說發展之影響。而劉海燕,《從民間到經典:關羽形象與關羽崇拜生成演變史論》(臺北:萬卷樓圖書公司,2019),頁157,史官對於關羽之傲氣與驕矜有所批評,對於此一性格缺失,小說作者亦未美化,而是根據正史,寫關羽與與馬超比武;恥與黃忠同列、嚴拒孫吳提親、體罰士大夫等情節,也大幅表現其大意失荊州之過程,頁158-160,《三國志平話》對於關羽敗亡荊州一事極其避諱省略,古今戲曲對於關羽敗走麥城的演出也有所禁忌,關羽之死也成爲小說中關羽形象由人轉爲神的節點。有關普淨長老與關羽的互動,成書於《三國演義》之後的《歷代神仙通鑑》有完整敘述,而玉泉山普淨長老之點化關羽皈依成神,也與後世對關羽的崇拜相關。小說中比較完整地展現關羽的人格形象,還虛構顯靈成神的情節。小說中關羽神話形象的描寫,顯然受到後世文化的影響,而非歷史史實,而此種將宗教文化加以合理地虛構進入三國故事,使關羽同時以人和神的形象出現於歷史演義小說中,實展現民族的傳統文化。作者所處時代的文化改變關羽的形象塑造,似神似人,歷史敘事與文學敘事的巧妙融合,因此促進對歷史人物之認同感與對小說藝術的審美感受。

也」，小說敘事也有如詩歌之美學領略，此自有賴讀者理解作者「舉物即寫心」之前提，並能以「例概」類推的閱讀自覺與能力面對小說情節，進而加以參悟。[17] 此種對於歷史小說「以例概之」的閱讀闡釋取向，也展現對歷史小說甚至史實記載的另種看待。

　　毛氏對關公顯聖的看待與詮釋，提醒讀者應以審美類推認識事件所蘊含的「理趣」，又面對《三國演義》以虛構之鬼魂遊蕩顯聖置入史實情境時空，毛氏亦分析其中敘事渲染功能，對於歷史事件進行想像增補，強調情境事理之領略方為閱讀焦點，此類主張全然不同於傳統士人宣揚關聖護國佑民神蹟之宣揚態度，所謂「蓋侯之大有造於民，雖一鄉一邑，不忍其蹈於水火，固侯志也……吾謂侯以大節死事，沒而精靈在天，其不忘萬世者，侯之心也。若夫蹤跡瓌怪，出沒倘恍，此奇詭之狀，非侯所為，殆不得已而用之者也。」[18] 文人視野在於歌頌關羽之至

---

[17] 如錢鍾書，《談藝錄》（北京：三聯書店，2019）十一刷，頁556-557，引述沈德潛於乾隆三年序釋律然《息影齋詩鈔‧凡例》云：「詩貴有禪趣禪理，不貴有禪語」。（補訂二）余嘗細按沈氏著述，乃知「理趣」之說，始發於乾隆三年為虞山釋律然《息影齋詩鈔》所撰序，按《歸愚文鈔》中未收。略曰：「詩貴有禪理禪趣，不貴有禪語。……意盡句中，言外索然矣。……王右丞詩不用禪語，時得禪理。」乾隆二十二年冬選《國朝詩別裁》，《凡例》云：「詩不能離理，然貴有理趣，不貴下理語」云云，分剖明白，語意周匝。乾隆三十六年冬，紀曉嵐批點《瀛奎律髓》，……紀批皆言：「詩宜參禪味，不宜作禪語」與沈說同。卷六九〈隨園論詩中理語〉（補訂一）若夫理趣，則理寓物中，物包理內，物秉理成，理因物顯。賦物以明理，非取譬於近（Comparison），乃舉例以概（Illustration）也。或則目擊道存，惟我有心，物如能印，內外胥融，心物兩契；舉物即寫心，非罕譬而喻，乃妙合而凝（Embodiment）也。（附說十九）吾心不競，故隨雲水以流遲；而雲水流遲，亦得吾心之不競。此所謂凝合也。鳥語花香即秉天地浩然之氣；而天地浩然之氣，亦流露於花香鳥語之中，此所謂例概也。（頁571-572）

[18] 清‧李良年，〈嘉興郡南關侯祠碑記〉，見清‧周廣業、崔應榴纂輯，《關帝事跡徵信編》卷二十七「碑記三」，其文云：「嘉靖中，島酋為患，大江以南，所在竊發。庚戌之歲，吾鄉被禍尤劇，相傳群寇於劫掠之日，將肆焚炳，忽聞空中大呼，仰視若見關侯，眾遂解散。……予自束髮，父老為予言，有感其事。及過府治禮侯之祠，見前督察甬江趙某所為碑記，其述軍中見侯影響，頗與此類。又觀毘陵唐順之所作常州關侯祠記，亦具言見侯事如嘉興。予以二公之文非妄，而里中始末，益無可疑。蓋侯之大有造於民，雖一鄉一邑，不忍其蹈於水火，固侯志也……吾謂侯以大節死事，沒而精靈在天，其不忘萬世者，侯之心也。若夫蹤跡瓌怪，出沒倘恍，此奇詭之狀，非侯所為，殆不得已而用之者也。」強調護國祐民之精神，不計奇詭倘恍之徵，然亦非毛氏出以美學角度之認知。

誠無息，精誠長在，屬於教誨訓示之立場，毛宗崗評點則反而於恍惚無
徵之文字中發現「理趣」，所謂「寥廓無象，托物起興，恍惚無朕，著
述而如見」。[19] 毛氏之認識為，小說寫作不重在直接陳述價值或道理，
而貴在執簡馭繁，觀博取約，寫作之重逸趣，閱讀之主舉一反三，故小
說亦能「著語不多，卻能至理全賅」，從中得見寓意所在。[20]

　　毛氏以美學角度訴求所敘述事件之原則或真理，講究本質之真
實，即劉、關、張與張巡、岳飛所代表的忠義精神，提醒讀者勿侷限於
真假信疑之別，「非有兩關公」，而是強調應有的類推理解，此實超越
史實認識的層次。同時，〈總評〉亦回應情節合理與否的質疑，亦即
關羽既皈依，何以再有追呂蒙等事蹟，毛宗崗之解釋為，關羽不以生死
而有異，追既為當追，亦可視為未嘗追，斬五關將首，亦未嘗斬，水淹
七軍亦可視為未嘗淹，毛氏所訴求的為關羽之至高精神，所謂「關公竟
未嘗死也」，以此作為審視歷史人事的原則，意味價值精神之絕對性，
正如其對於關公「還我頭來」之分析為，「既在空，何有我？本無我，
何有頭？本無頭，何有還？本無頭去，何有頭來？」「若云無頭，呼者
是誰？若從還頭，還於何處？」而對於關公因普淨「後果前因，一切休
論」教誨而恍然大悟，稽首皈依時亦云，「稽首則無頭而有頭，皈依則
有我而無我矣」以及「驚天動地之人，自有此作威（威嚴）顯聖之事」，
此類解釋小說違背事理的情節安排，所謂「不必有是事，不可無是心；
既已有是心，即如有是事」，情節真假合理與否已非重點，而是具有某
種意義的寓意指涉。[21] 一如其偽托金聖歎所作之《三國志演義・序》強

---

[19] 錢鍾書，《談藝錄》，頁563。

[20] 錢鍾書，《談藝錄》，頁562-563，道理則不然。散為萬殊，聚則一貫；執簡以御繁，
觀博以取約，故妙道可以要言，著語不多，而至理全賅。顧人心道心之危微，天一地一
之清寧，雖是名言，無當詩妙，以其為直說之理，無烘襯而洋溢以出之趣也。理趣作
用，亦不出舉一反三。然所舉者事物，所反者道理，寓意視言情寫景不同。言情寫景，
欲說不盡者，如可言外隱涵；理趣則說易盡者，不使篇中顯見。

[21] 毛宗崗於其他回目之評點亦往往提醒讀者，應關注此類非現實情節之涵義，而非計較情
節之是否真實，如第七十五回敘述關公無視臂骨為箭毒所傷，一心攻取樊城時，毛評
云：「不必有是事，不可無是心；既已有是心，即如有是事。」

調，小說作者之文心與評點者之慧眼，[22] 其中「筆墨之快，心思之靈，先得我心之同然」觀點，雖不出文章筆法之認識，然所謂「一一代古人傳其胸臆」，亦得見其以爲小說文本具有比喻指涉之內涵。

於此，歷史事件或小說敘事之虛實與否已非主要探討目的，主要考量在於讀者與評點者採取何種角度加以認知、關注作者書寫事件之特定思維與價值意識。如此的閱讀與分析角度對應於敘事文本的小說與小說評點，尤其是歷史、歷史小說與其評點，實展現了另一種審視敘事文本的取向，即小說雖爲敘事文類，卻也具有超越事件媒介的閱讀途徑之可能，敘事文本也有抒情文類的審視方式，以歷史敘事爲例，歷史敘事所講述的不僅是事件，還有事件彼此的可能關係，此類關係實則來自敘述者，且敘述者之語言又具有敘述者之意識，爲使讀者理解陌生事物，必須使用比喻性而非科學性語言。[23] 歷史話語都有比喻意義的層面，比喻構成事實與解釋之基礎，進而有隱喻反諷等可能，[24] 歷史敘事如此，歷史小說亦如此，而歷史小說之評點更是有此意識，於事件記載中發掘詮釋其中的褒貶是非，也使讀者於此多重書寫現象中觀察不同書寫者價值意識之具體展現。

---

22 明‧羅貫中著，清‧毛宗崗評改，《三國演義》，頁2，順治甲寅金人瑞《三國志演義‧序》以爲：「作演義者，以文章之奇，而且無所事於穿鑿，第貫穿其事實，錯綜其始末，而已無之不奇。此又人事之未經見者也。獨是事奇矣，書奇矣，而無有人焉起而評之；即或有人，傳其事之奇，書奇矣，而無有人焉起而評之，即或有人，而使心非錦心，口非繡口，不能一一代古人傳其胸臆，則是書亦終與周秦而上、漢唐而下諸演義等，人亦烏乎知其奇而信其奇哉！」

23 〔美〕海登‧懷特（Hayden White）著，陳永國、張萬娟譯，《後現代歷史敘事學》（北京：中國社科院出版社，2003），頁185，歷史敘事講述的不僅是事件，還有事件所展現的可能關係系列。此類關係系列存在於敘述者腦海中。又因爲使用語言書寫，其中有具有敘述者之意識，且爲使讀者理解陌生事物，必須使用比喻性而非科學性語言。

24 〔美〕海登‧懷特（Hayden White）著，陳永國、張萬娟譯，頁119-120，一個歷史話語都有比喻意義的層面，在歷史敘事中比喻成分被移置到話語的內部，在讀者意識中模糊出現，成爲事實和解釋構成互補關係的基礎，在分析歷史話語的比喻成分時，使我們對特定歷史領域與作爲一個過程的各個表達階段進行比喻描寫的轉義模式，從而對歷史再現的可能類型加以概念化，而隱喻、換喻、提喻與反諷早已被視爲構成主要比喻語言的轉義。

　　小說或敘事文類不僅是事件的紀錄，也具有轉喻作用，[25] 毛氏主張亦有類似關注，呈現了對於敘事文類所欲彰顯的本質之重視，無論是小說或歷史，二者有其虛實相生，「事托理成」，「理因事著」的融貫現象，敘事文本亦得以說詩理趣之體會方式相互參照。[26] 一如七十七回總評以爲，普淨之四語，「抵得一部《金剛經》」，以《金剛經》爲符號，使評點文字因而隱含所謂人相、我相、是非、因果、善惡等具有宗教色彩的語彙，展現一切法無我等多重思考，此一描述除了具有讀者或聽衆意識外，也往往凸顯了具個人意識的隱喻修辭，敘事話語的修辭因此具有某種指涉或寓言的內涵，而非限於敘事本身。

　　又如第七十七回〈總評〉提及，「『雲長安在』一語，抵得一部《金剛經》妙義。以『安在』二字推之，唯獨雲長爲然也。吳安在？魏安在？蜀安在？三分事業，三國人才，皆安在哉？凡有在者不在，而惟無在者常在，知其所在，而雲長乃千古如在矣。」有如《金剛經》所謂：「一切有爲法，如夢幻泡影，如露亦如電」的觀照，不取於相，如如不動，喻一切法的無常無實，空無自性之「妙義」，[27] 其中有我、無我之互參理解，有宗教意識之衍伸與引導詮釋，於各情節段落與人物言行不斷指摘作者之書寫用心，突出作者之特定價值觀與有意塑造的可能傾向。此類論述並非純然附會，亦非道德宣化，而是提供審美認識之途徑，使《三國演義》關公顯聖之解說評析，超越附會之質疑與教化之拘泥，而強調了其中的領略途徑與訴求重點。

---

25 〔俄〕雅克布遜（R. Jakobson）：〈隱喻和換喻的兩極〉，收於伍蠡甫、胡京之主編：《西方文藝理論名著選編》（北京：北京大學出版社，1987），頁432。俄國形式主義者雅克布遜（R. Jakobson, 1896-1982）以爲詩學分析上，隱喻在浪漫主義和象徵主義流派所占據的優勢地位，然轉喻卻在現實主義小說中有種關鍵的影響性。

26 錢鍾書，《談藝錄》，卷六九〈隨園論詩中理語〉，頁569，云：「亞理士多德智過厥師，以爲括事見理，籀殊得共；其《談藝》謂史僅記事，而詩可見道，事殊而道共。黑格爾以爲事託理成，理因事著，虛實相生，共殊交發，道理融貫迹象，色相流露義理，取此諦以說詩中理趣，大似天造地設。」

27 賴永海主編，陳秋平譯注，《金剛經·心經》（臺北：聯經出版社，2020）〈應化非眞分第三十二〉，頁133。

　　毛氏詮釋三國人事與是非善惡之認知傾向，看似重在類推理解，不著墨合乎事實與否，但另一方面，其強調忠義神聖精神之永恆，對歷史演變之審視已超越所謂史實真假之認知層次，展現另一種歷史的觀照視野。毛宗崗於現實人事的認識基礎上，發展出更高層次的視野，亦即對於歷史發展之內容或傾向展現另種角度之觀照，對於史實人事之遺憾或惋惜得以重新解釋與看待。提醒讀者如何看待此一虛構的鋪排所欲彰顯之意義，亦即小說中之虛構情節往往為某種觀點之比喻展示，故閱讀時當著意於特定文字符號或情節所隱含的某種內涵或特質，而非拘泥於用以比喻的文字符號或情節本身之虛實考證。

　　此種事理或意趣之認識，一如託名李卓吾、實則葉晝的《水滸傳‧序》所謂：「《水滸傳》文字原是假的，只為他描寫得真情出，所以便可與天地相終始。」事或許假，情則為真，假中之真往往才是作品的精神價值，也是作者所欲藉由各式人事描寫以抒發胸中憤鬱的具體表現，[28] 毛宗崗評點的引導也凸顯了此一創作觀點與審美自覺，所謂「假中之真」，須合乎人情世態之規律，以及所謂「趣」之感受，[29] 毛氏不僅讚賞肯定此類虛構表現，也提醒讀者應有的理解方向與關注重點，亦即人生事理與價值精神的講究，求其本質而非歷史現實，並反省敘事符號所展現的隱喻內涵，情節不僅是情節，虛構不僅是虛構，所有的敘事呈現皆有隱喻成分，閱讀指向一種言外之意的價值精神理解，而非事件本身的認識。於此，小說不僅是敘事，也是抒情的解釋基礎。

---

[28] 如陳洪，《中國古代小說藝術論發微》（天津：南開大學出版社，1987），頁22，以為李卓吾敢承認《水滸傳》的假，並明確指出，正是這種假中之真，使作品獲得永久的藝術生命。並引李卓吾〈雜說〉之「奪他人之酒杯，澆自己之壘塊，訴心中之不平，感數奇於千載」，以為事假情真，則知文學目的並非模仿與再現，而是自我抒發與表現。其文末所謂「施、羅二公，真是妙手，臨了以夢結局，極有深意，見得以前種種，都是說夢。……只是藉此發洩不平耳」。

[29] 如陳謙豫，《中國小說理論批評史》（上海：華東師範大學出版社，1989），頁73引葉晝託名李卓吾「《水滸傳》事節都是假的，說來卻似逼真，所以為妙」之語，以為假即虛構，但只要符合生活規律，寫出真情，即能逼真。又如頁74，以為假必須符合生活之真，符合人情物理。並以「趣」作為衡量假是否符合生活之真的依據。

中國敘事傳統所關注的眞實，一是實事意義上的眞實；一是人情意義上的眞實，所傳述的恰是生活眞正的內在眞實，或即說是本質。[30] 毛氏評點所訴諸者亦然，對於此類虛構情節有不同的看待與認識，強調的是藉由特定的領略閱讀取向以宣揚某種意識或精神，如庶民善惡觀點到倫理價值的闡揚，小說或歷史小說所謂虛實美學內涵於此得以超越，小說成爲評價的媒介而不僅僅是事件情節的說明交代，評點者對於作者文心之求索與作品藝術之強調，使小說尤其歷史小說之分析由敘事筆法擴增至抒懷內涵之關注。

三、以詩意修辭傳輸價值興寄

羅貫中《三國演義》七十七回以關公顯聖情節提供一種小說的價值發展與解釋，而評點者毛宗崗則意識到此一有意的安排具有隱喻的內涵，以特定價觀點與詮釋方式企圖影響讀者，指出關公顯聖情節可能的內在精神，展現小說之寓意內涵，從而進行說服乃至安頓，其中關羽之神聖形象與忠義精神爲主要論點。而毛氏之批評話語，可視爲一種意識型態，包含文學藝術與倫理價值等之文化生產。藉此一意識介入語言與傳譯，從而藉由特定敘述序列加以指出，關羽、劉備、張飛皆可一例看待，文本內容無論虛實，實爲一種精神與價值之隱喻，以審美閱讀方式調和道德彰顯與附會質疑，不受徵實或穿鑿之角度侷限，而是強調小說敘事可能具有的詩性理解取向。毛宗崗固然積極爲讀者指出此類虛構情節應有的著重取向，使三國歷史人事有所擴展與演繹，並非單純史實或史實小說，毛氏不僅承認小說作者之虛構創作，並藉由宗教概念與陳述模式進行評價以影響或指導讀者，從而進行說服乃至安頓。然而，毛氏藉由審美理解的認識內容，最終仍回歸理性正統的價值觀點，即關羽正

---

[30] 浦安迪（Andrew H. Plaks），《中國敘事學》，頁32。

氣長存、英靈永在之形象強化，而非漫無邊際之隨意領略或違背常理常情的主張。

　　《三國演義》對關羽忠義形象與顯赫神威之肯定與形塑，自有其背景，[31] 如秉燭達旦、約三事、封金掛印、過五關斬六將、斬蔡陽與兄弟古城會等實經由各式傳說與想像虛構之傳輸過程而建立，[32] 由此進行關羽形象之多方塑造。[33] 而玉泉山關公顯聖一節，顯然更不受史實拘束，將關羽形象與精神做一完整總結與強化，小說「後往往於玉泉山顯聖護

---

[31] 夏志清著，何欣、莊信正、林耀福譯，《中國古典小說》（臺北：聯合文學出版社，2016），第二章〈三國演義〉以爲：「羅貫中有意採用了陳壽的觀點，把這個英雄寫成一個傲慢而無大將才具的戰士。羅貫中編書的時候，關羽已經成了全國尊崇的對象（清代開始被奉爲神明），所以對他景仰一如聖賢。他照樣寫出關羽的威嚴儀表、美髯和青龍偃月刀，而且始終盡量刻畫他那無比的勇猛和崇高。但同時羅貫中也忠於史實，一再提出關羽的全然不懂政策謀略，幼稚的虛榮心，以及令人不耐的自大。這種自大，加上他又輕信人言，終於造成了他的悲慘下場。他死的時候是一個破落的偶像，他對自己才能和勇武的堅信不移，令人不禁生出一點憐憫之心。」（頁85）而洪淑苓，《關公「民間造型」之研究：以關公傳說爲重心的考察》（臺北：臺大出版委員會，1995）第二章〈史傳小說與戲曲之關公〉，頁82-83則以爲，夏氏之言，在於從性格探討，因性格特質導致關羽挫敗，而由於關羽剛烈個性，使其遇難時合有了悲壯情調，並引用黃華節，《關公的人格與神格》（臺北：臺灣商務印書館，1967），頁208-211之意見，以爲關羽展現的「義」是社會倫理，是責任，良知良能，乃至人的文化認知，主張關羽形象最顯眼的，仍是其義的精神。

[32] 毛宗崗推崇關羽之忠義並不僅止於第七十七回，如其解釋關羽「義釋曹操華容道」此有所爭議之情節時，即極力頌揚關羽的義氣。所謂：「有恩必報」，即是此理。毛氏有言：「懷惠者，小人之情；報德者，烈士之志。雖其人之大奸大惡，得罪朝廷，得罪天下，而彼不能害我，而以國士遇我，是即我之知己也。我殺我之知己，此在無義氣丈夫則然，豈血性男子所肯爲乎？使關公當日以公義滅私恩，曰：『吾爲朝廷斬賊，吾爲天下除凶。』其誰曰：『不宜？』而公之心，以爲『他人殺之則義，獨我殺之則不義。』故寧死而有所不忍耳。」（頁643）又如二十五回關羽秉燭達旦一事，毛氏於〈凡例〉中強調此爲「事不可闕者」、「俗本皆刪而不錄，今悉依古本存之，使讀者得窺全豹」（頁1），然所謂「不可闕者」，實爲強化關羽形象而設計之虛構情節，且毛氏爲強化關羽形象之無瑕，也往往藉由批評曹操或其他人物而加以凸顯對照，如二十六回總評以爲：「曹操一生奸僞，如鬼如蜮，忽然遇著『堂堂正正、凜凜烈烈、皎若青天、明若白日之一人』，亦自有『珠玉在前，覺吾形穢』之愧，遂不覺愛之敬之，不忍殺之」（頁326），毛宗崗讚揚關公之正大磊落，也由此解釋情節進展，亦見其情理訴求之所在。

[33] 劉海燕，《從民間到經典：關羽形象與關羽崇拜生成演變史論》，頁142-148，關羽兄弟古城會基本情節於元代以來的俗文學中大致具備。小說於其間又加工約三事、秉燭達旦、封金掛印等強調道德之情節，並以斬顏良、文醜、五關斬六將與斬蔡陽，凸顯關羽神勇與堅定，千里獨行與過五關斬六將也是根據民間傳說加工而成，也成爲塑造關羽人格形象的平臺。

民」之敘述，顯然是採自地方父老的傳說。[34] 關羽故事之流傳過程中，民間信仰與儒家倫理之介入，強化關羽形象之神聖。[35] 羅貫中以神異情節鋪陳關公殉亡歸神，對歷史人事之遺憾提供某種程度之安頓，其以虛構想像情節以陳述關羽之敗亡，[36] 此一現象脫離了歷史小說受限於史實之框架，毛氏亦不著重虛實之探討，而是就此虛構內容積極闡釋或宣揚某種觀點。既有文獻以爲，羅貫中鋪排關羽之死顯然有異於其對劉備或張飛死亡之安排，雖然於無意義中發掘意義，卻不免有文化價值之矛盾。[37] 毛氏評點則於附會質疑基礎上，對於關公顯聖提供另一種處置與分析態度，正是「於無意義中挖掘意義」，實有值得關注之處。

事實上，於嘉靖壬午修髯子〈三國志通俗演義·引〉即提及：「史氏所志，事詳而文古，義微而旨深，非通儒夙學，展卷間，鮮不便思困睡。故好事者，以俗近語，檃括成編，欲天下之人，入耳而通其事，因事而悟其義，因義而興乎感，不待研精覃思，知正統必當扶，忠孝節義必當師，奸貪諛佞必當去，是是非非，瞭然於心目之下，裨益風教廣且大焉，何病其贅耶！」其中所謂「因事而悟其義，因義而興乎感」，「是是非非，瞭然於心目之下」，其中的「悟」「興」或「是非」，實即一種閱讀的理解反省，「悟其義」、「興其感」與是是非非的價值精神，最終仍回歸忠孝是非之傳統價值，不同的是，毛氏是藉由具體且無論虛實與否的情節安排加以推論理解而得致。

---

34 洪淑苓，《關公「民間造型」之研究：以關公傳說爲重心的考察》，頁80-81。
35 劉海燕，《從民間到經典：關羽形象與關羽崇拜生成演變史論》，頁158，以爲《三國演義》有關關羽的形象塑造是基於對關羽具有忠義等符合儒家價值精神的認識而來，且宋元以來民間文學或戲曲對於關羽敗走麥城而死有所避諱，而強調其歸神顯聖的事蹟，也是基於崇敬關羽的特定安排。
36 熊篤、段庸生，《三國演義與傳統文化溯源研究》，頁246。
37 李春青，《在文本與歷史之間：中國古代詩學意義文生成模式探微》（北京：北京大學出版社，2005），頁259，以爲《三國演義》對於關羽之死極盡鋪張之能事，至於劉備、張飛之死，則毫無價值可言，劉備因兵敗孫權憂憤而死；張飛爲部下所殺，《三國演義》於此並無法違背史實，又卻極力於無意義中挖掘意義，因而陷入敘事的內在矛盾之中。

　　毛氏之認識角度擴大了以往虛實辯證之層面與內涵，然而，此類
虛構情節之詮釋實亦不出道德價值觀，顯然有其個人主觀意見，且有意
於評點中藉由各種批評角度加以強調與論述，甚至於閱讀寫作之藝術分
析之關照下，也進行更加全面的價值體認與觀照視野。如關公之顯聖佑
民，且得以與普淨長老、曹操、呂蒙及劉備等人互動之敘述顯然有違現
實常理，然毛宗崗並未刪除或否定，而是積極予以解說，於虛構情節上
完成個人價值好惡之論述，且嘗試引導讀者領略其中道德價值，以免有
所誤讀或質疑。如七十七回總評云：

> 關公既經普淨點化之後，人相我相，一切皆空，何又有追
> 呂蒙、罵孫權、驚曹操、告玄德之事乎？曰：「雲長不以
> 生死而有異，玉泉山之關公，與鎮國寺之關公，非有兩關
> 公也。善善惡惡，因乎自然，而我無與焉。追所當追，罵
> 所當罵，驚所當驚，告所當告，直以為未嘗追，未嘗罵，
> 未嘗驚，未嘗告而已矣。不甯惟是，五關斬將直是未嘗
> 斬，水淹七軍直是未嘗淹也。」（頁996）

這類具有文人意識與特定價值的表現，固然有歷代共有的道德原則，但
亦有特定時代的個人抉擇。毛評所呈現的，即是有意藉由理解類推的引
導與強調，所謂「人相我相，一切皆空」，「雲長不以生死而有異」，
「驚所當驚」，「罵所當罵」，「未嘗斬」，「未嘗淹」之理解與提
醒，則一如《金剛經‧離相寂滅分第十四》所云：「是實相者，則是非
相」「我相，即是非相；人相、眾生相、壽者相，即是非相。何以故？
離一切諸相，則名諸佛」[38]，以為遠離一切對虛妄之相的執著，方為認識
之應有態度，又如《金剛經‧究竟無我分十七》以為：「若菩薩有我

---

[38] 賴永海主編，陳秋平譯注，《金剛經‧心經》，頁72。

相、人相、眾生相、壽者相，則非菩薩」[39] 亦一再闡述菩提離相，我法俱空的觀點。毛氏藉《金剛經》之辭彙概念，闡述「無」「有」之辨，顯然藉宗教概念進行對史實或小說敘事的反省與詮解，有意使讀者透過閱讀小說而能獲得超越情節結局的相關思索與評價。

　　值得注意的是，毛宗崗也藉此審美的理解方式進行其特定價值之維護與彰顯，尤其對於以關羽為中心的桃園結義之三人，以及孔明等蜀漢君臣之行止，更是有所維護與解釋，如第二十七回總評云：「自二十五回至此，皆為雲長立傳，而玄德、翼德兩邊，未免冷淡。乃於白馬之役，忽有翼德探囊取物一語，文中雖無翼德，而翼德之威靈如見。至於玄德行藏，或在袁紹一邊攻書，或在關公一邊接束，或在冀都陣上口傳，或在孫幹途中備述：處處提照出來，更不疏漏。真敘事妙品。」（頁 337-338）除關注關羽，毛評亦於敘事藝術段落之強調中，著墨翼德之威靈，玄德之行藏，其評點不僅是小說敘事藝術之凸顯，強調此類精神之詩性體認，而非純然教誨訓示之傳達，由此再次渲染蜀漢君臣之無瑕行止，回歸特定的忠義等理性訴求。[40] 毛氏以審美閱讀，強調關羽

---

[39] 賴永海主編，陳秋平譯注，《金剛經・心經》，頁89。

[40] 毛氏此類讚賞往往忽略史實之真實與否，全然歸結於其主觀的善惡認定與對照，《三國志》記述呂蒙之病，且由孫權言語中再次呈現，小說《三國演義》修改正史記載，至評點也就此虛構情節予以發揮，如第七十五回云：「陸遜領命，星夜至陸口寨中，來見呂蒙，果然面無病色。」毛氏夾批云：「關公真病而無病色，呂蒙假病而無病色。一是神威莫及，一是奸偽難遮。」（頁975）以為呂蒙假病而無病色，強化呂蒙之奸偽印象，更顯關公真病無病色之神威。另一方面，毛氏於段落語意縫隙間闡釋小說作者文情藝術之同時，也不忘鋪陳桃園兄弟各自之完美形象，第七十三回總評以為，關羽未能突圍，蜀漢之敗，「皆天之為」，此為對三國歷史發展與結果之評價，小說敘事及以歸結於天命，毛宗崗亦然，天實為之，自是無法扭轉漢亡之命運，而非特定個人之失。其文云：「孔明若不使關公取樊城，則荊州可以不失：即欲使公取樊城，而另遣一大將以代公守荊州，則荊州亦可以不失。而孔明計不出此，此不得為孔明咎也，天也。關公若能聽王甫而不用潘濬，則關公可以不死：若不用糜芳、傅士仁，則關公亦可以不死。而關公又計不及此，此不得為關公咎也，天也。人欲興漢，而天不祚漢，天實為之，謂之何哉！」（頁948）對於孔明與關羽之計不及此，「實天之為」，「人有意興漢，天不祚漢」，終究無可奈何，而不能咎人之失，毛氏之立場顯然維護關羽、孔明，是以對於史實或小說文本之內容採取個人主觀的理解與詮釋，以強調其所欲彰顯的忠義倫理精神以及刻意形塑的完人形象。

英靈長存之敬仰體認，毛氏著眼此一書寫意識並加以發揮，以此爲關公行事與形象之多方維護曲說，強調情節所具有的比喻特性，如關羽於鎮國寺殺卞喜，是小說情節的「事實」，毛評不論與史實是否相符，而是以情理解釋關羽殺人行爲，以爲「佛地殺歹人是菩薩」，固然是維護關羽，但此一領略解讀更顯示其對於小說寓意的閱讀取捨。[41]

如此的價值詮釋，不同於士人對於關羽浩然正氣乃至誠無息之嚴肅訓誨模式，[42]如王世貞以爲：「至誠無息，不息則久。麥城之役，垂五百年而始爲開皇，一顯於玉泉之刹，又垂五百年而爲崇寧，再顯於蚩尤之戰，自是而又垂五百年。公若以一身化億兆身而應天下，以億兆心爲一心而趨，公上而爲后王君，公下而紅女嬰孺，近而都披，遠而魋結侏儺之鄉，亡能不心儀公者。公之所以久而大，則誠也。可以貫金石，後三光，終始萬物，又何疑焉？」[43]又如王思任所謂「萇宏之血化而爲碧，子胥之氣，怒以成濤。石敢之力，所在遏巷。古今忠勇之士，生爲名臣，死爲屬鬼，其英風桓魄，紀載甚多。」「帝之浩然赫赫」，「匪惟尊之，而又親之」，對於傳首洛陽驚動曹操一事，亦以爲，「蓋惟陰見而陽始見，有陰則有陽，有大陰則有大陽。張睢陽等所激逆，涔搏觸陰而已矣。而帝之所遇，非僅僅昏愚亂賊之陰也。乃古之大陰似陽之曹操也。……帝首傳至洛，操即尋卒，所謂日與陰不兩立矣，日長在，則

---

[41] 如二十七回敘及卞喜於鎮國寺伏兵欲謀害關羽之情節與毛評所云：「卞喜下堂，繞廊而走，關公棄劍，執大刀來趕。卞喜暗取飛錘，擲打關公。關公用刀隔開錘，趕將入去，一刀劈卞喜爲兩段。（毛夾批：要在佛地上殺好人是眞強盜，能在佛地上殺歹人是眞菩薩。）」（頁343）

[42] 如洪淑苓，〈文人視野下的關公信仰——以清代張鎮《關帝志》爲例〉，雲林科大漢學研究所《漢學研究集刊》第五期（2007.12）即主張，張鎮之著述態度多爲關公英雄、聖人道德形象之強化，而減少宗教色彩。

[43] 明・王世貞，〈漢關公廟記〉，見周廣業、崔應榴纂輯，《關帝事蹟徵信編》卷二六「碑記二」錄自《弇州山人續稿》。

帝之心長在，帝之心長在，則帝之英爽長在。」[44]

　　此類記載敘及浩然正直英靈至誠無息，雖承認虛實之差異，但終歸於道德強調，未有美學認識，自不同於毛氏「驚所當驚，罵所當罵」之分析，毛氏強調對於小說敘事應有之審美認知方式，也由此肯定小說對史實之安排策略與藝術特質，而非單純附會，並藉此方式傳輸道德倫理意識。而毛氏評點亦有其倫理價值意識，以此維護或譴責故事人物，並因此著意連繫或說明非現實人事情節，針對羅貫中《三國演義》之敷演現象與情節虛實加以分析說解，有意引導特定的閱讀評價傾向，毛氏於所謂小說附會之質疑中，強調事件之價值真實，也於徵實之講究外，另增審美思考過程，此或即毛氏評點關公顯聖之主要認識與特質。

　　同時，毛氏善用典故進行文史參照，呈現文化認同與歷史記憶的認識。[45] 實際批評中，毛宗崗藉由各類文史徵引對歷史人事進行觀察或評價，以其學養背景，積極引用詩文，運用聯想將不同文類或符號並置於小說文本中，進行意義或內涵的連結或對照，如七十七回敘述關羽獨自面對敗亡且遭斬首之際，劉備、張飛與孔明未及時獲悉之衝突時，毛宗崗徵引唐代李華〈弔古戰場文〉，所謂「其存其歿，家莫聞知。人或有言，將信將疑。悁悁心目，寢寐見之」渲染關羽孤獨無援以致敗亡，兄弟尚無法得知之悲涼，藉由詩文等正統文類的徵引運用，使情節鋪陳具有多重的內在，對小說產生雅化作用。[46] 也使小說超越了單純敘事的層

---

[44] 明·王思任，〈關聖帝君廟碑記〉，見周廣業、崔應榴纂輯，《關帝事蹟徵信編》卷二六「碑記二」云：「佛行於中國，而中國不盡行之。吾夫子盡行於中國，而中國之外不行也。萇宏之血化而為碧，子胥之氣怒以成濤。石敢之力，所在遇巷。古今忠勇之士，生為名臣，死為厲鬼，其英風桓魄，紀載甚多。然亦何至如帝之浩然赫赫，自中國以至夷狄，惟姓隻行，毋論目儡其土木之象，即口或幾之，莫不角角心竦，而窮鄉婦孺，小有災患，又惟帝是籲，匪惟尊之，而又親之，此其故何也？曰，神道持世，亦有運在，此亦旁教之陂論也。張睢陽、岳武穆，豈其運獨蹇塞，不章章人耳目耶？」

[45] 王凌，〈古代小說評點中的引用修辭與互文解讀策略：以毛宗崗《三國演義》評點為例〉，《文史天地理論月刊》，2014年第1期（2014年1月），頁72。

[46] 王凌，〈古代小說評點中的引用修辭與互文解讀策略：以毛宗崗《三國演義》評點為例〉，頁71。

次，而有詩意修辭之展示空間。

　　毛宗崗於不同回目評點中多次徵引李華〈弔古戰場文〉，所引用與強調的重點亦各有側重，或情境或心境，得見非呆板重複引用，且所謂「方信不是虛話」，實有意與讀者就文章領略加以對話。[47] 文史符號之加入，實植基於其人前此的文化素養與閱讀經驗，使讀者於閱讀小說與評點時，因不同時空文本內涵之參照，得以同時面對多元並列且深淺不一的理解領略，此亦是超越小說情節關注之重要現象，由此引導讀者進行評點者所預期的理想閱讀。並運用聯想將不同文本內涵加以連結，實為特定修辭表現，而有引導讀者之意圖，顯然於史實紀錄、歷史小說中產生互相闡釋的效果。毛宗崗評點《三國演義》關公顯聖一節，就虛構現象之可能讀法加以指導，不比較史實與小說之虛實差異，亦不就虛構內容闡釋可能的價值精神，而是著重評點對各種敘事現象，包含史實、小說與虛實融合等之理解與闡釋，傳統文史典籍與庶民信念的融合與運用。施之於實際創作與批評，小說創作與評點活動建立了多重解讀空間，提供藝術價值之領略，且確保情感價值之獲得認可，如此的創作與評點現象具有感性與理性的協調與互補。

　　於此，以敘事為主要特徵的小說亦具有了品評領略的抽象認識，更因此有了個人情感內涵，以毛宗崗《三國演義》之評點而言，或可視為歷史、歷史／歷史小說、歷史／歷史小說／小說評點等層次之擴充與意義衍伸，其中蘊含不同敘事者特定理解與意見，尤其歷史敘事更是擴張的隱喻象徵結構，敘事者有意以其主觀意識引導讀者以不同情感價值

---

[47] 毛宗崗多次引用唐代李華〈弔古戰場文〉，如三十一回袁紹兵敗官渡之戰，袁紹於帳中聞遠遠有哭聲，毛評以為：「軍中聞夜哭，抵得唐人〈塞上行〉數篇。」「李華〈弔古戰場文〉是聞鬼哭，袁紹此夜是聞人哭。」（頁395）又於第四十一回劉玄德攜民渡江情節之夾批：「嘗讀李陵書曰：『涼秋九月，時聞悲風蕭條之聲。』又讀李華〈弔古戰場文〉曰：『往往鬼哭，天陰則聞』，未嘗不愀然悲也。今此處兼彼二語，倍覺淒涼。」（頁530）又於第九十一回孔明大祭瀘水情節中再次引用，其文云：「『往往鬼哭，天陰則聞』，方信李華〈弔古戰場文〉不是虛話。」（頁1181）

去思考事件之意義。[48] 敘事者之意識顯然具有主導與影響之意圖,所指不僅是事物本身,還有其人對所敘述事物的觀感與認識,此已非事件眞假虛實之層次所能涵蓋,凸顯小說文類的另一種特質,敘述事件過程也具有某種事理價值之評價,此種評價具有經典教訓與民間信仰之雅俗融合,將正史簡約記載附以超越現實虛構想像之肯定認識。值得注意的是,毛氏於關公顯聖之評點強調有關史實人事之審美認識,最終雖仍回歸傳統價值精神,卻也提供小說閱讀評價之另一種思考途徑。

結　語

　　相較於《三國志》之正統史傳書寫,《三國演義》之敘事顯然具有大量虛構情節,毛宗崗評點之際接受且認可這些虛構內容,甚至加以評價讚賞,其中以其評點第七十七回關羽顯聖一節,以及相關之論述闡釋,進而確立歷史小說虛構之可能,其以爲小說作者有其創作意圖,而作爲評點者,尤其應凸顯揭露此一意圖與匠心。毛評《三國演義》第七十七回對於史實虛構之平衡處理,使小說既有某種程度之歷史眞實性,尤其又保有了作者之主體性,[49] 使小說不同於史傳之據事直書,而是一種隱含作者人生價值觀點的敘事表現,進而擴展小說閱讀的不同視野。毛宗崗對於小說結構布局和敘事藝術的闡釋,超越文學修辭的層次,建構了其特有的小說美學。其於史實的講究之外,亦於承認虛構基礎上凸顯小說藝術表現與應有的閱讀取向。毛氏評點調和歷史／歷史小

---

48 〔美〕海登・懷特（Hayden White）著,陳永國、張萬娟譯,《後現代歷史敘事學》,頁181,歷史敘事不僅僅是關於過去事件和過程的模式,同時也是隱喻性敘述,表明這些事件和過程與約定俗成的類型相似,而這些敘事類型賦予生活中的事件以文化意義。因此,歷史敘事是一個擴展的隱喻象徵結構。歷史敘事賦予事件意義,也引導讀者如何以不同情感價值去思考事件。

49 郭素媛、孫啓呈,〈論毛評本三國演義的奇書才子書之譽〉,《明清小說研究》,2018年3期（2018年3月）,頁80。

說，解釋小說作者創作之構思用心與讀者應有的認知理解，不侷限於小說情節虛實真假之認識，而是強調言外之意的綜合領略，藉以強化特定人物之形象與價值精神，敘事文本因而具有明顯的個人意識成分，而有了不同層次的內涵。

引用書目

一、專書

〔晉〕陳壽著，〔宋〕裴松之注，《三國志》（四部備要・史部），
　　臺北：臺灣中華書局，1976。

〔明〕羅貫中著，〔清〕毛宗崗評改，《三國演義》十六刷，上海：
　　上海古籍出版社，2018。

〔明〕謝肇淛，《五雜俎》，見《筆記小說大觀》，臺北：新興書局，
　　1975，第八編第 6 冊、第 7 冊。

〔清〕周廣業、崔應榴纂輯，《關帝事蹟徵信編》，道光四年刊本
　　1824 年公義堂藏本。

李志艷，《中國古典小說敘事話語的詩性特徵》，成都：巴蜀書社，
　　2009。

李春青，《在文本與歷史之間：中國古代詩學意義文生成模式探
　　微》，北京：北京大學出版社，2005。

金明求，《修辭與敘事：宋元話本小說的修飾書寫》，臺北：秀威資
　　訊科技公司，2020。

林崗，《明清之際小說評點學之研究》，北京：北京大學出版社，
　　1999。

洪淑苓，《關公「民間造型」之研究：以關公傳說爲重心的考察》，
　　臺北：臺大出版委員會，1995。

夏志清著，何欣、莊信正、林耀福譯，《中國古典小說》，臺北：聯
　　合文學出版社，2016。

孫琴安，《中國評點文學史》，上海：上海社會科學院出版社，1999。

陳洪，《中國古代小說藝術論發微》，天津：南開大學出版社，1987。

陳謙豫，《中國小說理論批評史》，上海：華東師範大學出版社，
　　1989。

熊篤、段庸生，《三國演義與傳統文化溯源研究》，重慶：重慶出版社，2002。

劉海燕：《從民間到經典：關羽形象與關羽崇拜生成演變史論》，臺北：萬卷樓圖書公司，2019。

錢鍾書，《談藝錄》，北京：三聯書店，2019。

賴永海主編，陳秋平譯注，《金剛經・心經》，臺北：聯經出版社，2020。

譚帆，《中國小說評點研究》，上海：華東師範大學出版社，2001。

〔美〕海登・懷特（Hayden White）著，張京媛譯，《作為文學虛構的歷史文本》，北京：北京大學出版社，1993。

〔美〕海登・懷特（Hayden White）著，陳永國、張萬娟譯，《後現代歷史敘事學》，北京：中國社科院出版社，2003。

〔美〕浦安迪（Andrew H. Plaks）著，《中國敘事學》，北京：北京大學出版社，1996。

〔美〕瑪莎・努斯鮑姆（Martha C. Nussbaum）著，丁曉東譯，《詩性正義：文學想像與公共生活》（*Poetic Justice: The Literary, Imagination and Public Life*），北京：北京大學出版社，2010。

二、期刊論文

王凌，〈古代小說評點中的引用修辭與互文解讀策略：以毛宗崗三國演義評點為例〉，《文史天地理論月刊》，2014 年第 1 期（2014 年 1 月），頁 70-73、81。

宋鳳娣、呂明濤，〈《三國演義》毛評中的歷史小說虛實論評議〉，《泰山學院學報》25 卷 4 期（2003 年 7 月），頁 68-73。

李立，〈「文學文化」與倫理的審美生活建構：理查德・羅蒂倫理學思想的美學向度〉，《河南師範大學學報（哲學社會科學版）》40

卷 1 期（2013 年 1 月），頁 96-100。

郭素媛、孫啓呈，〈論毛評本三國演義的奇書才子書之譽〉，《明清
　　小說研究》，2018 年 3 期（2018 年 3 期），頁 71-83。

張智宏，〈隱喻構造世界的實踐詩學：論理查德‧羅蒂的文學倫理
　　學〉，《北方論叢》第 238 期（2013 年 3 月），頁 38-42。

後　記：文學評點研究視野之開展

　　本書以古典小說爲中心，著眼特定文體的書寫傾向，視評點爲某種具一定模式之書寫行爲。無論是簡略、片斷或完整段落；或是前後總評或行間夾評，實皆屬潛對話之特徵。而評點者面對相關文本，就由此一書寫活動展現自我娛情乃至系統論述。就文本面貌以觀，歷時空不同類別文本相互交織，彼此互證，經史子集等符號內涵與小說旨意與藝術相互對照比擬。

　　評點既爲某種書寫行爲，不限於評點當時文學環境或思潮，爲另一種文本系統，甚至有既定的語彙或敘述模式。呈現以通俗小說爲認識前提的芻蕘之議特質。

　　藉由評點者之學識境遇背景與個人價值之強調指陳，記事之文亦得以與說詩之理趣體會方式相互參照。「括事見理，籀殊得共」；「史僅記事，而詩可見道，事殊而道共」。[1] 評點活動中，通俗與正統文類得以交融增生，尤其使古典小說文類特性得以轉化，從敘事、彰顯才情至表彰自我，乃至抒懷興寄的層次，藉由各篇章聚焦詩性內涵之分析，深化古典小說藝術審美之理解，並強調作者與評點者個人自期與態度。

　　由古典小說評點現象衍伸觀察，亦得以另一途徑確立文學發展的脈絡與傳播，以正統與邊緣爲角度，對古典小說評點之意識與共性進行思考，分析將不限於評點者所處當代環境，關注評點者意識與評點共性，從評點者的各種學養背景出發的相關反省，聚焦歷時空與跨文化評點現

---

[1] 錢鍾書，《談藝錄》（北京：三聯書店，2019）十一刷，卷六九〈隨園論詩中理語〉，頁569「亞理士多德智過厥師，以爲括事見理，籀殊得共；其《談藝》謂史僅記事，而詩可見道，事殊而道共。黑格爾以爲事託理成，理因事著，虛實相生，共殊交發，道理融貫迹象，色相流露義理，取此諦以說詩中理趣，大似天造地設。」

象之綜合理解，嘗試釐清評點行爲的共同特質，以期建立相關的文學意
識與價值精神，與文學史觀點相互對照與補充。

國家圖書館出版品預行編目資料

古典小說評點之面向／許麗芳著. ── 初版.
　── 臺北市：五南圖書出版股份有限公司，
　2022.11
　面；　公分
ISBN 978-626-343-503-2（平裝）

1.CST：中國小說　2.CST：古典小說
3.CST：文學評論

827.2　　　　　　　　　111017696

1XLP

古典小說評點之面向

作　　者 ─ 許麗芳

發 行 人 ─ 楊榮川

總 經 理 ─ 楊士清

總 編 輯 ─ 楊秀麗

副總編輯 ─ 黃文瓊

責任編輯 ─ 吳雨潔

封面設計 ─ 姚孝慈

出 版 者 ─ 五南圖書出版股份有限公司

地　　址：106臺北市大安區和平東路二段339號4樓

電　　話：(02)2705-5066　　傳　　真：(02)2706-6100

網　　址：https://www.wunan.com.tw

電子郵件：wunan@wunan.com.tw

劃撥帳號：01068953

戶　　名：五南圖書出版股份有限公司

法律顧問　林勝安律師事務所　林勝安律師

出版日期　2022年11月初版一刷

定　　價　新臺幣350元

經典永恆・名著常在

五十週年的獻禮——經典名著文庫

五南，五十年了，半個世紀，人生旅程的一大半，走過來了。

思索著，邁向百年的未來歷程，能為知識界、文化學術界作些什麼？

在速食文化的生態下，有什麼值得讓人雋永品味的？

歷代經典・當今名著，經過時間的洗禮，千錘百鍊，流傳至今，光芒耀人；

不僅使我們能領悟前人的智慧，同時也增深加廣我們思考的深度與視野。

我們決心投入巨資，有計畫的系統梳選，成立「經典名著文庫」，

希望收入古今中外思想性的、充滿睿智與獨見的經典、名著。

這是一項理想性的、永續性的巨大出版工程。

不在意讀者的眾寡，只考慮它的學術價值，力求完整展現先哲思想的軌跡；

為知識界開啟一片智慧之窗，營造一座百花綻放的世界文明公園，

任君遨遊、取菁吸蜜、嘉惠學子！